Verführung des Löwen

Buch 3
Sherwood Forest Gestaltwandler

Anna Lowe

Inhaltsverzeichnis

Kapitel 1

TUCK

Nottingham, England

Februar 1194

Ich schlich mich am Rande der Klippe entlang und erlaubte meinen Augen, sich an den Mond und das Sternenlicht zu gewöhnen. Der trockene, sandige Boden unter meinen Pfoten machte es mir leicht, mit der Landschaft zu verschmelzen, und eine frische Meeresbrise spielte mit den Strähnen meiner dicken Mähne. Ich schaute nach links und nach rechts, dann rannte ich über das offene Gelände zu einem Felsvorsprung, der mein nächster Unterschlupf war. Dort duckte ich mich mit dem Bauch auf den Boden und schnupperte im Wind. Ich zuckte mit meinem Schwanzbüschel hin und her. Der Feind war dort draußen und nicht weit entfernt.

Schritt für Schritt pirschte ich mich voran und rollte meine Schultern, als ob ich mächtige Klingen schwingen würde. Ich hörte das leise Knistern von Lagerfeuern und die gedämpften Stimmen von Wachen weit hinter mir, aber ich blendete sie aus. Das waren meine eigenen Kameraden. Mein Fokus galt dem Feind.

Mit geschärften Sinnen schlich ich mich vorwärts, denn mir war bewusst, dass mein nächster Schritt mein letzter sein könnte – oder er könnte mich zum Ruhme führen.

Ungeduldig beschleunigte ich mein Tempo, joggte und sprintete dann in den Schutz eines Steilhangs. Dort ging ich in Deckung und wagte es kaum, zu atmen. Mein Herz klopfte, denn es waren nur noch wenige Minuten, vielleicht Sekunden, bis zum Kampf meines Lebens. Dann, mit einem leisen Schütteln meiner Mähne und einem kurzen Gebet, fletschte ich die Zähne und stürzte mich auf den Feind.

Schreie tönten und ein Dutzend Schwerter wurden mit metallischem *zisch* gezogen. Aber sie waren alle zu spät. Ich stürzte nach vorn und weidete den ersten Mann aus, dann schlug ich den zweiten weg und schlitzte einen dritten auf. Einer nach dem anderen fielen die Ayyubiden schreiend zu Boden, während andere um ihr Leben rannten. Ich brüllte und verfolgte sie, als ich mir schwor, sie den ganzen Weg zurück nach...

Eine Kuh muhte und ich hielt inne. Meine Atemzüge dampften in der kalten Nachtluft, als mich die Realität langsam wieder einholte. *Paff... paff... paff...*

Ich ließ den Kopf hängen und spürte plötzlich die harte Erde unter meinen Pfoten. Der Boden war frostig, nicht trocken, die Nacht kalt und frisch. Ich befand mich nicht in einer Vorhut von König Richards Truppen bei den Kreuzzügen und es gab auch keine wilden ayyubidischen Truppen vor mir, angeführt von ihrem listigen Anführer Saladin. Dies waren Kühe. Und dieser Heide, den ich ausgeweidet hatte... Ich musterte das Chaos, das ich auf dem Kürbisfeld angerichtet hatte, und ließ den Kopf hängen.

Zu schade, dass ich kein Wolfsgestaltwandler war, sondern ein Löwe. Sonst könnte ich meine Schnauze heben und vor lauter Elend heulen.

Ich war nicht der Ritter, der zu sein ich mir immer erträumt hatte. Ich war ein Mönch in Winslow Abbey.

Ich saß auf dem gefrorenen Boden des Landes, das ich nie verlassen hatte, und wünschte mir, ich wäre irgendwo und irgendjemand anderes als ich selbst. Wäre ich als erster geboren worden, so wie mein ältester Bruder, hätte ich den Familientitel, die Pflichten und den Besitz der Familie geerbt. Oder noch besser, wäre ich als zweiter geboren, hätte ich meinen Traumberuf als Ritter bekommen. Aber das Schicksal hatte dafür gesorgt, dass ich als dritter geboren wurde, und so war ich zum Leben eines Priesters verdammt.

Ich fuhr mit den Krallen über den Boden und grub tiefe, frostige Furchen. Dann hob ich den Kopf und stieß einen stummen Schrei aus, dann noch einen und noch einen. So viele, und mit so viel Wut und Frustration, dass ich hätte weinen können.

Und dann tat ich es.

Schließlich sackte ich zu einem jämmerlichen Häufchen zusammen. Ich war weder der König des Dschungels noch des Landes noch meines eigenen Schicksals. Nur ich.

Und schlimmer noch. Ich war Priester. Nun ja, fast. In ein paar Tagen würde ich mein Gelübde der Armut, der Keuschheit und des Gehorsams ablegen und es offiziell machen.

Armut...

Kein Problem. Als Sohn eines wohlhabenden Lords war es nur fair, meine privilegierte Kindheit auszugleichen.

Gehorsam...

Ich schnitt eine Grimasse. Nicht meine starke Seite. Wäre ich in einer Armee gewesen, hätte ich damit leben können. Aber es war schwer, Befehle von Männern anzunehmen, die in sanftem Flüsterton sprachen und in Bademäntel gekleidet waren.

Keuschheit...

Ein *großes* Problem. Das hatte ich einfach nicht in mir.

Aber dies war meine Zukunft, und verdammt, war diese Zukunft düster.

Ich versuchte das Einzige, was ich tun konnte, um ein Gefühl der Kontrolle über mein Leben zurückzuerlangen, zumindest solange ich in Löwengestalt war: Ich leckte mein Fell. Ich begann mit meiner Hüfte und arbeitete mich dann an jeder Pfote hinunter. Ich leckte eine nach der anderen ab, um mein Fell zu ordnen. Dann befeuchtete ich eine Pfote und konzentrierte mich auf meine Wangen, meine Stirn und meine Ohren.

Aber auch das half nicht. Ich starrte lustlos in die Ferne und hob meine Schultern, bevor ich sie in einem weiteren großen Seufzer sinken ließ. Mark Tuckerton, der Mann, der ich einst gewesen war, war endgültig verschwunden. Jetzt war ich nur noch Tuck. Und der Höhepunkt meines Lebens bestand darin, mich nachts aus Winslow Abbey hinauszuschleichen, um ein echtes Leben vorzutäuschen.

Die einzige wirkliche Befriedigung, die ich in diesen Tagen empfand, war es, Robynne Hood zu helfen. Aber diese Gelegenheiten waren rar gesät. Zu schade, dass die Frau so verdammt kompetent war. Sonst hätte ich vielleicht mehr Action gesehen.

Aber es war immerhin etwas, nicht wahr?

Zumindest versuchte ich, mir dies einzureden.

Kapitel 2

TUCK

Resigniert über eine weitere, elendig stille Nacht, machte ich mich langsam auf den Rückweg zur Abtei. Eine einsame Nacht, wie so viele andere, die bereits hinter mir lagen, und so viele, die noch kommen würden. Ich starrte finster auf die Abtei – vom hoch aufragenden Kirchturm bis zum soliden Gebäude des Schlafsaals, dem Refektorium, der Bibliothek...

Immerhin etwas. Als Mönch würde ich mein Leben nicht in diesen vier Wänden verbringen müssen. Sobald ich meine Ausbildung abgeschlossen hatte, könnte ich in jeder normalen Gemeinschaft leben.

Der Gedanke munterte mich auf und eine neue Idee machte sich in meinem Kopf breit. Wer sagte denn, dass es eine normale Gemeinschaft sein musste? Was wäre, wenn ich mich Robynne Hoods fröhlichen Gesellen im Sherwood Forest anschließen würde?

Der Abt war dafür verantwortlich, mir einen bestimmten Ort zuzuweisen, aber vielleicht konnte ich das umgehen, so wie ich schon so viele andere unangenehme Aufgaben im Kloster umgangen hatte. Zum Beispiel den Bibliotheksdienst – Tag für Tag über einen Tisch gebeugt, um Wort für Wort Bücher abzuschreiben. Ich hatte mich herausgemogelt, nicht wahr? Alles, was es gebraucht hatte, waren ein paar fehlende Vokale... Absätze... hier und da sogar ganze Kapitel. Ganz zu schweigen von den Schnurrbärten, die ich den Engeln oder den holden Damen an den Rändern verpasst hatte...

Und dann war da noch die Arbeit in der Wäscherei – eine

Metapher für die Reinigung meiner Seele, wie Pater Benjamin es mir erklärt hatte. Ich hatte weniger als drei Tage dort verbracht. Nur dank einer Menge heißen Wassers, das die Unterhosen des Abtes um einige Größen verkleinert hatte. Was nur logisch war, wie ich Pater Benjamin gesagt hatte. Als Geistlicher hatte der Abt ohnehin keine große Verwendung für die Ausstattung, mit der er da unten behangen war.

So war ich in der Küche gelandet, gefolgt von einem Job beim Kräuterkundigen – zwei lächerlich einfache Aufgaben, derer ich mich leicht wieder entledigen konnte – bis hin zur Brauerei, einem Job, für den ich viel besser geeignet war, mit einem Nebenjob im Garten. Das war nicht so schlimm, wie ich es mir vorgestellt hatte, denn es brachte mich ins Freie. Aber es war so weit entfernt von den exotischen Ländern und den Heldentaten, nach denen ich mich sehnte.

Ich seufzte. Es hatte eine Zeit gegeben, da hatte mir mein Vater auf die Schulter geklopft und gesagt: *Du wirst den Tag erkennen, an dem du zum Mann wirst, mein Junge. Du wirst es merken, wenn der Moment gekommen ist.*

Ich schnaubte. Ich könnte in dieser Abtei hundert Jahre alt werden und nie eine Herausforderung erleben, die mich an diesen Punkt brachte. Ich würde für immer eine deplatzierte Seele bleiben, die langsam vor sich hin schrumpfte.

Ich kratzte über einen Baum und ging dann weiter in die Richtung der Ställe. Als ein Maultier grölte, nahm ich schnell meine menschliche Gestalt an.

„Leise", raunte ich und gab Rita einen Klaps. „Braves Mädchen."

Sie und Rosie waren die einzigen weiblichen Geschöpfe in der Abtei. Zu dumm, dass sie beide Maultiere waren. Sie beide waren unfreiwillige Komplizen meiner nächtlichen Streifzüge in Löwengestalt, da ich meine Kleidung an ihrem Ende des Stalls deponierte.

Dann schlug ich mir eine Hand vor den Mund. Ich sollte doch ein Schweigegebot einhalten. Zählte es denn, mit Maultieren zu reden?

Es war spät – fast Mitternacht – und obwohl ich bezweifelte, dass mich jemand entdecken würde, beschwichtigte ich sie ein zweites Mal. Ich zog meine Tunika und meine schlichte, braune Kutte an, dann band ich mir meinen Gürtel, ein einfaches Seil, um die Taille.

Seht ihr? Armut, das bekam ich leicht hin. Zählte eines von drei Dingen nicht auch für etwas?

Ich fuhr mir mit den Händen übers Haar und strich es zurecht. Eine Strähne, dann noch eine und noch eine...

Okay, die Raubkatze in mir mochte es, gut auszusehen. Aber wenn es meine Löwenseite war, konnte man es nicht wirklich als Eitelkeit bezeichnen. Es war eher ein Grundbedürfnis, so wie Nahrung, Wasser und Luft zum Atmen.

Rita grölte leise und einige der Pferde bewegten sich in ihren Boxen – darunter auch die hübsche weiße Stute auf der anderen Seite des Ganges. Ein eleganter Neuzugang, der zwischen all den Lasttieren um sie herum fehl am Platz erschien.

Gute Nacht, meine Damen, murmelte ich ihnen allen zu. *Bis morgen.*

Rita und Rosie grölten, als ich meine Kapuze über mein strohblondes Haar streifte und mich über den Rasen schlich. Unter dem gewölbten Eingang des Klosters hielt ich inne und huschte dann hinein. Ich war schon auf halbem Weg die lange Treppe zum Schlafsaal hinauf, als mir etwas einfiel. Ich hatte vergessen, etwas zu tun.

Ich ging die Treppe wieder hinunter und freute mich über die kleine Aufregung, so gering sie auch war.

Tuck, bitte, Ihr müsst mir helfen. Cyril, einer der anderen Novizen, hatte mich früher am Abend angefleht.

Ich schlich auf Zehenspitzen den Gang hinunter und hinaus in den gewölbten Säulengang des Klosters, wobei ich in den tiefsten Schatten verborgen blieb. In der Mitte des Gartens plätscherte ein Springbrunnen, das einzige Geräusch in der Abtei zu dieser späten Stunde.

Ihr müsst Euch in die Bibliothek schleichen, hatte Cyril gesagt.

Einfach, brummte mein Löwe.

Ich eilte von einer Säule zur nächsten, hielt inne und huschte dann weiter. Jede war mit einem anderen Motiv versehen: ein Heiliger hier, ein Schild dort. Und sogar ein paar Fabelwesen... jedoch nicht so fabelhaft, wie der Drache, der sich um die nächste Säule schlängelte.

Drachen, schnaubte mein Löwe. *So erhaben und überheblich und solche Attitüden.*

Mit leisen Schritten stieß ich eine schwere Tür auf und betrat den Gemeindesaal. Normalerweise war dieser Ort für Versammlungen bestimmt. Jetzt war er zu dieser späten Stunde gespenstisch still. Ich ging auf die Treppe in der rechten Ecke zu, die in den zweiten Stock führte.

Wäre ich nicht in geheimer Mission unterwegs gewesen, hätte ich die breite, gerade Treppe am anderen Ende des Gebäudes genommen. Aber diese Hintertreppe war für einen Mann, der sich wie ein Einbrecher herumschlich, die bessere Wahl. Mit gesenktem Kopf schlängelte ich mich die Wendeltreppe hinauf und hielt mit gespitzten Ohren und offenen Augen Ausschau nach Problemen.

Ich habe ein paar Kritzeleien zurückgelassen, hatte Cyril erklärt, mit den Händen gerungen und war errötet. *Solche, die in einem Buch über heilige Themen nichts zu suchen haben.*

Ich grinste. Cyril war nicht nur der beste Sänger in der Abtei, sondern auch der beste Illustrator im Skriptorium, wo die wertvollsten Bücher der Bibliothek mühsam kopiert wurden. Aber wie wir anderen Novizen litt er unter einer überaktiven, ungestillten Libido.

Einige der Männer gingen ihren Trieben mit sich selbst nach. Andere lebten sie aneinander aus. Es ergab Sinn, obwohl ich nicht so veranlagt war – oder so verzweifelt. Noch nicht. Meine nicht allzu befriedigende Lösung bestand darin, mir nachts im Bett lebhafte Fantasien auszumalen, in denen ich jeden süßen Kuss und jede heiße Berührung meines früheren Lebens noch einmal durchlebte – und dann eine kräftige Dosis meiner eigenen Fantasie hinzufügte.

Die Kunst war Cyrils Form der Erlösung, obwohl ich bezweifelte, dass der Abt es so nennen würde. Ich hatte einmal einen Blick auf Cyrils Kritzeleien geworfen und mich köstlich amüsiert. Zumeist zeigten sie nackte Männer und Frauen, die es im Bett miteinander trieben. Obwohl die Details bewiesen, dass Cyril mehr aus seiner Fantasie als Erfahrung arbeitete.

Es sei denn, er kannte ein paar wirklich wilde Stellungen, die selbst einen sexhungrigen Akrobaten abschrecken würden.

Das waren die Skizzen, die er früher am Tag zurückgelassen hatte. Aber Cyril hatte sich nicht getraut, nachts durch die Abtei zu schleichen, also hatte er mich gebeten, sie für ihn zu holen. Eine Rettungsaktion könnte man sagen, auch wenn es nicht die Art war, die ich mir einst vorgestellt hatte.

Am Eingang zum Skriptorium hielt ich inne, um mich zu orientieren. Drei Reihen mit jeweils vier Schreibtischen, alle schön aufgeräumt. In einem Behälter an der rechten oberen Ecke befanden sich Federkiele, Wiegelöscher und Pinsel und unter jedem Schreibtisch gab es ein Fach für Pergamentstücke. Ich ging zum dritten Schreibtisch auf der rechten Seite und begann, ihn zu durchstöbern.

Das Skriptorium hatte die größten Fenster der Abtei, die tagsüber viel Licht hereinließen. Selbst jetzt, in der Nacht, strahlte genug Mondlicht herein, um mir zu helfen, die Zeichnungen zu erkennen. Auf dem ersten Blatt war ein S skizziert, dessen Kurven von Reihen von Lords und Ladys bevölkert waren. Der Nächste war ein B gefüllt mit hübschen Linien. Dann gab es eine Ecke mit einer Dame, die ein Einhorn streichelte, und ganz unten einen Heiligen, der auf eine Riesenschnecke einhackte.

Ich gluckste. Das war ein Künstler, mit dem ich mich identifizieren konnte.

Ich blätterte weitere Seiten durch und hielt nur inne, um über einen schlecht gezeichneten Löwen zu schnauben. Es sei denn, das Bild sollte einen Löwengestaltwandler inmitten seiner Verwandlung darstellen, ansonsten waren seine Gesichtszüge viel zu menschlich. Und welche Raubkatze, die etwas auf sich hielt, würde die Zunge so herausstrecken?

Ich fand alles Mögliche – Tiere, Pflanzen und mythische Kreaturen. Jedoch keine Schlafzimmereskapaden.

Wenn sie sich nicht in meinem Schreibtisch befinden, dann müssen sie bei dem Projekt sein, an dem ich gerade arbeite, hatte Cyril gesagt. *Vielleicht befanden sie sich zwischen den Papieren, die Pater Benedict eingesammelt hat, um sie nach oben in die Bibliothek zu bringen. Oh Gott! Wenn jemand sie findet...*

Ich ging in der pechschwarzen Dunkelheit zurück zur Wendeltreppe und in die nächste Etage hinauf. Ich bewegte mich hauptsächlich nach Gefühl und kam schließlich an einem winzigen Treppenabsatz mit einem Fenster an, das gerade groß genug war, um einen Hauch Licht hereinzulassen. Die Hintertür der Bibliothek war verschlossen, aber ich war schon lange genug in der Abtei, um auf dem oberen Rahmen nach dem Schlüssel zu tasten. Sekunden später klickte die Tür und ich stieß sie auf, um die Bibliothek zu betreten. Ich grinste, denn meine geheime Mission fühlte sich geheimer an als je zuvor, und mein Adrenalinspiegel stieg – das war eine Premiere, zumindest in einer Bibliothek.

Ich steuerte auf einen Tisch zu, den ich im schummrigen Licht gerade noch erkennen konnte, aber ich kam nie dort an. Und den Schatten, der von rechts auf mich zustürmte, bemerkte ich erst, als es schon zu spät war. Einen Sekundenbruchteil später wurde ich gegen die Steinwand gestoßen und dort festgehalten, während meine Arme schmerzhaft hinter meinem Rücken verdreht wurden.

Eine schwarze, seidige Haarsträhne fiel über meine Schulter und kitzelte mich an der Wange. Dann bohrte sich eine Klinge an meinen Hals und jemand zischte: „Eine Bewegung, und Ihr seid tot."

Ich ließ mich erschlaffen und spielte gerade lange genug mit, um meinen Angreifer in falscher Sicherheit zu wiegen. Dann riss ich mich aus seinem Griff los und schleuderte ihn gegen die Wand. Das Messer klapperte auf den Steinboden. Ich drückte ihn genauso fest, wie er mich festgehalten hatte, mit dem Ellbogen gegen seinen Rücken, um auf Nummer sicher zu gehen. Dann war ich an der Reihe, mich nahe heranzulehnen und ihm ins Ohr zu zischen.

„Eine Bewegung, und Ihr seid tot."

Alles war so schnell passiert, dass meine Sinne erst einen Sekundenbruchteil später wieder zu sich kamen. Dann blähte ich die Nasenflügel auf und meine Gedanken verschwammen bei ihrem himmlischen Blumenwiesenduft.

Schließlich holte mein Verstand meine Nase ein und ich runzelte die Stirn. Moment mal. *Ihr* Duft?

Mein Löwe brummte. *Ja,* ihr *Duft. Eine Frau.*

Kapitel 3

MARIAN

Der Angreifer war doppelt so schwer wie ich und mindestens einen Kopf größer. Egal, wie sehr ich um mich trat und mich wehrte, ich konnte mich nicht befreien.

Dann zögerte er und lockerte seinen Griff. Ich wand mich aus seinen Armen und riss mein Ersatzmesser aus dem Ärmel. Ich hielt es zwischen uns und fletschte praktisch die Zähne.

„Nehmt Eure Hände von mir!"

Er blinzelte, dann lächelte er in den Raum zwischen uns. „... sie sind nicht auf Euch."

Ich runzelte die Stirn. Eine unwesentliche Kleinigkeit.

Ich hatte nur ein paar Kerzen brennen lassen, aber sie beleuchteten sein blondes Haar wie goldenen Flachs in der Sommersonne. Der Hauch von Mondschein, der durch die Fenster hereinfiel, funkelte in seinen bernsteinfarbenen Augen und brachte sie zum Strahlen.

„Nun, vor einer Sekunde habt Ihr mich noch angefasst", sagte ich schnippisch. Als er eine Augenbraue hochzog, verfluchte ich mich. Das kam völlig falsch heraus.

„Ähm... Entschuldigung?", bot er an.

Ich richtete mich zu meiner vollen Größe auf. Das brachte mich nur bis zu seiner Schulter, verflucht sollte der Mann sein. Sein kantiges Kinn lag direkt vor mir, überzogen von Stoppeln in der gleichen Farbe wie sein Haar. Ich riss meinen Blick zu dem Universum in seinen Augen hinauf, wanderte dann tiefer, verweilte auf seinen markanten Wangen, den perfekten Lippen und blickte dann an seinem Hals hinunter. Ein Hals, an dem ich gerade genug Muskeln erkennen konnte, um zu ahnen, wie der Rest von ihm gebaut war.

Ich schüttelte mich ein wenig. „Was gab Euch überhaupt das Recht, mich zu packen?"

„Ihr habt mich zuerst gepackt." Dann zuckte er zusammen und schlug sich eine Hand vor den Mund.

Ich starrte ihn an. Was war mit diesem Mann los?

Mein ganzes Leben lang hatte ich mich auf ein Entführungs-/Mord-Szenario vorbereitet, nur für alle Fälle. Zweimal war dieses Szenario tatsächlich eingetreten und ich hatte um mein Leben kämpfen müssen. Ich war auch schon in einigen weniger gefährlichen Situationen von Männern angegriffen worden. Aber noch nie war mir ein Mann begegnet, der so... so...

Ich suchte nach dem richtigen Wort. Seltsam war? Unberechenbar?

Attraktiv, säuselte eine sinnliche Stimme in meinem Hinterkopf.

Das stimmte mit seinem Haar, das so blond war wie meines dunkel. Und mit den Augen, die so hell strahlten, wie meine schwarz waren.

„Was?", fragte ich schließlich.

Er bewegte seine Hand. „Es ist nur... " Dann bedeckte er wieder seinen Mund und murmelte durch seine Finger. „Verdammt. Ich habe es gebrochen. Schon wieder."

Definitiv der seltsamste Attentäter, dem ich je begegnet war.

„Was gebrochen?"

„Mein Schweigegelübde."

Ich zeigte auf seine Hand. „Ich bin mir ziemlich sicher, dass Reden Reden ist, auch wenn man es durch die Finger tut."

Dann verfluchte ich mich selbst. Warum beschäftigte ich mich überhaupt mit diesem Verrückten?

Er sackte in sich zusammen. „Ihr habt recht. Es hat nicht viel Sinn, es weiter aufrechtzuerhalten, schätze ich." Dann seufzte er. „Bis sie mich zwingen, den Schwur erneut abzulegen, nehme ich an."

Wer waren *sie*? Wer war er?

Er war wie ein Mönch gekleidet, aber das war die schlechteste Verkleidung, die ich je gesehen hatte. Die Kutte mochte ihm passen, aber sie stand ihm gewiss nicht, und er trug sie so behaglich, wie ich ein steifes, hochgeschlossenes Kleid tragen würde.

Ich schnupperte verstohlen und erstarrte. Es war nicht nur sein Beruf, den er verbarg. Der Mann war auch Gestaltwandler. Eine Raubkatze, wenn ich mich nicht irrte.

Woher ich das wusste? Nun, ich hatte auch meine Geheimnisse.

„Bleibt zurück", warnte ich, als er die Hand ausstreckte.

Er riss seine Hand zurück. „Das tue ich doch. Ich meine, das werde ich. Ich meine, es tut mir leid."

Höflich für einen Attentäter, aber im Ernst, was sollte das?

Er schielte ein wenig, als er seine Augen auf die Spitze meiner Klinge konzentrierte. Ziemlich niedlich, kam ich nicht umhin, festzustellen.

„Ihr seid gut im Umgang mit dem Messer." Er winkte in die Richtung meines Dolches.

Ich strahlte. Wie schön, für eine Fähigkeit gelobt zu werden, die ich mir so hart erarbeitet hatte.

Und dann machte er alles kaputt, als er plötzlich herausplatzte: „Und, wow. Ihr seid wunderschön."

Ich schwang den Dolch, doppelt wütend, aber irgendwie schien er es nicht zu bemerken.

„Ihr kämpft auch schmutzig." Er nickte anerkennend.

„Ihr nicht?"

„Ich ziehe es vor, schmutzig zu reden." Er gluckste und fing sich dann wieder. „Schlechter Scherz, das tut mir leid. Es ist nur so, dass ich schon so lange hier bin. . ." Er schüttelte sich und ließ die blonde Mähne wippen. „Keine gute Ausrede."

Seufzend wandte er sich wieder der Wand zu und verschränkte die Arme hinter dem Rücken. Was tat er denn jetzt?

„Es tut mir wirklich leid", sagte er, obwohl die Worte durch die Wand gedämpft wurden.

Ich starrte ihn an. Was nun?

„Macht schon." Er zuckte mit den Armen auf seinem Rücken. „Tut, was Ihr müsst. Ich verdiene das Schlimmste."

Das war eindeutig eine Art Trick. Ich musste mich in Acht nehmen.

Aber das war schwer und es wurde immer schwerer, denn irgendetwas an ihm zog mich an und flüsterte: *Du kannst mir vertrauen.*

Wir können ihm vertrauen, stimmte mein zweites Ich zu.

Eine Stimme irgendwo tief in meiner Seele wiederholte die Botschaft noch eindringlicher. *Du* musst *ihm vertrauen.*

Dann kam ich wieder zur Vernunft. Ich konnte niemandem trauen und schon gar nicht mit Familiengeheimnissen, die niemand jemals erfahren durfte.

Fast wäre ich zurückgewichen, weil ich befürchtete, er könnte meinen Geruch wahrnehmen. Unwahrscheinlich, wenn man bedachte, wie schwach und ungewöhnlich er war. Die meisten Leute – sogar Gestaltwandler – schrieben ihn einem blumigen Parfüm zu.

Stattdessen erlag ich der Versuchung und rückte näher heran. Nah genug, um ihn zu küssen sogar, aber stattdessen streifte ich mit der Spitze meiner Klinge über seinen Rücken.

Über seinen breiten, muskulösen Rücken. Dabei, und vom Gedanken an einen *Kuss*, schwankten meine Knie ein wenig.

„Macht schon", drängte er.

Ihn küssen? Ihn umbringen? Was meinte er denn?

„Macht schon, was?", fragte ich.

„Was auch immer Ihr tun wolltet, nachdem Ihr mich überwältigt habt."

Ich runzelte die Stirn. Ehrlich gesagt, hatte ich so weit nicht vorausgedacht. Alle Selbstverteidigungspläne, die ich gelernt hatte, sahen vor, dass ein Schrei die Wachen zu meiner Verteidigung herbeirufen würde. Das, oder dass ich weglaufen sollte. Aber ich war genau da, wo ich sein wollte. Warum sollte ich also gehen?

Ich trat einen Schritt zurück und hielt meinen Dolch bereit. „Wer seid Ihr? Was wollt Ihr hier?"

Er drehte sich langsam um und wow. Dieses Gesicht war in einem Kloster definitiv fehl am Platz. Der harte, muskulöse Körper auch. Er sollte mit meinem Patenonkel, dem König, auf Kreuzzug sein.

„Ich bin Tuck.“

„Tuck, wer?“

Er zuckte mit den Schultern. „Einfach nur Tuck. Ich bin ein Mönch. Nun, ich bin in der Ausbildung.“

„Ha. Das glaube ich keine Minute lang. Ihr wurdet von Prinz John geschickt, nicht wahr?“

Er neigte den Kopf. „Von Prinz John, um...?“ Dann biss er die Zähne fast wütend zusammen. „Moment. Schwebt Ihr in Gefahr? Ist er hinter Euch her?“

Seine Stimme klang ein wenig hoffnungsvoll, als hätte er jahrelang darauf gewartet, eine holde Maid zu retten.

Nun, nein danke. Ich hatte nicht gewartet und ich musste auch nicht gerettet werden.

Dann machte er große Augen und wurde noch aufgeregter. „Wart Ihr hier oben eingesperrt?“

Gott, Männer und ihre *Tapferer-Ritter*-Komplexe!

Ich stemmte die Hände an die Hüften. „Nein, ich bin nicht eingesperrt. Und selbst wenn, glaubt Ihr wirklich, ich würde mein Schicksal einem dahergelaufenen Mann überlassen, der zur richtigen Zeit am richtigen Ort ist, um mich zu retten? Und er würde natürlich keine Bedingungen stellen. Nur meine Hand in der Ehe und die Verpflichtung, für immer seine Bettgefährtin zu sein.“

Er blinzelte. „Oh. Daran habe ich gar nicht gedacht.“

Ich schnaubte. „Seid Ihr ein guter Lügner oder kommt Ihr von einem anderen Planeten?“

Er kratzte sich am Kopf. „Ich denke, ein Kloster muss als anderer Planet zählen.“

Und schon wieder lenkte er von meinem Argument ab. Trotzdem blieb ich auf der Hut. Männer wollten besitzen, beanspruchen. Sie wollten benutzen und missbrauchen, wie es ihnen passte. Natürlich gab es Ausnahmen, aber die waren so selten, dass man Fremde am besten in diese Neunundneunzig-Prozent-Kategorie einordnete.

„Ich schwöre, ich bin Mönch“, fuhr er fort. „Vielleicht nicht aus freien Stücken...“

Ich rollte mit den Augen. „Ihr seid nicht gerade überzeugend.“

„Wisst Ihr, Ihr seid sehr verwirrend.“

Ha. Das musste er gerade sagen.

„Die Tür war verschlossen“, erklärte er immer noch seiner lächerlichen Theorie folgend, dass eine *holde Maid gerettet* werden musste.

Ich zeigte auf einen großen bronzefarbenen Schlüssel auf einem Tisch in der Nähe. „Von innen. Aber vielleicht schiebe ich von nun an einen Schreibtisch gegen die Tür, nur für alle Fälle.“

Er riss die Hände hoch. „Ich bin nicht hier, um Euch wehzutun.“

„Nein? Dann streift Ihr um Mitternacht durch die Hallen der Abtei, weil Ihr...?“

Er gestikulierte zu einem Schreibtisch. „Ich bin wegen ein paar Skizzen hier.“

Ich runzelte die Stirn. Er war tatsächlich wahnsinnig. Die Bibliothek war voll von unbezahlbaren Schätzen, von jahrhundertealten Bibeln bis zu verstaubten Kunstwerken. Doch alles, was er wollte, waren ein paar Skizzen?

Dies war definitiv der verrückteste Löwen-, Tiger- oder Leopardengestaltwandler, der mir je begegnet war.

Löwe, entschied ich. Erstens waren sie in diesem Teil der Welt häufiger anzutreffen und zweitens waren sie die gesprächigsten unter den großen Raubkatzen.

„Welche Skizzen?“

Er grinste und wackelte mit den Augenbrauen. „Solche, die eine holde Maid wahrscheinlich nicht sehen sollte.“

Ich rollte mit den Augen. „Oh ja. Als holde Maid muss ich vor vielen Dingen beschützt werden. Blutige Wunden. Nackte Körper. Sex.“

Er sah ein wenig verblüfft aus, dass ich dieses Wort mit drei Buchstaben ausgesprochen hatte, erholte sich aber schnell wieder.

„Nun, wenn Ihr sie sehen wollt...“

Ich riss meine Hände hoch. „Nein, ich will sie nicht sehen. Und ich bin schockiert, dass Ihr sie sehen wollt.“

Er schüttelte vehement den Kopf. „Ich muss sie für einen Freund holen!“

„Ha. Jede Wette."

„Wahrhaftig!"

Das Verrückte daran war, dass ich ihm glauben wollte. Ihm vertrauen wollte. Mehr über ihn erfahren wollte.

„Unanständige Kunst zu betrachten, ist kein gutes Hobby für jemanden, der sich für das Priesteramt entschieden hat", bemerkte ich.

„Es ist nicht mein Hobby. Und ich bin nicht aus freien Stücken hier, glaubt mir." Mürrisch zupfte er an seiner braunen Kutte. „Das Einzige, was mir gefällt, ist die Kapuze."

Er zog sie auf, was ihn wie einen *gefährlichen Attentäter* wirken ließ. Aber als er sie wieder herunterzog, stellte ich mir bei seinem breiten Grinsen vor...

„Ihr wärt ein besserer Minnesänger als ein Mönch", bemerkte ich.

„Ich wäre ein noch besserer Ritter." Er streckte sich zu seiner vollen Größe und wirkte dabei sehr überzeugend.

„Was macht Ihr dann hier?"

„Ihr wisst schon... der dritte Sohn und so weiter."

Ach ja. Richtig. In der Tradition des Landadels erbte der erste Sohn den Titel, das Land und den Reichtum der Familie. Vom zweiten Sohn wurde erwartet, dass er Ritter wurde, und dem Familiennamen durch mutige Taten Ruhm und Ehre einbrachte. Die unglückliche Nummer drei war für ein Leben im Kloster bestimmt. Hätte ich Brüder gehabt, anstatt Einzelkind zu sein, wäre es in meiner Familie genauso gewesen.

Dann neigte er den Kopf. „Also, das ist meine Ausrede. Was macht Ihr hier?"

„Nur eine Besucherin auf der Suche nach spiritueller Führung."

Er gackerte. „Na dann viel Glück. Ich bin jetzt seit sechs Monaten hier und habe noch keine gefunden."

„Dann ist es vielleicht nicht das, wonach Ihr sucht."

Er brauchte eine lange stille Minute, um dies zu verdauen, und stieß dann einen leisen, geschlagenen Seufzer aus. „Erzählt das mal dem Abt."

Kurz driftete er in Kummer und Selbstmitleid ab. Aber das lag offensichtlich nicht in seiner Natur, denn sofort war er wieder fröhlich und neugierig. Er ließ den Blick durch den Raum schweifen, betrachtete die Sofaliege, auf der ich geschlummert hatte, und die wenigen Habseligkeiten, die ich mitgebracht hatte und die in der Bibliothek so fehl am Platz waren.

„Die Abtei hat ein Gästezimmer. Und trotzdem seid Ihr hier oben."

„Ich lese gern."

Ein kleines Lächeln umspielte seine Lippen. „Ich nehme an, das müsst Ihr wohl. Und Ihr stickt auch gern." Er deutete auf das Projekt, das ich neben dem Bett liegengelassen hatte.

„*Sie ist eingehüllt…*", fing er an, im schwachen Licht vorzulesen, dann schaute er auf und wackelte mit den Augenbrauen.

Ich rollte mit den Augen. Weiter war ich noch nicht gekommen. „*Sie ist eingehüllt in Stärke und Würde*", sagte ich verärgert.

Er grinste. „… und sie trägt einen eindrucksvollen Dolch."

„Nicht nur einen, also passt auf."

Die Stickerei war in Wahrheit eine Tarnung, die die Leute glauben ließ, ich sei eine hilflose Jungfrau in Nöten.

Hach. Das sollen sie ruhig glauben, spottete meine innere Stimme.

Ich brachte die verborgene Seite in mir zum Schweigen und deutete mit meinem Dolch auf die Tür. „Zeit für Euch, zu gehen, Mister Tuck."

Er schien sich über den *Mister*-Teil zu freuen. Vielleicht so, wie ich mich freute, wenn die Leute das *Maid* vor meinem Namen wegließen. *Marian* passte so viel besser zu mir als diese hochmütige, jungfräuliche *Maid Marian*.

Tuck nickte. „Das nehme ich an. Aber zuerst muss ich diese Skizzen finden."

„Richtig. Für Euren Freund." Ich betonte das letzte Wort.

Er errötete. Es stand ihm gut.

„Ich schwöre, sie sind nicht meine."

„Und sie sind zur Unterhaltung gedacht, nehme ich an? Oder wollt Ihr mir weismachen, sie seien lehrreich?"

Er brach in ein breites Lächeln aus. „Vielleicht ein wenig unterhaltsam. Aber hauptsächlich bin ich hier, um einem Freund Schwierigkeiten zu ersparen."

Kurze, einfache Worte, aber irgendwie sprachen sie Bände. Er mochte an überholte Vorstellungen von schwachen, hilflosen Frauen glauben, aber sein Herz war am rechten Fleck, wenn es darum ging, anderen zu helfen. Vielleicht passte es also doch zu ihm, ein Mönch zu sein.

Eine Sekunde später musste ich mir das Lachen verkneifen. Nein. *Ritter* wäre definitiv passender.

Ich zeigte auf einen großen Tisch, auf dem Papiere herumlagen. „Nur zu."

Er eilte hinüber und hielt einen Zettel nach dem anderen gegen das Licht. Anfangs beobachtete ich ihn wie ein Falke, aber schon bald half ich ihm. Warum? Vielleicht wegen des Nervenkitzels der Jagd. Oder vielleicht gefiel meiner wetteifernden Seite der Gedanke, ihm in der Entdeckung zuvorzukommen. Oder vielleicht war ich auch einfach nur neugierig.

Wie dem auch sei, ich ließ meine Abwehr sinken. Zu Recht, denn Tuck schien wirklich eine unschuldigere Mission zu verfolgen, als ich angenommen hatte.

„Ich habe sie!", rief er und hielt einige Papiere gegen das Licht.

Ich huschte hinüber, um einen Blick darauf zu werfen, aber er hielt sie lachend höher.

„Ich bin mir nicht sicher, ob Ihr das sehen wollt."

„Das werde ich selbst beurteilen."

Er drehte sich erst in die eine, dann in die andere Richtung und ich musste mich jedes Mal mit ihm drehen. Wann immer ich nach den Papieren griff, berührten meine Hände seinen Körper. Mehr als einmal tat es auch mein Oberkörper.

„Gebt sie mir", beharrte ich und lachte.

„Das werde ich nicht tun."

„Doch, das werdet Ihr."

Er hob die Skizzen hoch und riss sie stets außerhalb meiner Reichweite, dann schlagartig wieder hinunter. Genau wie die Ballspiele, die ich mit meinem Cousin gespielt hatte, als ich noch klein war. Lustige Spiele. Unschuldige Spiele. Spiele, bei denen das Herz schlug und der Körper schwitzte.

„Das ist definitiv nichts für Eure Augen", lachte er und hielt die Skizzen außer Reichweite.

Ich stellte mich auf die Zehenspitzen und griff nach ihnen. „Wenn Ihr Euch Sorgen um den Schutz meiner Tugend macht, lasst es. Dafür ist es zu spät."

Er machte große Augen. Hoppla. So etwas sollte eine anständige junge Dame nicht zugeben. Es gab mir allerdings die Gelegenheit, die Skizzen zu schnappen.

„Ha!", jubelte ich und wandte ihm den Rücken zu, um sie zu studieren.

Er griff über meine Schulter, aber ich duckte mich weg. „Nein, das werdet Ihr nicht. Die sind... " Ich drehte die Skizze in die richtige Richtung und starrte dann. „Oh. Meine Güte."

Er lachte. „Das habe ich Euch doch gesagt."

Es wurde still im Raum, als wir das Bild beide betrachteten. Dann schob ich es hinter den Stapel und musterte das nächste Bild.

„Wow", murmelte ich beeindruckt von der... ähm, Liebe zum Detail des Künstlers. „Der Mann auf dieser Skizze ist wirklich... "

Groß... gut ausgestattet... überproportional. All diese Worte gingen mir durch den Kopf, aber ich konnte mich nicht dazu durchringen, eines davon auszusprechen.

Tuck rettete mich mit einem amüsierten: „Ja, das ist er."

Er machte einen halbherzigen Versuch, die Skizzen zurückzuholen, aber ich drehte mich und stieß mit dem Hintern gegen seine Hüfte. Oder vielleicht seine Leiste. Ich war mir nicht sicher, denn diese Skizzen ließen alles Mögliche sexy wirken. Wie die Wärme von Tucks Körper direkt hinter meinem. Die leichte Berührung seiner Brust an meiner Schulter. Die Art, wie sein Atem stockte, als mein Hinterteil seinen Oberschenkel streifte.

Ich drehte das nächste Blatt nach rechts, dann nach links und blinzelte.

„Wow. Ist das überhaupt möglich?"

Tuck gluckste. „Ich habe es noch nie probiert."

Sein sachlicher Tonfall ließ darauf schließen, dass er in seinem Leben schon einiges probiert hatte. Was mich wirklich nicht eifersüchtig machen sollte, wer auch immer die glücklichen Frauen gewesen waren.

Der schmutzige Teil meines Verstandes blieb an diesem Punkt hängen. Frauen, im Sinne von aufeinanderfolgenden Partnerinnen oder Frauen, im Sinne von mehreren auf einmal?

Ich schüttelte den Kopf. Spielte es eine Rolle?

Das sollte es nicht, aber das tat es. Ich mochte unkomplizierten Sex mit nur zwei Personen. Keine Perversionen, kein Teilen. Ging es Tuck genauso?

Ich nahm an, ich war in dieser Hinsicht traditionell. Aber Gott bewahre mich, wenn jemand herausfand, dass Maid Marian nicht so unschuldig war, wie alle annahmen.

„Wollt Ihr damit sagen, Ihr wollt es versuchen?", scherzte Tuck.

Ich schlug mit den Papieren gegen seine Brust. Hart. Und verflucht sei der Mann. Warum war ich versucht, ihn dort zu tätscheln, wenn ich schon dabei war?

„Nein, ich will es nicht versuchen", knurrte ich.

Aber Junge, wurde es in der Bibliothek plötzlich warm. Und hoppla – meine Gedanken drifteten wieder in sinnliche Gefilde ab, was ich meiner animalischen Seite anlastete. Andererseits war es mit dieser Stimme in meinem Hinterkopf schwer zu vermeiden, wenn Tuck in so behaglicher Nähe war.

Du kannst ihm vertrauen. Du musst *ihm vertrauen.*

Ich stellte mir vor, wie er seine Arme um meine Taille schlang. Wie er sich langsam zu mir beugte. Einen Kuss auf meinen Hals drückte, dann einen weiter tiefer. Und tiefer…

Ich schluckte und winkte mit den Papieren durch die Luft. „Ich glaube, Euer Freund hat seine Berufung verfehlt."

„Vielleicht hat er das", grummelte Tuck und wich steif zurück. „Cyril, meine ich."

Ich drehte mich um – langsam –, um mir Zeit zu lassen, mich zu sammeln. Und um auch ihm Zeit zu geben, denn das Stoßen gegen meine Hüfte war vielleicht nicht der Schlüssel in seiner Tasche.

„Hier." Ich reichte ihm die Papiere und trat zurück. „Sagt Cyril, dass sein Geheimnis bei mir sicher ist."

Seine Augen funkelten und versicherten mir, dass auch meine Geheimnisse sicher wären.

Dann fing ich mich wieder. Was hatte ich mir nur dabei gedacht, in seiner Gegenwart so unvorsichtig zu sein?

„Wartet. Sagt es Cyril nicht. Sagt es niemandem. Habt Ihr mich verstanden?" Ich berührte seinen Arm. „Niemand darf wissen, dass ich hier bin. Bitte."

Jedes Wort, das ich sprach, verwandelte Tuck mehr von einem einsamen Mönch zu einem stolzen Krieger, der bereit war, in einen Kreuzzug zu ziehen, um meine Tugend zu schützen.

„Niemand wird es erfahren." Seine Stimme klang tief und heiser. Gefährlich sogar, als wäre er bereit, meine Feinde zu erschlagen. Und Gott wusste, dass ich eine lange Liste von ihnen hatte. Vor allem einen.

Ich nickte dankend. „Gute Nacht, Tuck."

Er biss sich bei der nicht allzu subtilen Andeutung auf die Lippe. „Gute Nacht, Lady..."

Ich schüttelte leicht den Kopf. Bedauernd, denn ein Teil von mir wollte unbedingt, dass er wusste, wer ich war. Wie ich war. Warum ich mich in einem Kloster versteckt hielt...

„Gute Nacht", sagte ich mit einem Ton der Endgültigkeit.

Er verzog die Lippen zu einem niedergeschlagenen Lächeln und wich in Richtung Tür zurück. „Gute Nacht. Und obwohl ich weiß, dass Ihr keine Hilfe braucht, ruft mich einfach, sollte es doch zu einem Notfall kommen." Dann wurde sein Grinsen breiter. „Oder vielleicht rufe ich nach Euch, wenn ich gerettet werden muss."

Ich lachte. „Tut das, Bruder Tuck."

Er verbeugte sich leicht. „Gute Nacht, holde Maid."

Die Tür schloss sich und alles, was ich in den nächsten Sekunden hörte, waren seine leisen Schritte auf den Steinstufen der Treppe... und das Klopfen meines sehnsüchtigen Herzens.

Kapitel 4

TUCK

Spirituelle Führung? Von wegen. Diese Frau steckte definitiv in irgendwelchen Schwierigkeiten.

Sagt niemandem, dass ihr mich gesehen habt. Niemand darf wissen, dass ich hier bin. Bitte.

Die nächsten paar Stunden lag ich im Bett und dachte darüber nach. Ich dachte an sie.

Okay, okay – ich träumte von ihr. Ich schloss die Augen und stellte mir Wellen von langem, glänzendem, schwarzem Haar vor. Augen, wie zwei Fenster zu einer sternenklaren Nacht, gefüllt mit winzigen Sprenkeln des Lichts. Ein Körper mit Kurven an den richtigen Stellen, aber gleichzeitig stark und wendig.

Dann runzelte ich die Stirn und stellte mir ein Dutzend Zwangslagen vor, in denen sich eine so schöne Frau befinden konnte.

Ein unerwünschter Verehrer hielt um ihre Hand an und sie ging ihm aus dem Weg.

Eine schlechte Wahl von Liebhabern hatte sich gerächt und sie musste den Folgen eine Zeit lang entkommen.

Eine Bande von Verbrechern plante, sie zu töten, zu entführen oder an den Höchstbietenden zu verkaufen.

Nun, wenn das der Fall war, taten mir die Verbrecher leid. Sie würden sich am Ende auf dem Boden wälzen und sich vor Schmerz die Eier halten.

Mein Löwe gluckste. *Können wir sie bitten, uns noch einmal gegen eine Wand zu drücken? Bitte?*

Ich grinste, doch dann verdüsterte sich meine Stimmung. Die schöne Dame, die sich in der Bibliothek versteckte, mochte eine fähigere Kämpferin sein als die meisten Männer, aber selbst sie konnte es nicht mit drei, vier oder gar fünf Angreifern aufnehmen.

Darf nicht zulassen, dass ihr jemand etwas antut, erklärte mein Löwe.

Dennoch drehte sich mein Magen angesichts all der hässlichen Möglichkeiten um. Möglichkeiten, über die ich stundenlang im Bett nachdachte, und dann während der ganzen Matinee, dem nächsten in einem endlosen Zyklus von Gebeten, zu denen wir stets gerufen wurden. Ehrlich gesagt, mussten Mönche für Gott schlimmer sein als Babys, die sich weigerten, die Nacht durchzuschlafen.

Ich gähnte, dann bewegte ich meine Lippen im Takt der Gebete, ein Trick, den ich in meiner ersten Woche im Fegefeuer – ähm, in der Abtei – gelernt hatte. In den seltenen Fällen, in denen ich wirklich betete, ging es entweder darum, die Abtei zu verlassen, darum, dass ein paar schwertschwingende Barbaren in die Abtei stürmten, oder um die überraschende Offenbarung, dass mein älterer Bruder John – ein anderer, nicht der Prinz – ein Hochstapler war, wodurch ich zum zweiten Sohn aufstieg. Und dann, juhu! Ich wäre endlich ein Ritter und könnte für die Kreuzzüge packen.

Leider war keines dieser Gebete erhört worden.

Gelegentlich betete ich sogar für Weltfrieden.

Bis jetzt war auch dieses Gebet nicht erhört worden.

Doch in dieser Nacht – oder am Morgen, oder welch gottverdammte Stunde es auch war –, sprach ich ein ganz neues Gebet. Nicht für mich und auch nicht für etwas Großes. Sondern für sie. Die fesselnde, faszinierende und bis unter die Zähne bewaffnete Frau in der Bibliothek.

Möge sie sicher sein. Möge sie glücklich sein.

Das war es. Cyril hatte die Theorie, dass einfache Gebete bei all dem Verkehr, mit dem unser armer Herrgott zu kämpfen hatte, besser durchschlüpfen könnten, und ich neigte dazu, ihm zuzustimmen.

Nach der Hälfte der Matinee – also eine Ewigkeit später – warf ich einen Blick auf den Abt und dann auf Pater Benedict, seinen Assistenten und Chefbibliothekar. Beide wiegten sich im Gebet – oder im Versuch, wachzubleiben, so wie wir anderen auch. Sicherlich wussten die beiden doch von der Frau in der Bibliothek. Aber warum tat unser Gast so geheimnisvoll? Vor wem versteckte sie sich und warum?

Ich behielt meinen Blick auf mein Psalmenbuch gerichtet, aber alles, was ich sah, waren ihre dunklen Augen und ihr Haar. Alles, was ich roch, war ihr Blumenwiesenduft, und alles, was ich fühlte, war ihre elektrisierende Berührung an meiner Hand... meiner Schulter... und, ähm, anderen Stellen.

Ich rutsche auf meinem Platz hin und her und kämpfte gegen einen Steifen an. Das war eine Premiere, zumindest in der Kirche.

Folglich war es auch das erste Mal, dass ich nicht sofort aus meiner Kirchbank stürzte, als das Gebet zu Ende war. Als ich mich schließlich zu den anderen gesellte, die in den Kreuzgang strömten, schaute ich gen Himmel. Immer noch dunkel, immer noch geheimnisvoll. Und mein Geist war immer noch voller Gedanken an die holde Maid.

Sie war adlig, ganz sicher. Hochadel, ein oder zwei Ränge über meiner Familie. Sie verbarg ihre Abstammung gut, aber man hörte sie dennoch in den langen Vokalen, den artikulierten Konsonanten und den Pausen, die voraussetzten, dass man bleiben würde, um zu hören, was sie als Nächstes zu sagen hatte.

Und Junge, wie er bleiben würde. Nicht nur wegen der Art, wie sie sprach.

Aber auch nicht nur wegen ihres Äußeren. Vielmehr wegen ihres Kampfgeistes. Ihres Elans. Ihrer Entschlossenheit.

Wir könnten gemeinsam spazieren gehen, schwärmte meine Löwenseite. *Vielleicht sogar jagen.*

Ha. Die Jagd war wahrscheinlich genau das Richtige für sie. Aber was würde sie davon halten, mit einem ausgewachsenen Löwen loszuziehen, anstatt auf der Suche nach einem?

Ich glaube, sie würde mich lieben, knurrte mein Löwe und betonte das L-Wort.

Ich schluckte und scheute vor diesem heiklen Thema zurück. Stattdessen träumte ich weiter – und fragte mich, weil mich das Mysterium fesselte. Was machte eine Frau wie sie in einer vergessenen kleinen Abtei wie unserer?

„Ich stehe in Eurer Schuld" hatte Cyril immer wieder geflüstert, nachdem ich ihm die Skizzen zurückgegeben hatte.

Alle Skizzen, vielen Dank auch, denn ich hatte der Versuchung widerstanden, eine zu meinem eigenen Vergnügen zu behalten. Denn, verdammt. Warum sollte ich mir eine alberne Skizze ansehen, wenn ich die Erinnerung an die holde Maid im Kopf hatte?

Dabei stockte mir der Atem. Das Spiel, die Skizzen zurückzuhalten, hatte sie mit dem Rücken an meine Vorderseite gebracht. So wie ein Paar in den langsamen, glücklichen Stunden nach dem Liebesspiel sein würde. Mein Kinn hatte über ihrer Schulter geschwebt und mein Blick war über die seidige Haut ihres Halses geglitten.

Und verdammt. Ich brauchte nicht viel Fantasie, um die Dinge weiterzutreiben und den kleinen Mönch – ähem, großen Mönch – in der unteren Hälfte meiner Tunika zu wecken. Noch erstaunlicher war, dass ich mich nicht nur feurigen Fantasien hingab. Ich verbrachte genauso viel Zeit damit, von gezähmteren Momenten zu träumen. Wie, sie zu halten. Mit ihr zu spazieren. Seite an Seite auf ein paar gemütlichen Pferden mit ihr zu reiten. Ihr gar vorzulesen oder ihr beim Sticken zuzuschauen.

Ich prüfte die Temperatur meiner Stirn. Was war nur los mit mir?

Und außerdem war ich mir ziemlich sicher, dass die Stickerei nur Fassade war und nicht ihre wahre Leidenschaft.

Leidenschaft, grummelte mein Löwe, der gern noch ein wenig weiter fantasierte.

Ich tat mein Bestes, um mich auf etwas anderes zu konzentrieren. Zum Beispiel das Reiten.

Moment. Reiten…

Meine Gedanken huschten zurück zu der hübschen weißen Stute im Stall. Die neue.

Als die Sonne *endlich* aufging und wir *endlich* von den Gebeten entbunden wurden, ging ich zum Stall.

„Hallo Rita. Hallo Rosie." Ich streichelte beide. Rita schaute mich an und ich seufzte. „Fragt nicht."

Bruder Matthew hatte mir bereits eine Standpauke über mein gebrochenes Schweigegelübde gehalten, aber er hatte es versäumt, mir einen neuen Schwur abzunehmen... noch nicht. Es war nur eine Frage der Zeit, dessen war ich mir sicher.

Ich ging zu der weißen Stute hinüber. „Hallo du."

„Ist sie nicht eine Schönheit?", sagte Geoffrey, der Stallbursche, im Vorbeigehen.

Ich nickte und betrachtete ihre eleganten Züge und die edle Haltung. „Schön und edel."

Geoffrey lachte. „Die Maid Marian der Pferde, nicht wahr?"

Ich erstarrte.

Geoffrey fuhr fort und schwärmte hinter mir weiter. „Ihr solltet die Ausrüstung einmal sehen, mit der sie gekommen ist. Ich wünschte, mein Kopfkissen wäre so weich wie ihr Sattel. Und was die Gravur im Leder angeht... Wer auch immer sie besitzt, ist so reich wie der König. Vielleicht sogar noch reicher."

Wunderschön. Edel. Reich.

Und weit außerhalb meiner Liga.

Ich warf einen Blick in die Richtung der Bibliothek. Maid Marian?

„Wessen Reittier ist das?" Ich tat mein Bestes, um nicht zu interessiert zu klingen.

Geoffrey zuckte mit den Schultern. „Fragt nicht, denn sie werden es nicht verraten. Deshalb haben wir sie hier hinten bei den Maultieren. Nichts für ungut, meine Damen", fügte er schnell hinzu.

Rita scharte ärgerlich über den Boden.

Ich streichelte die Stute noch einen Moment, dann Rita, dann Rosie. Schließlich machte ich mich auf den Weg zur Arbeit in der Brauerei, aber meine Gedanken waren ganz woanders.

Maid Marian. Konnte es wirklich sein?

∞∞∞

Ich verbrachte den ganzen Tag damit, Blicke auf die Fenster der Bibliothek zu werfen, zu wünschen und zu wundern. Das machte es zu einem der quälendsten Tage, die ich je in der Abtei verbracht hatte, aber auch zu einem der aufregendsten, weil ich endlich etwas Interessantes hatte, womit ich meine Gedanken beschäftigen konnte.

Wer war sie? Weshalb war sie wirklich hier? Und wie hoch standen die Chancen, erstochen zu werden, wenn ich mich an diesem Abend erneut in die Bibliothek schlich?

Ich schlug alle Vorsicht in den Wind und schlich eine Stunde, nachdem im Schlafsaal das Licht ausgegangen war, auf Zehenspitzen die Treppe hinauf.

Das nächtliche Herumschleichen war mir so zur Gewohnheit geworden, dass ich den Adrenalinstoß vergessen hatte, den es früher stets ausgelöst hatte. Aber an diesem Abend hämmerte mein Herz und meine Sinne waren geschärft, als ich mich heranschlich. Beim leisesten Geräusch, bei der kleinsten Andeutung einer Bewegung hielt ich inne. Mein innerer Löwe zuckte mit den Schnurrhaaren. *So viel Spaß hatten wir schon lange nicht mehr.*

Ich grinste. Und wir waren noch nicht einmal da.

Herum und herum führte die Treppe, als ich hinaufging. An der Hintertür zur Bibliothek hielt ich inne und wog meine Optionen ab. Wenn ich mich hineinschlich, bestand die Gefahr, dass mir die allzu fähige Frau dort drin die Kehle aufschlitzte. Andererseits könnte sie mich auch wieder gegen die Wand drücken.

Mein Löwe brummte zustimmend. *Das war das Risiko auf jeden Fall wert.*

Das war es, aber wie wahrscheinlich wäre es, dass sie mir vertrauen würde, wenn ich es tat? Widerstrebend entschied ich mich für die zweite Option – ein leichtes Klopfen.

Ich hielt den Atem an und wartete.

Mein Löwe tat es auch und malte sich alle möglichen schönen Szenarien aus, wie sie die Tür nur im Bademantel öffnete und mich hereinwinkte.

Zehn Sekunden später runzelte ich die Stirn. Keine Antwort.

Ich klopfte erneut, lauter. Und noch einmal. Und noch einmal.

Hmpf.

Natürlich, sie war heimlich hier, also war es unwahrscheinlich, dass sie die Tür öffnen würde. Oder sie war weg und ich würde sie nie wiedersehen.

Mein Löwe gab ein klägliches Knurren von sich.

Schließlich klopfte ich so laut, wie ich mich traute, drehte dabei den Schlüssel im Schloss und flüsterte: „Ich komme herein. Bitte tötet mich nicht."

Ich stieß die Tür auf und sprang dann vorsichtshalber zurück. Und tatsächlich, die holde Maid – Marian? – stand da, bewaffnet und bereit.

Sie starrte mich volle zehn Sekunden lang an und senkte dann ihre Waffe – dieses Mal ein Schwert.

„Ihr schon wieder."

Mein Löwe klagte über ihren verächtlichen Ton. *Sie hasst uns.*

Nein, sie kannte uns nur noch nicht. Ich musste sie noch für mich gewinnen.

Sie hob eine perfekt geschwungene Augenbraue. „Noch mehr unanständige Kunst zu beschaffen?"

Ich schüttelte den Kopf. „Heute Abend nicht. Und ich schwöre, sie war für einen Freund."

Sie kicherte. „Genau."

„Es ist die Wahrheit, aber deswegen bin ich nicht hier. Ich wollte euch einladen, mit mir auszugehen."

Sie riss beide Augenbrauen hoch.

Ich machte schnell einen Rückzieher. „Ich meine nicht, ausgehen, im Sinne von *ausgehen*. Nur wörtlich. Hinausgehen. Zu einem kleinen Ausflug, um die Gegend zu erkunden. Morgen, meine ich."

„Habt Ihr den Verstand verloren?"

„Ich weiß, Ihr kennt mich kaum...", fuhr ich unbeirrt fort.

Sie nickte. „Ihr könntet ein Attentäter sein, soweit ich es weiß."

„Ha. Ich wünschte, ich wäre etwas so Aufregendes. Aber ich verspreche, es wird gut. Ihr sagtet, Ihr seid hier, um spirituelle Führung zu finden, nicht wahr?"

Sie neigte das Kinn zu einem winzigen, zögernden Nicken.

„Nun, morgen ist Almosentag. Der Tag, an dem wir den Armen spenden." Ich hielt inne und versuchte, ihren Blick zu deuten. „Das ist die sinnvollste Tätigkeit, die ich hier je gefunden habe."

Sie neigte den Kopf und ich hatte das unangenehme Gefühl, dass sie mich wie ein Buch lesen würde. Aber ja, der Almosentag bereitete mir wirklich Freude. Und ja, mein Leben war so leer, dass mich eine einmal pro Woche stattfindende Wohlfühlaktivität die anderen sechs Tage bei Laune halten konnte. Das, und die Hoffnung auf etwas Aufregung von Zeit zu Zeit, dank Robynne Hood. Leider fanden ihre Eskapaden nicht so regelmäßig statt wie der Almosentag.

„Eine Lady wie Ihr weiß doch sicher, wie man Almosen gibt", stichelte ich.

Der Adel unseres Landes war in Bezug auf das Geben an die Armen etwa in der Mitte zweigeteilt. Einige gaben mehr, als sie nahmen, andere drehten diese Gleichung um. Ich wünschte mir unbedingt, dass Marian zu der ersten Gruppe gehörte.

„Natürlich." Sie warf den Kopf zurück und sah mehr denn je wie eine richtige Dame aus. „Aber dafür muss ich nicht mitkommen."

Ein gutes Argument. Ich dachte über meine Möglichkeiten nach und kam zu dem Schluss, dass ich nur noch eine hatte. Meinen Joker.

Ich beugte mich mit einem rauen Flüstern vor. „Ich könnte euch auf dem Weg mit zu Willa nehmen."

Und, Volltreffer. Sie riss die Augen weit auf und ihr Atem stockte. Sie kannte Willa, so viel stand fest.

Einen Moment später strich sie sich mit den Händen über das Kleid und machte einen Rückzieher. „Willa, wer?"

Ha. Jetzt hatte ich sie.

Ich warf ihr die Kutte zu, die ich mitgebracht hatte.

Sie runzelte die Stirn. „Was ist das?"

„Eure Verkleidung."

Sie hielt sie ohne die Aufregung, die man von einer hochgeborenen Dame erwarten würde, vor ihren Körper. *Nein, in so etwas kann ich unmöglich gesehen werden! Oder habt Ihr nicht etwas Schmeichelhafteres?* Nur ein misstrauischer Blick, der eher auf mich als auf die Kutte gerichtet war.

„Hmpf. Ihr habt an alles gedacht, nicht wahr?"

Ich lachte. „Nun, normalerweise gibt es ein kritisches Detail, das ich übersehe, also macht Euch bereit. Irgendetwas wird schon schiefgehen." Mit diesen Worten wandte ich mich zur Tür. „Ich hole Euch morgen früh ab, gleich nach dem Terz-Gebet." An der Tür angekommen, blickte ich grinsend zurück. „Bis dann, Marian."

Kapitel 5

MARIAN

Ich runzelte die Stirn, als ich Tuck nachsah, der sich davonschlich. War es so offensichtlich, wer ich war? Wusste jeder in der Abtei, dass ich mich in der Abtei versteckte – ähm, sie besuchte?

Und Willa! Es wäre so schön, sie zu sehen – wenn Tuck nicht bluffte. Auch über sie hatte ich tausend Fragen. Ging es ihr gut? Was machte sie? Alles, was ich erhalten hatte, war eine kryptische Nachricht, die besagte: *Lieferung erfolgreich. Nosey und ich in Sicherheit. Bleiben vorerst an Ort und Stelle, sind aber bereit zu handeln, sowie der Befehl kommt.*

Fragen, die mich die ganze Nacht und bis zum nächsten Morgen quälten.

Ich spähte aus dem Fenster und fragte mich, wo Tuck war. Jedes Mal, wenn der Gesang der Mönche beim Gebet durch die Abtei hallte, lauschte ich und stellte mir einen blonden Mönch vor... nun, vielleicht nicht beim Beten. Eher einen, der sich unter seiner Kapuze versteckte und von etwas anderem träumte.

Ich lächelte bei dieser Vorstellung, runzelte dann die Stirn und griff nach meiner Stickerei. Eine Minute später warf ich sie wieder weg. Wem wollte ich etwas vormachen? Es lag nicht in meiner Natur, die feine Dame zu spielen, genauso wenig wie es in Tucks Natur lag, das Leben eines Mönchs zu führen.

Es entsprach auch nicht meiner Natur, den ganzen Tag herumzusitzen. Meine tierische Seite sehnte sich danach, herauszukommen und über die nebligen Felder rund um die Abtei zu laufen.

Schließlich erklang das leise Stapfen von Schritten auf der Hintertreppe. Zuvor hatte es mein Herz in Alarmbereitschaft versetzt. Jetzt überschlug es sich mit Vorfreude. Aber das lag am Almosentag, nicht an dem Mann, mit dem ich Zeit verbringen würde. Ich schwöre es.

Ich achtete darauf, weder auf das erste noch auf das zweite Klopfen zu antworten, damit er nicht dachte, ich sei übereifrig. Zugegeben, ich hatte die letzte Stunde damit verbracht, auf- und abzugehen und an meiner Kutte herumzufummeln.

Beim dritten Klopfen öffnete ich die Tür mit einem Gähnen. „Oh. Ihr seid es."

Er ließ dieses *Hier ist Euer Stichwort, um ins Schwärmen zu geraten*-Grinsen aufblitzen und sagte: „Guten Morgen."

Und verdammt, beim heiseren Ton seiner Stimme konnte ein Mädchen tatsächlich ins Schwärmen geraten.

„Morgen", brummte ich.

Sein Lächeln wurde breiter, strahlte über seine Wangen und in seinen bernsteinfarbenen Augen. Dann blieb sein Blick an der Mönchskutte hängen, die ich trug, und sein Atem stockte.

Ich runzelte die Stirn und schaute an mir hinab. „Habe ich es falsch gemacht?"

Er schüttelte schnell den Kopf. „Ganz im Gegenteil. Alles ist gut. *Zu* gut." Dann räusperte er sich und griff nach meinem Seilgürtel. „Darf ich?"

Ich streckte meine Arme seitlich aus und tat so, als würde es mir nicht gefallen, wie er meinen Gürtel zurechtrückte.

Dann räusperte er sich erneut, wich zurück und betrachtete sein Werk.

„Gut. Genau. Perfekt. Abgesehen von den Haaren vielleicht. Ich meine, sie sind perfekt, aber das ist nicht der Punkt. Ich meine..."

Aha. Es war also möglich, diesen geschmeidigen Mann aus der Fassung zu bringen. Gut zu wissen.

Ich strich mein Haar zurück und zog die Kapuze hoch. „Besser?"

„Besser." Seine Stimme schwankte allerdings ein wenig.

Ich folgte ihm die Hintertreppe hinunter und durch eine Seitentür hinaus. Und Junge, wenn es zu Verstohlenheit kam, war dieser Mann ein Profi.

Löwengestaltwandler, murmelte meine animalische Seite verträumt.

Ich kannte einige, und obwohl Tuck den gleichen Kampfgeist hatte, war er auch anders. Verspielter, weniger versnobt. Einzigartig, mit einem Wort.

Meine animalische Seite grinste. *Wir sind ein perfektes Paar.*

Ich seufzte. Wenn die Dinge doch nur so einfach wären.

Er hielt inne und spähte um jede Ecke, was mich an die Spionagespiele erinnerte, die Willa und ich als Kinder gespielt hatten. Die Aussicht, sie zu sehen, beflügelte mich.

Trotzdem hatte ich Schlagringe und mehrere Dolche eingesteckt. Nur für den Fall, dass der gute Mönch nicht so fröhlich und ehrlich war, wie er schien.

„Verschränkt die Hände vor dem Bauch, haltet das Kinn gesenkt und bleibt neben mir", wies er mich an, als wir hinaustraten.

Mein Atem kristallisierte sich vor mir und meine abgenutzten Reitstiefel knirschten auf dem frostigen Boden. Ich war mir sicher, dass jemand meine Tarnung durchschauen würde, aber die wenigen Mönche, an denen wir vorbeikamen, nickten mir nur uninteressiert zu.

Im Stall arbeitete Tuck zügig daran, zwei Maultiere vor einen Wagen zu spannen.

„Komm jetzt, Rita", murmelte er und brachte eines in Position.

Ah, so ein glückliches Mädchen, diese großen, fähigen Hände zu spüren, die sich über ihren Körper bewegten, und ihren Namen aus der Nähe gemurmelt zu hören.

Ich hustete leicht und tätschelte mein Pferd, das aufgeregt die Ohren spitzte.

„Es tut mir leid, Snow. Heute nicht."

Als Nächstes streichelte ich Rita und sie zuckte zufrieden mit dem Schwanz. Dann ertappe ich Tuck dabei, wie er mich musterte.

„Was?", fragte ich.

Er rieb sich das Kinn. „Die Mädchen sind in der Nähe von allen außer Geoffrey und mir launisch." Er warf einen Blick auf die Reihe der Boxen, die sich entlang der Scheune erstreckte. Und obwohl er es nicht sagte, verriet sein Gesichtsausdruck jedoch, *Und einige der Pferde auch.*

Ich schenkte ihm ein Lächeln, auch wenn es etwas gezwungen wirkte. „Ich schätze, ich habe einen Draht zu Pferden. Und mein Vater hat immer gesagt, ich sei so stur wie ein Esel."

Ich hielt meinen Blick gesenkt, damit er mich nicht durchschaute. Es war keine Lüge, aber es entsprach auch nicht ganz der Wahrheit.

Der Wagen war bereits mit Säcken voller Brot, Kartoffeln und anderen Waren beladen. Etwas klirrte, als Tuck einen unförmige Beutel dazwischen versteckte. Münzen?

Tuck brach in einen Hustenanfall aus und lächelte dann unschuldig. „Nun, wir müssen los. Braucht Ihr Hilfe, Mylady?"

Ich sprang auf und nahm die Zügel in die Hand. „Ich habe alles unter Kontrolle, vielen Dank."

„Das kann ich sehen." Er nahm neben mir auf der Kutscherbank Platz und breitete dann eine Decke über unsere Beine aus. „Gegen die Kälte", fügte er schnell hinzu.

Zu schnell. Vielleicht war ich also nicht die Einzige, die sich vorstellte, wie wir uns unter einer gemeinsamen Decke intim aneinanderkuschelten.

„Natürlich", sagte ich trocken.

Er schnalzte mit der Zunge, um den Maultieren ein Zeichen zu geben, und der Wagen setzte sich in Bewegung.

„Dort entlang, holde Lady." Er zeigte auf den Weg, als wir draußen waren.

„Nennt mich keine holde Lady."

„Dann gebt mir einen Namen."

Meine Lippen blieben versiegelt.

„Wie wäre es mit Marian?", schlug er vor.

Ich schluckte. Ich hatte gehofft, dass seine Bemerkung vom Vorabend nur eine wilde Vermutung gewesen war, aber es schien, als hätte er mich tatsächlich durchschaut. Verflixt. Ich warf ihm einen strengen Blick zu und spielte mein Ass aus.

„Ihr könnt mich Marian nennen, wenn ich Euch... sagen wir, Leo nennen darf."

Seine Kinnlade klappte hinunter und seine Lippen bewegten sich ein wenig. Ich konnte praktisch sehen, wie sich die Zahnräder in seinem Kopf drehten. *Sie weiß, dass ich ein Löwengestaltwandler bin?*

Dann bebten seine Nasenlöcher, als er meinen Geruch prüfte. Und prüfte und prüfte...

„Wolf?", murmelte er schließlich.

Ich schüttelte den Kopf.

„Fuchs?"

Ich schnaubte. Ich war kein Hund.

Er sah perplex aus. „Löwe? Drache? Bär?"

Mein Lächeln wurde selbstgefällig. „Nichts von alledem."

Wahrscheinlich hätte ich nicht verraten sollen, dass ich nicht ganz menschlich war, aber es war mir einfach so herausgerutscht, und ich bezweifelte, dass er es jemals erraten würde.

Bei seinem nächsten Versuch wurde seine Stimme bedrohlich leise. „Hexe?"

„Gott, nein."

Während der nächsten langen Minute waren die einzigen Geräusche die der Maultiere und das Knarren des Wagens. Dann versuchte er es erneut.

„Igel?"

Ich gab ihm einen Klaps. „Igel?"

Er lachte. „Okay, vielleicht kein Igel. Aber was dann?"

Ich sagte kein Wort.

Schließlich gab er auf. „Eine Frau mit vielen Geheimnissen, wie ich sehe. In Ordnung, ich gebe auf. Für den Moment."

Er drehte sich auf dem Sitz um und zog ein paar Rosinenbrötchen und eine Feldflasche heraus. „Warmer Apfelwein. Wir haben einen langen Tag vor uns."

Das stimmte und so war es, obwohl ich jede Minute genoss. Trotz der winterlichen Kälte und der brachliegenden Felder ringsherum war die Landschaft von subtiler Schönheit.

„Oh! Schaut mal!" Ich zeigte auf eine Ricke und ihr langbeiniges Kitz, die im Nebel am Rande eines Baches standen.

„Sehr hübsch. Oh!" Er schaute mich genau an. „Rehgestalt-wandler?"

Ich lachte und schüttelte den Kopf, dann beobachtete ich wieder die Ricke und ihr Kitz. Wir staunten beide über die Schönheit dieser winterlichen Szene, dann sahen wir einander an und grinsten.

Und grinsten...

Langsam verblasste unser Lächeln, aber nicht, weil etwas nicht stimmte. Im Gegenteil, etwas war sehr, sehr richtig. Er schaute mir mit diesen bernsteinfarbenen Augen, die funkelten und wirbelten, tief in die meinen. Mein Brustkorb hob sich mit einem tiefen Atemzug und die Zeit verlangsamte sich.

Die Räder des Wagens rumpelten über den gefrorenen Boden und mein Geist verwandelte die Geräusche in Worte.

Vertrauen... Schicksal... Liebe...

Alles Begriffe, von denen ich glaubte, sie zu verstehen. Aber das hatte ich nicht, zumindest nicht bis jetzt.

Was verrückt war. Ich kannte den Mann kaum!

Du kannst ihm vertrauen. Du musst *ihm vertrauen*, knarr-ten mir die Räder weiter zu.

Vertrauen zu können, war eine Sache. Aber zu *müssen*? Warum? Was hatte das Schicksal auf Lager?

Rosie grölte und wir schauten beide auf. Eine weitere Kut-sche kam auf uns zu.

Tuck schüttelte sich ein wenig. „Hoppla. Wir haben Gesell-schaft." Er strich mir mit einer Hand über den Kopf, um eine lose Haarsträhne zu verbergen, und zog meine Kapuze tiefer. „Behalte den Kopf gesenkt."

Ich tat es und verbarg mein Gesicht, als die andere Kutsche vorbeifuhr.

„Morgen, Tuck", rief jemand.

„Morgen, Anthony", erwiderte Tuck.

„Wer war das?", flüsterte ich, als wir außer Reichweite wa-ren.

„Der Laienmönch, der Feuerholz besorgt hat."

Eine Zeit lang sprach keiner von uns. Dann lehnte ich mich vor und flüsterte: „Was ist mit Willa?"

Er zeigte in eine Richtung und zuerst verstand ich es nicht. Kein Haus, kein Dorf. Nur ein scheinbar endloses Stück Wald.

Dann traf es mich wie der Schlag. Der Wald.

„Sie ist im Sherwood Forest?"

Tuck spitzte die Lippen, als würde er abwägen, wie weit er mir vertrauen sollte.

„Können wir sie jetzt besuchen? Fahren wir dorthin?"

Er schüttelte den Kopf. „Man betritt den Wald nicht ohne Einladung – nicht einmal ich. Aber ich habe eine Nachricht geschickt. Sie kennt meine Route. Es liegt also an ihr."

Hitze stieg in meinen Wangen auf und fast hätte ich eine wütende Antwort gebellt. Aber dann fing ich mich wieder. Tuck wollte nur meine Freundin schützen – und sich selbst.

Ich lehnte mich zurück und beschloss, den Tag bringen zu lassen, was er bringen würde – zum Beispiel den Beweis, dass ich Tuck vertrauen konnte, und umgekehrt. Und hoffentlich eine Chance, Willa zu sehen.

Ich ließ mir seine Worte durch den Kopf gehen. *Man betritt den Wald nicht ohne Einladung – nicht einmal ich.*

Kannte er die Gesetzlosen im Sherwood Forest? Hatte er eine Art Abkommen mit ihnen?

Ich warf einen Blick auf die Waren im Wagen und machte mir Sorgen, dass ich Tuck falsch eingeschätzt haben könnte. Was, wenn er vorhatte, die für die Armen bestimmten Waren zu verkaufen und den Gewinn einzustecken? Schlimmer noch, was, wenn er mit den Gesetzlosen unter einer Decke steckte?

Monate zuvor hatte ich Willa – meine beste Freundin und, technisch betrachtet, eine meiner Hofdamen – auf eine geheime Mission geschickt, um die Schätze meiner Familie zu den Gesetzlosen im Sherwood Forest zu bringen. Um sie vor Prinz John zu verstecken. Aber was, wenn mein Vertrauen in sie unangebracht gewesen war?

Ich musterte Tuck genau. „Macht Ihr euch Sorgen über Banditen?"

Er lachte. „Ich hätte gern etwas Action, um mir den Tag zu versüßen. Aber leider sind die örtlichen Banden anderer Meinung." Als ich den Kopf neigte, erklärte er sich: „Sie haben einmal versucht, mich auszurauben. Ich habe sie verschont, aber leider weigern sie sich seither, mit mir zu spielen."

Das konnte ich mir nur allzu leicht vorstellen – Tuck als Krieger, der gegen ein halbes Dutzend Räuber kämpfte.

„Außerdem hat der neue Sheriff – der stellvertretende Sheriff, meine ich – die meisten Banditen verjagt", fuhr er fort. „Der Mann ist zu effizient für sein eigenes Wohl."

Ich deutete in Richtung Wald. „Was ist mit Robin Hood und den fröhlichen Gesellen?"

Er grinste. „Das ist eine ganz andere Art von Banditen. Sie belästigen keine ehrlichen Leute. Ganz im Gegenteil."

Ich zog eine Augenbraue hoch und wartete.

Er lachte. „Schon gut, schon gut. Sie legen sich nicht mit armen Leuten an. Reiche Leute hingegen sind Freiwild."

„Weil. . . ?"

Er sah mich mit zusammengekniffenen Augen an und flüsterte dann: „Weil sie den Armen im Namen unseres wahren Königs Richard dienen. Ihr werdet schon sehen."

Das hoffte ich jedenfalls.

Während der nächsten zwanzig Minuten waren die einzigen Geräusche das Knarren des Wagens und das leise Trampeln der Hufe der Maultiere. Dann hielten wir an einem winzigen Weiler mit nicht mehr als vier oder fünf Haushalten an.

„Bruder Tuck! Bruder Tuck!" Die Leute, die misstrauisch hinausgeschaut hatten, lächelten, als sie ihn erkannten. „Willkommen!"

„Hallo, George. Hallo, Maud. Hallo, Jamie."

Tuck begrüßte einen jeden mit Namen und machte sich sofort an die Arbeit, um Lebensmittel, Kleidung und andere Güter zu verteilen.

„Ich habe Brot, Kartoffeln und das Lieblingsessen aller dabei – Rüben", scherzte er.

Alles wurde mit überschwänglichem Dank eifrig angenommen.

„Hier ist die neue Axtklinge, die Ihr gebraucht habt", sagte er zu einem Mann. „Und ein Ballen Stoff für Euch und die Kinder", sagte er und überreichte es einer Frau mit Schwung. „Und Tee und Salz für euch, Miss Maggie." Diese Frau war so alt und gebückt, dass sie kaum noch mit einem Stock gehen konnte. Doch Tucks liebevolle Aufmerksamkeit ließ sie lebendig werden.

„Ihr müsst zum Essen bleiben", beharrte sie.

Er zwinkerte. „Das würde ich gern, aber werden die Nachbarn nicht reden?"

Ihre Wangen färbten sich rosig, als sie seinen Ellbogen nahm. „Sollen sie doch."

Er lachte herzhaft und der Klang belebte die ganze triste Gemeinde.

Wie so viele andere Orte in diesem Land wies auch der Weiler Anzeichen eines längst vergangenen Wohlstands auf – abblätternde Farbe, schiefe Dächer. Stolze, einfache Leute in geflickter, abgetragener Kleidung. Mütter, deren Augen vor Liebe zu ihren Kindern strahlten, die aber verzweifelt waren, wenn sie von der Zukunft sprachen.

In den Jahren der Abwesenheit des Königs hatte Prinz John die Steuern immer weiter erhöht. ‚Aber wo nichts ist, da hat der Kaiser sein Recht verloren', wie man so schön sagte. Ich bezweifelte, dass diese Leute jemals reich gewesen waren, aber jetzt kämpften sie ums Überleben.

Tuck stellte mich als Bruder Michael vor. „Einer unserer neuesten Novizen. Er hat ein Schweigegelübde abgelegt, also führt ihn bitte nicht in Versuchung."

Ein kluger Mann, dieser Tuck.

Ich beobachtete fasziniert, wie er seine Runden drehte. Er trank Tee und unterhielt sich. Er half, Schieferschindeln auf ein Dach zu schleppen, das dringend repariert werden musste. Er bewunderte Babys und spielte mit den Kindern Ritter. Das beinhaltete, mit Stöckern um die Wette zu schlagen, Gut und Böse zu spielen und sich von einem Dutzend lachender Kinder angreifen zu lassen.

Ich konnte nicht anders, als mir einen Löwenvater mit verspielten Jungen vorzustellen, der darauf achtete, sanft zu sein, während er vorgab, wild zu kämpfen.

„Hilfe! Helft mir, holde Maid!", rief er Maggie zu.

Die ältere Dame kicherte. „So hat mich seit Jahrzehnten niemand mehr genannt."

Schließlich schüttelte Tuck die Kinder – vorsichtig – ab und verabschiedete sich. „Ich würde gern bleiben, aber die Pflicht ruft. Außerdem machen mir Eure Ritter Angst."

Alle beklagten sich über unsere Abfahrt und als wir von einer Anhöhe eine halbe Meile weiter zurückblickten, winkten sie immer noch. Tuck winkte zurück und der Teil von mir, der noch nicht geschmolzen war, hörte auf, sich zu wehren.

„Ihr macht das gut", murmelte ich.

Er gluckste. „Mit Kindern spielen? Meine Mutter sagt, das liegt daran, dass ich selbst noch nicht erwachsen geworden bin."

Ich bedachte ihn mit einem scharfen Blick. „Ihr tut mehr als das. Ihr behandelt die Menschen mit Respekt. Ihr gebt ihnen ein Gefühl der Würde."

Verblüfft starrte er mich an. Seine Lippen öffneten sich und ich spürte, dass er einen selbstironischen Scherz machen wollte. Doch dann schlossen sie sich wieder. Einen Moment später zuckte er mit den Schultern. „Ich versuche es."

„Es gelingt Euch", versicherte ich ihm.

Seine Manieren, seine Sprache und die Tatsache, dass er lesen konnte, ließen darauf schließen, dass er aus einer adligen Familie stammte. Aber er hatte wirklich ein Herz für Menschen – für alle Menschen, unabhängig von ihrem Alter, ihrer Klasse oder ihren Umständen.

„Ich glaube, Ihr seid für diesen Job geboren", erklärte ich, während die Maultiere treu zu unserem nächsten Halt stapften.

Er stieß einen übertriebenen Seufzer aus. „Und ich dachte immer, ich wäre zum Ritter geboren."

Ich schüttelte den Kopf. „Ihr seid für größere Dinge geboren."

Er beäugte mich skeptisch, als wollte er sagen, *Es gibt etwas Größeres als den Ritterstand?*

Ja, gab es. Er wusste es vielleicht noch nicht, aber vielleicht würde er eines Tages zu dieser Erkenntnis kommen.

„Ihr hinterlasst schon jetzt Eure Spuren in der Welt – auf eine gute Art. Wie viele Ritter können das von sich behaupten?"

Er schaute mich an und war eine Weile untypisch still.

„Was ist mit Euch?", fragte er schließlich.

Ich neigte den Kopf. „Was ist mit mir?"

„Wozu wurdet Ihr geboren?"

Ich schnaubte. „Wisst Ihr das nicht? Um gut zu heiraten und viele Kinder zu gebären."

Herrgott, rette mich, fügte ich fast hinzu.

Er schüttelte den Kopf. „Das ist es, was von euch erwartet wird. Aber wozu wurdet Ihr geboren?"

Ein Mann nach meinem Geschmack.

„Als Kind wollte ich Ritterin werden", gab ich zu. „Es reicht wohl, zu sagen, dass dieser Beruf für mich nicht infrage kam."

Tuck lachte. „Nun, das ist etwas, das ich nachempfinden kann."

Vielleicht, aber ich war die einzige Tochter eines verwitweten Adligen und die Pflicht war ein unsichtbares Korsett, das meine Bewegungsfreiheit einschränkte. Ganz zu schweigen von der größten aller Pflichten – das tiefste Geheimnis meiner Familie zu bewahren.

Schon oft hatte ich es beinahe mit Willa, meiner besten Freundin und Vertrauten, geteilt. Jetzt war ich genauso versucht, es Tuck anzuvertrauen. Aber das konnte ich nicht. Ich durfte es niemandem erzählen.

Tuck lehnte sich nah genug heran, um meine Schulter anzustoßen. „Nun, ich denke, Ihr seid für große Dinge geboren. Was auch immer sie sein mögen."

Ich seufzte. „Zum Beispiel zu heiraten und für den Rest meines Lebens zu sticken?"

Er nickte ernst. „Sogar noch großartigere Dinge als Stickerei."

Wir lachten und als unsere Blicke sich trafen, geschah so viel zwischen uns, dass ich vergaß, wo ich war. Ich vergaß, *wer* ich war und warum ich überhaupt hier war. Alles, was ich wahrnehmen konnte, war das Glühen seiner Augen und die knisternde Energie, die die Luft um uns herum erfüllte.

Sein Blick fiel auf meinen Mund und meine Lippen zuckten. Doch in diesem Moment schlingerte der Wagen und die Zügel zuckten in meinen Händen.

Ich setzte mich aufrechter hin und schaute wieder nach vorn. Hoppla.

Tuck murmelte und zeigte in eine Richtung. „Dort entlang. Unser Mittagshalt. Bess' Haus. "

Bess' war, wie sich herausstellte, eine verwitwete Mutter von drei Kindern – und sie war jünger als ich. Ihr Hof war winzig, mit einer klapprigen Scheune und einem Garten in Taschentuchgröße. Aber irgendwie kam sie damit und mit einem bescheidenen Einkommen aus einer kleinen Schafherde über die Runden. Ihr Blick war müde und misstrauisch, bis sie Tuck erkannte. Dann brach sie in ein breites Lächeln aus, das ihre Schönheit durchscheinen ließ.

„Bruder Tuck! "

Er hob eine imaginäre Mütze zum Gruß. „Lady Bess. "

Sie errötete.

Die Kinder kamen angerannt und riefen: „Tuck! Tuck! "

Unser Besuch erinnerte an die vorherigen Stationen. Tuck spielte mit den Kindern, während ich Bess mit dem Mittagessen half. Es war alles so entspannt, so vertraut. Dann saßen wir alle zusammen und genossen das Festmahl, das Tuck mitgebracht hatte. Ich lehnte mich zurück und war schockiert, wie verzweifelt sich die Kinder auf die Mahlzeit stürzten. Mein Herz wurde schwer, als ich ihre geflickten Kleider und die dünnen Schultern sah.

Prinz John mochte keine Schuld am schwierigen Leben dieser jungen Frau haben, aber ich verfluchte ihn trotzdem, zusammen mit dem Rest der Welt. Warum hatten einige wenige Glückliche so viel, während andere so wenig hatten?

„Köstlich", murmelte Bess zwischen zwei Bissen.

Jetzt wusste ich, warum Tuck genug für mehrere Mahlzeiten mitgebracht hatte – genug, um der Familie eine Weile zu reichen. Aber selbst wenn er mit leeren Händen gekommen wäre, war ich mir sicher, dass er dank seiner Energie und guten Laune ebenso herzlich empfangen worden wäre.

„Kann ich bei Tuck einziehen? ", fragte Tom, der Älteste.

Bess lächelte. „Wenn du groß bist, kannst du wie er in den Klerus eintreten. "

Tuck verschluckte sich und ich klopfte ihm auf den Rücken.

„Vielleicht solltest du dir deine Optionen offenhalten", riet Tuck.

„Mein Vater war Steinmetz", sagte Tom stolz.

„Vielleicht können wir dir eine Lehrstelle finden, wenn es so weit ist", sagte Tuck.

„Haben Steinmetze viel zu essen?", fragte Tom.

Bess seufzte. „Wenn sie Arbeit haben."

Mein Herz weinte und ich streifte einen Ring von meinem Finger. Als ein Geschenk meines Vaters war er mir lieb und teuer, aber sein Verkaufspreis könnte die Familie einen Monat lang ernähren.

Tuck bedeckte meine Hand mit seiner und neigte den Kopf in die Richtung der Lebensmittel, die er in die Küche gelegt hatte. Dann stand er auf und zog mich mit sich.

„Es war sehr schön hier, aber wir müssen jetzt gehen. Schaut zu, dass Ihr die Sachen auspackt, die ich mitgebracht habe, und bewahrt sie sicher auf."

Ein Lächeln zeichnete sich auf meinen Lippen ab, als ich mich an den Beutel mit den Münzen erinnerte. Er hatte ein paar davon für Bess zwischen die anderen Vorräte gelegt, nicht wahr?

„Das werde ich", versprach Bess. „Ich danke Euch vielmals."

„Es war mir ein Vergnügen. Und du, großer Mann. Kümmere dich um diese Familie."

Tom nickte ernst. „Ja, Sir."

Wir verabschiedeten uns mit Umarmungen und dem Versprechen, bald wiederzukommen. Erst eine halbe Meile die Straße hinunter, wurde mir klar, dass dies nur für Tuck galt. Ich war hier nur auf der Durchreise.

Irgendwie tat mir der Gedanke weh.

„Gute Leute", flüsterte ich, als die Maultiere weiterzogen.

„Gut, in der Tat", murmelte Tuck, der genauso nachdenklich war wie ich.

Für die nächste Minute herrschte andächtiges Schweigen.

Dann räusperte sich Tuck. „Also, wegen Willa..."

Ich nickte eifrig, aber er hielt inne und drehte seinen Kopf. Als ich seinem Blick folgte, gefror das Blut in meinen Adern.

Eine Staubwolke stieg hinter einem Dutzend galoppierender Pferde auf, die eine Straße entlangritten – eine von vielen, die eine weitere Meile entfernt nach Nottingham führten. Die Rüstungen der Reiter glitzerten ebenso wie ihre Speere und Schwerter. Eine schöne Kutsche bildete das Schlusslicht, gezogen von vier kohlschwarzen Pferden.

Tuck fluchte und musterte die Fahne, die über der Kutsche wehte.

Der Vorhang am Kutschenfenster bewegte sich und instinktiv zog ich meine Kapuze tiefer hinunter. Dann erschien eine Hand und mir stockte der Atem. Der Sensenmann reiste nicht mit solchem Tamtam, aber ich schwor, ich spürte den Tod und das Böse. So sehr, dass ich den Drang verspürte, zu fliehen. Selbst die Maultiere gerieten in Panik und zogen in entgegengesetzte Richtungen.

„Brrr", rief ich und riss mich zusammen. Ich brauchte nicht dazustehen und mich diesem Gefühl der Angst hinzugeben. Ich schloss meine Augen und sprach in Gedanken zu ihnen.

Einen Moment später beruhigten sich die Maultiere. Aber was die Kutsche in der Ferne anging…

Eines der Pferde stolperte und die ganze Kutsche geriet ins Schlingern. Die Hand am Fenster verschwand, als der Passagier zurückgeschleudert wurde. Der Kutscher klammerte sich krampfhaft fest, während die Kutsche kurz vor einer Massenpanik weiterraste.

„Wow", murmelte Tuck. Dann schaute er mich an.

Ich ließ mir nichts anmerken. „Nette Kutsche, aber sie stinkt nach Ärger."

Er musterte mich noch einen Moment, dann nickte er grimmig. „Das tut sie. Dies ist die Flagge der Familie Gisborne."

Die Nachricht von Sir Guys Tod hatte sich schnell im Land verbreitet und ich hatte, wie die meisten anderen auch, gefeiert. Aber das bedeutete nicht, dass die Gefahr vorüber war. Nicht solange seine Schwester immer noch auf der Pirsch war.

„Lady Thornton", murmelte ich düster.

Tuck nickte. „Auf dem Weg nach Nottingham. Wir müssen das Rendezvous mit Willa verschieben."

Die Enttäuschung traf mich tief, aber ich ahnte, dass dies die geringste meiner Sorgen war.

Tuck gab den Maultieren ein Zeichen und sie beschleunigten sofort ihr Tempo.

„Wir fahren nicht nach Nottingham?", fragte ich.

Er schüttelte grimmig den Kopf. „Wir müssen zurück zur Abtei – und eine Nachricht nach Sherwood Forest senden. So schnell wie möglich."

Kapitel 6

TUCK

An diesem Abend träumte ich immer noch von alledem –, ich meine, ich war tief in die Bibelstunde vertieft –, als Bruder Matthew mit den Fingern schnippte und flüsterte: „Ihr werdet im Büro des Abts verlangt."

Ich blinzelte ein paarmal, dann stand ich auf und ging zur Tür.

Zwanzig mitfühlende Augenpaare folgten mir, die mir so etwas wie *Viel Glück, Mann* mitzuteilen schienen. *Ihr werdet es brauchen.*

Cyril schenkte mir ein angespanntes Lächeln.

Bei Vorladungen ins Abtbüro berief ich mich normalerweise auf meine große Erfahrung, die ich in meiner Schulzeit gesammelt hatte, wenn ich in Schwierigkeiten steckte. Aber heute schob ich meine Hände in die einzige Vordertasche meiner Kutte – nach der Kapuze das zweitbeste Merkmal des Gewandes – und rieb sie nervös. Hatte der Abt Wind von meinen Besuchen in der Bibliothek bekommen? Schlimmer noch, würde ich Marian in Schwierigkeiten bringen?

Pater Benedict, der Assistent des Abts und Chefbibliothekar, war wie immer unergründlich. Er ließ mich gut dreißig Minuten lang vor dem Büro des Abts sitzen... so wie immer. Schließlich, ohne erkennbares Signal, seufzte er und winkte mich nach vorn. Nach einem kräftigen Klopfen an die Tür, öffnete er sie, sandte mich hinein, zog sich zurück und schloss sie wieder.

„Guten Morgen", murmelte ich und nahm vor dem Abt Platz.

Das entsprach nicht dem Protokoll, denn man sollte still stehen bleiben, bis man anderweitig angewiesen wurde, wie ich bei meinem ersten Besuch auf die harte Tour gelernt hatte. Das war nach nicht einmal drei Stunden nach Betreten des Klosters geschehen. Ein neuer Rekord, hatte man mir gesagt. Und dabei hatte ich nur gefragt, wie lange die Gebete noch dauern würden.

Wie wenig ich damals gewusst hatte, denn die Antwort war, dass die Gebete nie endeten. Es gab lediglich kleine Pausen, in denen wir ein wenig arbeiten, schlafen oder essen konnten. Dann ging es wieder zurück in den nicht enden wollenden Kreislauf.

Der Abt schaute mich an. Ich schaute zurück.

Ich verstieß weiterhin gegen das Protokoll, in der vagen Hoffnung, eines Tages aus der Abtei verwiesen zu werden. Obwohl ich nie so weit gegangen war, meine Füße auf seinen Schreibtisch zu legen.

„Bruder Tuck", begann er in seinem üblichen langsamen Tempo.

Ich widerstand dem Drang, die Hände in der Luft zu kreisen.

„Ihr werdet bald Euer Gelübde ablegen."

Seine Pausen waren angesichts der schwerfälligen Art seiner Rede schwer zu erkennen, aber als die Stille sich ausdehnte, entschied ich, dass es tatsächlich eine Pause war.

Ich biss die Zähne zusammen und wartete. Er erwartet doch nicht, dass ich *Jippie!* rief und die Hände in die Luft riss, oder?

„Pater Benjamin und ich haben uns getroffen und Euren Fall besprochen...", fuhr er fort.

Ich unterdrückte ein Schnauben. Cyril, dessen war ich mir sicher, hatte keinen ‚Fall'. Ebenso wenig wie Bartholomew oder einer der anderen Novizen. Aber meine Akte war wahrscheinlich so dick wie die dicksten Bände in der Bibliothek.

Die Bibliothek, seufzte mein Löwe und dachte an Marian.

„Es scheint, dass Ihr in den sechs Monaten, die Ihr hier wart, Schwierigkeiten hattet, Euch einzugewöhnen...", sagte er.

Über diese Untertreibung musste ich fast lachen.

„... was uns natürlich dazu veranlasst, Eure Aussichten, dies jemals zu tun, infrage zu stellen."

Sie sind gleich null, hätte ich ihn fast unterbrochen. *Die Aussichten sind gleich Null. Ich werde mich nie und nimmer an dieses Leben gewöhnen, egal wie lange ich leben mag.*

Mein Löwe klagte. *Wenn ich daran denke, dass wir unsere Zeit mit Marian verbringen könnten.*

Das war neu. Normalerweise ging der Gedanke eher in die Richtung, *Wir hätten unsere Zeit als Ritter verbringen können.*

Das auch, warf mein Löwe ein, aber nur als nachträgliche Überlegung.

Ich schaute den Abt an. Es machte mich fertig, mir vorzustellen, eines Tages so alt und grau zu sein wie er und außer verdammt vielen Gebeten nichts vorzuweisen zu haben. Nicht dass ich etwas gegen Gebete hätte – nur gegen die schiere Menge.

„Deshalb sind wir zu einer Entscheidung gekommen", verkündete er.

Schweiß brach auf meiner Stirn aus. Was, wenn er mich in ein anderes Kloster versetzte – irgendwo weit weg vom Sherwood Forest und, schlimmer noch, von Marian?

„So sehr es uns schmerzt – und so sehr es zweifellos auch Eure Familie schmerzen wird – haben wir beschlossen, Euch von dem Weg zu befreien, den Ihr eingeschlagen habt."

Ich runzelte die Stirn. Was genau bedeutete das? Ein Weg der Sünde? Und wenn ja, welche?

Er wies auf die Tür. „Geht, mein Sohn. Möge Gott Eurer Seele gnädig sein."

Vorsichtig schaute ich, falls ein Henker an der Tür stand. Wurde ich zum Galgen geschickt?

„Nun geht schon", tadelte er mich. „Husch."

Husch?

Ich schaute zur Tür und dann wieder zu ihm. „Gehen... wohin?"

Er winkte erneut irritiert. „Geht einfach. Ihr seid frei. Wir entbinden Euch von den Pflichten, für die Ihr so schlecht geeignet seid."

Ich befürchtete das Schlimmste. „Und welche Aufgaben würdet Ihr mir stattdessen zuweisen?"

„Keine. Wir entlassen Euch aus der Abtei. Ihr seid nicht länger an dieses Leben gebunden."

Mein Herz machte einen Sprung. Er wollte mich aus dem Klerus entlassen?

Ich runzelte die Stirn. Moment. War das eine Art Trick?

Ich musterte ihn und wartete auf die Pointe. Und wartete... und wartete...

Ich kratzte mich am Kopf. Sicherlich gab es doch ein verstecktes Motiv.

Das spielt keine Rolle, laufe in die Freiheit, so lange du kannst, drängte mein Löwe.

Jeder Muskel in meinem Körper spannte sich an, um genau das zu tun. Aber etwas hielt mich zurück.

„Warum?", fragte ich.

Der Abt warf verzweifelt die Hände in die Luft. „Ihr habt weder das Temperament noch die Fähigkeit, ein Mann Gottes zu sein."

Das stimmte, aber es war vom ersten Tag an klar gewesen. Es war ja nicht so, dass sie das erst jetzt herausgefunden hatten.

„Außerdem seid Ihr ein schlechter Einfluss auf die anderen Kandidaten."

Auch das war wahr, wenn er mit *schlecht* meinte, sie dazu zu bringen, das Licht zu sehen – oder es vielleicht *nicht* zu sehen, wie ich annahm.

Er wies auf die Tür. „Wie gesagt, Ihr seid frei zu gehen."

Jetzt fügte er einen wippenden Fuß hinzu.

Es hätte der schönste Tag meines Lebens werden sollen, aber irgendwie konnte ich mich nicht bewegen. War es pures Glück oder steckten böse Mächte dahinter?

Lady Thornton, knurrte mein Löwe.

Sie war böse, ja, aber ich konnte mir nicht vorstellen, was ihre Ankunft in Nottingham mit mir zu tun haben könnte.

Dann dachte ich an Marian. Hatte jemand meine Besuche in der Bibliothek bemerkt?

„Natürlich wird es Euch verboten sein, jemals wieder zurückzukehren, wenn Ihr einmal gegangen seid", warf der Abt ein.

Kaum eine Strafe – außer für Marian. Wenn ich jetzt ginge, wie würde ich sie dann sehen? Wie sollte ich sie beschützen? Es war klar, dass sie in Schwierigkeiten steckte oder sogar in Gefahr schwebte – eine Gefahr, die durch die Anwesenheit von Lady Thornton noch verstärkt wurde. In der Abtei zu bleiben, war also meine beste Möglichkeit, in Marians Nähe zu sein.

Ein zweischneidiges Schwert, denn wenn sie weiterzog, würde ich immer noch hier festsitzen. Für immer. Kein Nutzen für sie, kein Nutzen für mich selbst und definitiv kein Nutzen für die Kirche.

Es gab nur eines zu tun. Verzögerungstaktik.

„Ich danke Euch, Sir. Ich werde darüber nachdenken." Schnell wandte ich mich der Tür zu.

„Bruder Tuck", bellte er.

Ich blieb stehen und drehte mich langsam um.

„Dies ist ein einmaliges Angebot. Wenn Ihr es jetzt ablehnt – und ich kann mir nicht vorstellen, warum Ihr dies tun solltet – wird es Euch nie wieder offenstehen. Ihr werdet Euer Gelübde wie geplant ablegen und ein Mitglied des Klerus auf Lebenszeit werden."

Ich schluckte. Mein Leben – mein ganzes Leben – stand auf dem Spiel. Aber stand nicht möglicherweise auch Marians Leben auf dem Spiel?

„Denkt darüber nach, Tuck", mahnte der Abt.

Ich dachte darüber nach, verdammt noch mal. Nur die Entscheidung fiel mir schwer.

„Armut, Gehorsam, Keuschheit." Der Abt legte besonderen Nachdruck auf das letzte Wort.

Junge, er wusste, wie man eine Argumentation führte.

Und vielleicht hatte er recht. Als normaler Bürger konnte ich Marian folgen, wenn sie die Abtei verließ. Aber ein Mann, der aus dem Klerus ausgeschlossen wurde, war ein Mann ohne Ehre. Selbst wenn Marian meine Anwesenheit duldete, würden es andere nicht tun. Ich konnte nicht einfach ins nächste Schloss spazieren, in dem sie Zuflucht suchte, und nett *bitte* sagen.

Außerdem würde der Austritt aus dem Klerus den guten Namen meiner Familie für immer beschmutzen. Meine Eltern hatten wenig genug, um stolz auf mich zu sein. Sie wären entsetzt über ein Versagen dieses Ausmaßes.

Beim Gedanken an die Folgen – für alle, nicht nur für mich – drehte sich mir der Magen um.

Kurz erwog ich, mir eine neue Identität zuzulegen und zu den Kreuzzügen aufzubrechen. Aber das Beste, was ich mir erhoffen konnte, war ein Job als Fußsoldat oder als Knappe eines Ritters, was meinem Traum ungefähr so nahekam, wie der Ausrufer der Stadt Nottingham zu werden. Es hatte einfach nicht den gleichen Reiz.

Natürlich könnte ich mich den fröhlichen Gesellen anschließen. Aber das würde Marian nicht helfen, und auch nicht Robynne. Im Gegenteil, es war wichtig für sie, jemanden im Inneren zu haben.

Jemanden wie mich.

Der Kloß in meinem Hals verdoppelte seine Größe.

„Tuck…", begann der Abt leise. Offensichtlich war er dabei, nun in die Rolle des *guten Bullen* zu schlüpfen. „Seit dem Tag, an dem Ihr hier angekommen seid, wolltet Ihr gehen."

Ich ließ die Schultern hängen. Das stimmte.

Aber Marian hatte alles verändert. Genau wie Robynne, wenn auch auf eine andere Art und Weise. Zwei starke Frauen, die entschlossen waren, ihr Schicksal selbst in die Hand zu nehmen. Ich sollte doch sicher dasselbe tun?

Aber es war nicht dasselbe, denn ihre Handlungen dienten dem Allgemeinwohl. Meine würden nur mir selbst nutzen und alle anderen im Stich lassen.

Als der Abt weitersprach, hörte ich seine Worte kaum. Alles, was ich hörte, war das Grummeln meines Löwen in mir, zusammen mit einer tieferen, flüchtigeren Stimme.

Dein Schicksal liegt hier, versicherte sie mir.

Wenn es doch nur ein physischer Kampf wäre! Ich wüsste, welche Waffe ich benutzen und wo ich jeden Schlag platzieren müsste. Aber eine solche Entscheidung zu treffen, war ein Albtraum, der nur in meinem Kopf stattfand. Keine Befehle zu befolgen, keinen Feind zu töten. Nur eine Weggabelung und dahinter nichts als Nebel und Geheimnisse.

Dein Schicksal liegt hier, beharrte die Stimme.

Ich schaute hinaus, sah die Felder, den Fluss und den fernen Wald. Dann schaute ich zum Fenster der Bibliothek, wo sich ein Schatten bewegte. Marian?

Ich schluckte schwer, denn ich wusste, was ich zu tun hatte. Ich wusste auch, dass ich es hassen würde. Aber ein wahrer Ritter war ein Mann der Ehre.

„Ich danke Euch, Pater."

Er erstrahlte. „Ihr habt Euch entschieden."

Ich zwang mich, zu nicken. „Ja. Und jetzt muss ich gehen."

Er rieb sich geradezu vergnügt die Hände. „Das müsst Ihr tatsächlich. Packt Eure Sachen, verabschiedet Euch…"

Ich schüttelte den Kopf. „Ich muss studieren gehen. Schließlich lege ich in weniger als einer Woche mein Gelübde ab."

Dem Abt klappte die Kinnlade auf und die Kirchenglocken ertönten genau in diesem Moment mit einem feierlichen *Gong, gong, gong.*

Kapitel 7

MARIAN

Es war ein langer Tag voller Eindrücke gewesen. Leider musste ich immer wieder an die Ankunft von Lady Thornton in Nottingham zurückdenken. Es schien nicht fair, dass sie die angenehmen Erinnerungen an Tucks gute Taten überschattete.

Ich ließ mich auf die Liege in der Bibliothek fallen und starrte in die Ferne. Was hatte Lady Thornton in Nottingham zu suchen? Was auch immer es war, ihr Besuch bedeutete Ärger.

Ein leichtes Klopfen ertönte an der Haupttür und ich wartete. Einen Moment später ertönte ein doppeltes Klopfen – das vereinbarte Signal, welches ich erwiderte. Einen Moment später ertönte ein drittes Klopfen und ich schloss die Tür auf, dann trat ich einen Schritt zurück.

Mit einem Knarren schwang sie auf und Pater Benedict trat mit einem Tablett voller Essen herein. Er und der Abt waren die einzigen beiden Seelen in der Abtei, die von meinem Besuch wussten.

Und nun auch Tuck, summte die zweite Seite in mir fröhlich.

Und Gott sei Dank dafür. Er war viel bessere Gesellschaft.

„Guten Abend, Miss“, murmelte Pater Benedict.

Ich nickte und machte Platz auf dem Tisch. „Guten Abend.“

Er schaute sich die Bücher an, die ich beiseiteschob, und nickte bei einem zustimmend. „Ah, einer unserer neuesten Titel. Hildegard von Bingens ‚Heilkraft der Natur'-*Physica*. Eine sehr passende Wahl.“

Ha. Ich hatte es genau zu diesem Zweck dorthin gelegt. Jedes Mal, wenn der Mann eintrat, hatte ich das Gefühl, dass er auf jedes Detail achtete. *Physica* war ein medizinischer Wälzer – eines der wenigen Themen, die für eine adlige Dame wie mich als angemessen galten.

Als Nächstes hielt er Petrus Lombards *Sentenzenwerk – Buch 2* hoch. Eine äußerst langweilige Abhandlung über Gottes Gründe für die Schöpfung, neben anderen heiteren Themen.

„Ich bin bei den *Ausführungen 12-15*", log ich. „Faszinierend."

Nicht wirklich, aber es diente meinem Zweck.

„Ausgezeichnete Wahl, Miss. Ausgezeichnete Wahl", brummte Benedict.

Gut, dass er den Band, den ich unter dem Tisch versteckt hatte, nicht bemerkte: *Die Taten der Franken und anderer Pilger nach Jerusalem*, ein Bericht über den ersten Kreuzzug. Ich hatte es für Tucks nächsten Besuch zurechtgelegt.

Benedict hob einen Keramikdeckel, unter dem ein dampfender Teller mit Kartoffeln und einer Scheibe Schinken zum Vorschein kam.

„Wir essen hier ziemlich einfach, fürchte ich."

Das sagte er jeden Tag, auch wenn die Mahlzeiten nicht so einfach waren, wie ich es von einem Kloster erwartet hätte. Ich nahm mir vor, Tuck zu fragen, was ihm serviert worden war. Bekam ich eine Sonderbehandlung oder war dies ein Hinweis darauf, was Benedict aß?

„Es ist perfekt, vielen Dank."

Ich stand steif am Tisch, als er sich in der Bibliothek umschaute und herumschnüffelte. Sein Blick fiel auf meine Tasche... meine Stickerei... das Bett... meine Stiefel...

Ich verkrampfte mich, als er sie musterte. Gut, dass ich sie nach meinem Ausflug geputzt hatte.

„Ich hoffe, die Kartoffeln sind nach Eurem Geschmack gekocht", murmelte er.

Mir wäre es egal gewesen, aber es erschien mir höflich, sie zu probieren, bevor ich antwortete. Ich setzte mich, nahm einen Bissen und sagte dann: „Köstlich. Vielen Dank."

Etwas rasselte und ich drehte mich gerade noch rechtzeitig um, um zu sehen, wie Benedict etwas in seine Tasche stopfte. Er schenkte mir ein falsches Grinsen und eilte zur Tür.

„Guten Appetit", rief er und trat hinaus, bevor ich reagieren konnte.

Einen Moment lang saß ich wie angewurzelt da, misstrauisch, aber nicht sicher, wieso genau. Dann rannte ich zur Tür – zu spät. Das Schloss drehte sich auf der anderen Seite.

Ich stieß die Tür kräftig auf, aber sie rührte sich nicht. Dann schob ich die Abdeckung des Gucklochs auf.

„Was hat das zu bedeuten?", fragte ich.

Benedict grinste. „Zu Eurem eigenen Schutz, werte Lady."

Ein Glück für ihn, dass das Guckloch nicht groß genug für meine Faust war.

„Ich bin zu Gast hier, nicht als Gefangene!"

Gott, ich hätte ihm in diesem Moment die Augäpfel auskratzen können.

„In der Tat, Ihr seid ein Gast. Und wir nehmen die Sicherheit unserer Gäste sehr ernst."

„Ich verlange, den Abt zu sehen. Dazu habt Ihr kein Recht!"

„Wir sind hier, um das Werk des Herrn zu tun, das versichere ich Euch, Miss." Der Schlüssel verschwand in seiner Kutte und er drückte die Handflächen wie zum Gebet zusammen. „Guten Abend."

Und damit stapfte er die Treppe hinunter.

Ich hätte vor Frustration schreien können, aber diese Genugtuung wollte ich ihm nicht geben. Stattdessen knallte ich das Guckloch zu und wich zurück.

Also gut. Es gab immer noch die Hintertür. Ich rannte hinüber und fluchte. Dies musste der Schlüssel gewesen sein, den ich gesehen hatte, als er ihn einsteckte, denn er war weg und die Tür war verschlossen. Auf der anderen Seite lag der Ersatzschlüssel, den Tuck benutzt hatte, aber ich konnte ihn nicht erreichen. Als Nächstes prüfte ich die Fenster, aber es war ein langer, tiefer Weg hinunter zum Boden. Die Bibliothek befand sich im dritten Stockwerk des Gebäudes, aber wegen der hohen Decken waren es eher vier oder fünf Etagen.

Ein Wiehern ertönte von der anderen Seite des Weges – Snow, die im Stall stand und meine Panik spürte. Augenblicke später schlossen sich die anderen Pferde an, wieherten und traten in ihren Boxen. Das rote Licht des Sonnenuntergangs strahlte auf die Mönche, die herbeieilten, um zu sehen, was los war. War Tuck unter ihnen?

Ich zog mich von den Fenstern zurück und zwang mich, Ruhe auszustrahlen. Wenn Snow und die anderen Pferde so weitermachten, würden sie sich bestimmt verletzen.

Es geht mir gut, zwang ich sie zu hören. *Es ist alles in Ordnung.*

Aber Herrin, schrien sie zurück. Sie alle, nicht nur Snow. *Was hat euch bedroht?*

Pferde redeten nicht, sondern sie hörten zu – und Junge, wie sie zuhörten. Das machte sie so empfänglich für Emotionen, vor allem, wenn es sich um Angehörige der edelsten Familienlinien handelte wie mich. Aber unsere Zahl schwand dahin und unser einzigartiges Erbe war unser tiefstes, kostbares Geheimnis.

Alles ist in Ordnung, versicherte ich den verzweifelten Pferden. *Es tut mir leid, dass ich euch beunruhigt habe.*

Langsam spürte ich, wie sie sich beruhigten – alle außer Snow, die mich am besten kannte.

Herrin, rief sie, immer noch nervös. *Was ist los?*

Eine Komplikation, gab ich zu, allerdings nur zu ihr. *Aber ich komme zurecht. Wenn ich Hilfe brauche, werde ich nach dir rufen.*

Snow war genau wie ich für verschiedene Notsituationen trainiert worden. Wenn sie sich den Weg aus ihrem Stall freikicken musste, könnte sie es tun. Aber ein Pferd wäre keine große Hilfe, wenn es darum ginge, einen Schlüssel zu besorgen und ihn in einem Schloss zu drehen. Sondern nur für eine schnelle Flucht, nachdem ich aus der Bibliothek ausgebrochen war.

Ich atmete tief durch und überlegte, wie bald ich diese schnelle Flucht brauchen könnte.

Es ist in Ordnung, Snow. Sei jetzt still. Aber halte dich bereit.

Sie wieherte in meinen Gedanken, dann trat sie in den Hintergrund, während ich meine Situation überdachte.

Ich war nach Winslow Abbey gekommen, weil der Abt ein überzeugter Anhänger König Richards und damit meiner Familie war. Aber ich hatte nicht mit Pater Benedict gerechnet. War er mit Prinz John verbündet? Oder war er ein Mann ohne besondere Überzeugung, der bereit wäre, mich an den Meistbietenden zu verkaufen?

Wie dem auch sein mochte, es spielte kaum eine Rolle. Ich prüfte die in meinen Kleidern versteckten Waffen und legte mein Schwert neben die Tür. Dann zog ich meine zusätzlichen Waffen aus der Tasche und verteilte sie an strategischen Stellen. Selbst die lange Nadel meines Stickprojekts platzierte ich so, dass ich sie im Notfall leicht greifen konnte. Wenn Benedict – oder sonst jemand – das nächste Mal vor der Tür stand, wäre ich bereit.

Bis dahin pirschte ich auf und ab, überlegte und machte mir Sorgen.

∞∞∞

Die Nacht brach herein. Die Mönche wurden zum Abendgebet gerufen. Als sie fertig waren und wieder hinausgingen, kehrte die übliche nächtliche Stille in der Abtei ein.

Stille, bis auf meine Schritte, die in der Bibliothek auf und ab liefen.

Eine Stunde später hielt ich inne, als ich auf der hinteren Treppe andere Schritte hörte. Ich zog meinen längsten Dolch, stand da und wartete.

Metall kratzte. Das Schloss drehte sich. Die Tür knarrte auf. Dahinter, nur Dunkelheit.

„Marian?", flüsterte jemand.

Erleichterung überflutete mich und ich ließ meine Abwehr sinken. „Tuck!"

Er trat vorsichtig in Sichtweite – ein kluger Mann, wenn man unsere erste Begegnung bedachte – und ich stürzte mich fast in seine Arme.

Und hoppla. Ich hatte mich in eine feste Umarmung geworfen. Einen Moment lang stand er überrascht da. Dann schlang er langsam seine Arme um mich und erwiderte die Geste.

„Ich freue mich auch, Euch zu sehen", murmelte er.

Wenn ich nicht so sehr damit beschäftigt gewesen wäre, ihn festzuhalten, hätte ich vielleicht laut lachen können. König Richard hätte vor meiner Tür auftauchen können und ich wäre nicht so erleichtert gewesen.

Ich holte tief Luft und beruhigte mich. Oder vielleicht war es Tuck, der mich beruhigte. Denn, wow. Seine Arme waren muskulös, seine Brust eine harte Panzerplatte. Aber seine Stimme war so sanft wie seine Berührung.

„Ist alles in Ordnung?"

Unbeholfen richtete ich mein Kleid, als er den Ersatzschlüssel wieder an seinen Platz legte. „Ja. Nein. Möglicherweise... "

Er neigte den Kopf und wartete, so wie Snow es immer tat. Geduldig. Loyal. Als wäre mein Wunsch sein Befehl und er wäre bereit, zu handeln.

Ich wies auf die Haupttür. „Was denkt Ihr über Pater Benedict?"

Er runzelte die Stirn. „Er ist streng. Hat keinen Sinn für Humor. Betet viel. Wie alle anderen hier, nehme ich an."

Ich schnaubte. „Nun, er ist der Erste, der mich eingeschlossen hat."

Tuck riss die Augen weit auf. „Was?" Ich erzählte ihm von dem ganzen winzig kurzen Treffen.

„Er hat beide Schlüssel genommen – für die Vorder- und Hintertür. Jetzt bin ich wirklich eingesperrt."

Tucks Augen wurden gefährlich dunkel, als er Benedicts Namen murmelte. Die Stoppeln an seinem Kinn verdichteten sich – seine Löwenseite kam zum Vorschein.

„Warum sollte er das tun?"

Ich spitzte die Lippen. Bislang hatte ich mich davor gehütet, Tuck zu viel zu erzählen. Aber es war an der Zeit, reinen Tisch zu machen – zumindest mit ein paar Grundlagen. Meine tiefsten Familiengeheimnisse würde ich nie preisgeben.

„Weil ein Preis auf meinen Kopf ausgesetzt ist."

Er blinzelte. „So wie Robin Hood?“

Ich lachte. „Leider nichts so Aufregendes. Prinz John ist hinter mir her, aber aus ganz anderen Gründen.“

„Gründe, wie...?“

Ich verzog das Gesicht. „Ich bin Marian, einzige Tochter von Lord Newton und treue Anhängerin von König Richard.“

„Prinz John will also einen potenziellen Feind ausschalten“, mutmaßte Tuck.

Ich lachte. Ah, ein Mann zu sein und nur an so triviale Dinge zu denken.

„Er will mehr. Er will *mich*.“

Tuck starrte einen Moment lang, dann ballte und löste er seine Fäuste.

„Er will...“ Er beendete den Satz nicht, schaute jedoch auf das Bett.

Die Erinnerung daran machte mich krank, aber es war schön, zu sehen, dass Tuck empört war. Die meisten Leute zuckten nur mit den Schultern und rieten mir, mein Schicksal zu akzeptieren. Als Frau war ich nur ein Objekt, das man eintauschen und ausrangieren konnte. Aufgeklärte Männer wie mein Vater waren eine Minderheit und ich fürchtete, es würde Jahrzehnte dauern, bis sich unsere rückständige Gesellschaft änderte.

Aber verdammt. Ich hatte vor, mein Bestes zu tun, um die Dinge selbst voranzutreiben.

„Prinz John hat um meine Hand angehalten – nein, er hat sie gefordert. Ich habe bis zum Fest des heiligen Matthias Zeit, ihn zu heiraten.“

Tuck kratzte sich am Kinn. „Der Heilige Matthias, Schutzpatron der Zimmerleute, Schneider und Pockenopfer?“ Dann blinzelte er überrascht. „Wow, ich habe hier tatsächlich etwas gelernt.“

„Was gibt es noch über den Heiligen Matthias?“, forderte ich ihn auf.

Tuck warf mir einen genervten Blick zu. „Junge, Ihr seid genauso schlimm wie Pater Benjamin, der den Unterricht der Novizen leitet.“

In Anbetracht meiner momentanen Situation hielt sich mein Mitleid in Grenzen. Also platzte ich mit der Antwort heraus. „Der Heilige Matthias hat Judas als zwölften Apostel Christi abgelöst."

Tuck schaute immer noch ausdruckslos. Ich hätte ihn am liebsten geschüttelt.

„Versteht Ihr es nicht? Matthias hat Judas ersetzt... "

Tucks Augen leuchteten mit seiner Erkenntnis. „Und Prinz John will König Richard ersetzen."

„Ganz genau. Ich fürchte, er plant, mich zu heiraten und den Thron für sich selbst zu beanspruchen, indem er meinen Familiennamen benutzt, um seine Macht zu stärken."

Tucks Zähne verlängerten sich in einem Zeichen seiner Löwenwut. „Wann ist das Fest des Heiligen Matthias?"

„24. Februar."

Tuck klappte die Kinnlade auf. „Aber das ist... das ist... "

Ich nickte erschöpft. „Nächste Woche. Deshalb bin ich hierhergekommen."

Er schaute skeptisch. „Ich sage es nur ungern, aber wenn Ihr das Datum verpasst, wird sich Prinz John nicht nach einer besseren Bewerberin umsehen." Er schnaubte. „Nicht dass er eine finden würde. Wo soll er denn sonst jemanden finden, der so reich, schön und politisch nützlich ist?"

Ich verpasste ihm einen Schlag. „Vielen Dank?"

Er hob die Hände. „Ich denke nur so, wie er denken würde, nicht wie ich denke. Obwohl Ihr wunderschön seid." Er wehrte meinen nächsten Schlag ab. „Ich sage es ja nur! Das ist es nicht, was ich an Euch schätze."

Ich stemmte eine Hand an die Hüfte. „Ach, nein? Was schätzt Ihr denn an mir?"

Er zuckte mit den Schultern. „Alles. Ihr seid gütig. Ihr sorgt euch. Ihr seid edel, aber nicht versnobt."

Ich schnaubte. „Und Ihr wisst das, weil... "

„Das habe ich alles gestern gesehen. Außerdem kennt Ihr Euch mit Waffen aus. Eindeutig ein Pluspunkt."

Meine Mundwinkel zuckten.

„Eure Stickerei lässt etwas zu wünschen übrig... " fuhr er fort und deutete auf meinen Stickrahmen.

Ich schnaufte. „Ist das Euer Maßstab für Charakter?"

„Nein. Das ist ja der Punkt. Ihr begnügt Euch nicht damit, das zu tun, was Ihr tun solltet. Ihr geht hinaus und tut wichtige Dinge. *Wirklich* wichtige Dinge."

Ich öffnete die Lippen, aber es kamen keine Worte heraus, denn was genau sagt man denn zu so etwas? *Vielen Dank? Ihr seid der einzige Mann, der sich jemals die Mühe gemacht hat, über das Offensichtliche hinauszusehen?*

Einen Moment lang starrten wir uns gegenseitig an. Meine Arme zuckten in dem Drang, ihn zu umarmen. Wärme erfüllte den kalten Raum zwischen uns und ich hätte schwören können, meine Augen glühten genauso wie Tucks.

Dann schüttelte Tuck sich leicht und zog mich in Richtung Hintertreppe.

„Wir können die Details später besprechen. Jetzt müsst Ihr erst einmal von hier verschwinden."

Freudig folgte ich ihm und schlängelte mich die dunkle Wendeltreppe hinunter. Doch allmählich wurden meine Schritte langsamer.

„Wartet."

„Wartet?", wiederholte Tuck verzweifelt. „Wir müssen Euch hier wegbringen. Prinz John könnte schon auf dem Weg sein."

Ich blieb standhaft und kämpfte darum, meine schwirrenden Gedanken zu ordnen. „Was wenn... Was, wenn ich bliebe?"

Tuck starrte mich an. „Seid Ihr verrückt?"

Ich schüttelte den Kopf. „Denkt doch einmal nach. Pater Benedict denkt, er hat mich in der Falle. Das verschafft mir einen gewissen Vorteil."

Tuck sah aus, als wollte er mich schütteln. „Vorteil, wie das?"

„Es wird ihm die Eile nehmen, den Prinzen zu kontaktieren. Und gleichzeitig wird der Prinz denken, dass er sich nicht beeilen muss, um mich zu holen. Er hat bis nächste Woche Zeit."

Tuck starrte mich an. „Wie knapp wollt Ihr die Sache machen?"

Ich zuckte mit den Schultern. „Je länger ich warte, desto mehr Zeit gewinne ich. Bedenkt doch nur... Prinz Johns Feinde – und davon gibt es viele – sind meine Verbündeten. Und ich habe die letzten Monate nicht untätig verbracht. Ich habe die engsten Vertrauten meiner Familie besucht und ein Netzwerk aufgebaut...“

Tuck hörte aufmerksam zu. „Wie groß ist das Netzwerk?“

„Groß. Bis jetzt haben sie gehofft, dass König Richard zurückkehrt und sich selbst um Prinz John kümmert. Ich konnte sie also noch nicht dazu bewegen, sich auf einen Angriff einzulassen. Aber wenn sie sehen, dass Prinz John sich darauf vorbereitet, sein eigenes Machtspiel zu inszenieren...“

„Wie eine Hochzeit“, überlegte Tuck. „Der perfekte Zeitpunkt, um eine große Ankündigung zu machen...“

Ich nickte. „24. Februar. Nur noch ein paar Tage.“

Tuck rieb sich mit der Hand über das Kinn. „Ich verstehe, was Ihr meint, aber...“

Ich nahm seine Hände. „Es gibt kein *Aber*. Wenn ich mich zur leichten Beute mache, wird der Prinz seinen Zug machen – einen Zug, der für jedermann offensichtlich sein wird. So offensichtlich, dass meine Verbündeten schnell handeln werden.“

Tuck schüttelte den Kopf. „Zu vieles kann schiefgehen.“

Ich schnaubte. „Ist es das, was Ritter am Vorabend einer Schlacht sagen?“

Er schaute auf seine Füße. „Ich nehme an, nicht.“

Ich stupste ihn an. „Und was machen sie stattdessen?“

Er musterte mich und starrte dann in die Dunkelheit. „Sie planen. Sammeln Informationen. Sie bereiten sich darauf vor, für ihre Prinzipien zu leben oder zu sterben.“

Ich nickte grimmig. „Und dann starten sie ihren Angriff. Genauso wie wir es tun werden.“

Er sah überrascht aus – und geehrt. „Wir?“

Ich schenkte ihm ein warmes Lächeln. „Ihr, ich... und hoffentlich jede Menge Verstärkung.“

Er lachte leise, dann hob er seine Hand an meine Wange und wurde ganz ernst.

„Ihr, Maid Marian, würdet einen guten General abgeben.“

Ich gluckste. „Und Ihr, Bruder Tuck, wärt ein ausgezeichneter Ritter." Ich ließ einen Moment verstreichen, dann lächelte ich. „Einen Kuss als Glücksbringer?"

Er brach in ein breites Grinsen aus. „Nun, da Ihr der General seid... "

„Das stimmt", murmelte ich und rückte näher an ihn heran. „Und da ein Befehl ein Befehl ist... "

Ein Strahl des Mondlichts trennte uns, aber ich durchbrach ihn und presste meinen Körper an seinen. Dann beugte ich mich vor und drückte meine Lippen auf seinen Mund. Ich schlang auch meine Arme um ihn und drückte so fest zu, dass der Raum zwischen uns verschwand. Der Kuss wurde tiefer und tiefer, hungriger und hungriger, bis mein ganzer Körper für ihn brannte. Ich presste meine Hüfte fester an ihn und ließ meine Arme sinken...

Ein lautes Flattern ertönte und wir wirbelten beide herum. Dann entspannten wir uns. Nur eine Fledermaus, die ihren Schlafplatz verließ.

Ich schluckte, küsste Tuck sanfter und warf schließlich einen mürrischen Blick nach oben.

„Also gut." Ich bemühte mich, zuversichtlich zu klingen, als ich die Treppe wieder hinaufging. „Zeit, mich einzuschließen." Dann lachte ich. „Ich hätte nie gedacht, dass ich so etwas einmal sagen würde."

Tuck grinste. „Verzweifelte Zeiten verlangen nach verzweifelten Maßnahmen."

Wir küssten uns erneut auf der Schwelle – ein Kuss, der so tief und voller Sehnsucht war, dass ich ihn beinahe für die Nacht zu mir eingeladen hätte. Und ich hätte es auch getan, wenn die Glocken nicht zum Gebet geläutet hätten.

Tuck stöhnte auf und wich langsam zurück.

„Ihr müsst gehen", sagte ich halb in der Hoffnung, dass er Nein sagen würde.

Er nickte zögernd. „Aber ich komme wieder. Ich schwöre, das werde ich."

Ich lächelte. „Bis bald, Bruder Tuck." Dann tippte ich auf seine Lippen. „Oder besser gesagt, bis bald, mein guter Ritter."

Noch nie hatte ich einen Mann gesehen, der so zufrieden mit sich selbst aussah. *Glaubt ihr das wirklich?* fragten seine strahlenden Augen.

Ich wusste es.

„Bis bald, holde Maid", versprach er und verschwand in die Nacht.

Kapitel 8

TUCK

Ich schlief in dieser Nacht nicht viel. Zum Teil aus Zeitmangel, aber auch vor lauter Aufregung. Marian war in Gefahr und die Uhr tickte. Ihre Entscheidung, eingesperrt zu bleiben, war mutig – nein, verrückt –, aber sie war ihr eigener Boss. Ich war nur der Ritter – ähm, Mönch –, der sie beschützen sollte.

Ich helfe ihr, knurrte mein Löwe vor Verzweiflung.

Sie hatte darauf bestanden, dass sie sich selbst schützen konnte, und ich respektierte das. Aber ich würde auf keinen Fall etwas dem Zufall überlassen. Beim Morgengebet überlegte ich mir, wie ich sie so gut wie möglich im Auge behalten konnte.

Als der Abt mich also zum zweiten Mal innerhalb von zwölf Stunden zu sich rief, ging ich mit Bangen in sein Büro. War er mir und Marian auf der Spur? Was, wenn er darauf bestand, mich aus der Abtei zu verbannen?

Es war schon ironisch, dass mein sehnlichster Wunsch, den Klerus zu verlassen, zu meinem schlimmsten Albtraum geworden war. Ich war der Einzige, der in der Lage war, Marian aus der Bibliothek zu befreien.

Wir und Pater Benedict, knurrte mein Löwe.

Ich musste mich zusammenreißen, um ihm keinen bösen Blick zuzuwerfen, als ich auf dem Weg zum Büro des Abts an ihm vorbeiging. Ich durfte mir nicht anmerken lassen, dass ich von Marian wusste. Und die Tatsache, dass er den Schlüssel nicht von der Hintertür der Bibliothek entfernt hatte, ließ darauf schließen, dass er nichts von mir wusste.

„Guten Morgen", murmelte ich dem Abt zu.

„Guten Morgen", brummte er sichtlich verärgert. Er hielt ein Stück Pergament hoch. „Ihr wurdet nach Nottingham berufen."

Ich erstickte fast, als ich an Lady Thornton dachte. War sie irgendwie in Prinz Johns Plan verwickelt? Und wenn ja, was hatte dies mit mir zu tun?

„Von wem?", stotterte ich.

„Vom Sheriff." Er tippte auf die Schriftrolle, die auf seinem Schreibtisch lag. „Ihr sollt zu dem unglücklichen Vorfall vor zwei Monaten befragt werden."

Vorfall?

Ich kratze mein Kinn. Über welche Vorfälle wusste der Abt Bescheid, und über welche nicht? Es war schwer, den Überblick zu behalten.

„Die Entführung", erklärte er.

Oh, *dieser* Vorfall. Ich konnte mich nur schwer beherrschen, nicht zu lachen.

Das war so, als würde man einen Dieb beschuldigen, ein Huhn gestohlen zu haben, und nicht die Kronjuwelen, mit denen er sich eine Woche zuvor davongemacht hatte.

Robynne hatte dabei geholfen, diese „Entführung" zu arrangieren – ihre Art, meine Hilfe dabei zu bekommen, eine Schatztruhe aus Nottingham nach Sherwood Forest zu schmuggeln... genau den Schatz, mit dem Marian Willa losgeschickt hatte, um ihn sicher zu verwahren.

Das war das Unglaubliche – so viele unzusammenhängende Ereignisse kamen jetzt zusammen. Die Frage war nur, wohin das alles führen würde.

Ich tat mein Bestes, um grimmig dreinzuschauen. „Kann der Sheriff nicht hierherkommen?" Ich drückte eine Hand auf meine Brust. „Ich bin immer noch etwas traumatisiert von alledem."

Seine Antwort war ein einzelnes, schnippisches „Nein".

Mir blieb nichts anderes übrig, als mich zu fügen, obwohl ich mir für den Ausflug Malachi, das beste Pferd der Abtei, schnappte. Je schneller ich aus Nottingham zurückkam, desto besser.

Bestes Pferd..., erinnerte mich mein Löwe.

Ich machte einen Abstecher zu Snows Stallbox und rief dann dem Stallburschen zu: „Geoffrey, bringt diese Schönheit in die letzte Box. Anweisung des Abts“, bluffte ich.

„Die, die zu ihrer eigenen Koppel führt?“, fragte er.

Ganz genau. Im schlimmsten Fall wäre es für Marian einfacher, schnell zu entkommen.

„Ja.“ Dann rief ich Rita und Rosie zu, während ich Malachi sattelte. „Tut mir leid, Mädels. Kein Ausflug heute.“

„Psst.“

Ich schlug die Fliege weg, die an meinem Ohr summte.

„Psst. Tuck.“

Ich wirbelte herum. Oh. Keine Fliege. Ganz im Gegenteil – es war der stämmige John Little und seine Gefährtin Willa, die sich in einer leeren Box versteckten.

Ich schaute mich um und vergewisserte mich, dass der Stallbursche nirgends in Sicht war. Dann trat ich näher.

„Junge, bin ich froh, Euch zu sehen“, flüsterte ich.

„Wir sind so schnell gekommen, wie wir konnten“, sagte John.

„Wie geht es Marian?“, fragte Willa sichtlich besorgt.

Ich warf einen Blick in Richtung Bibliothek und schüttelte den Kopf. „Sie sagt, es ginge ihr gut, aber… “

Als ich nicht weitersprach, seufzte John und schaute seine Gefährtin an. „Das kommt mir bekannt vor.“

Sie stieß ihn mit dem Ellbogen an. „Wir müssen sie hier herausholen. Es ist nicht sicher.“

„Das ist es nicht, aber Marian hat einen anderen Plan“, sagte ich und erklärte ihn dann.

John sah schockiert aus, aber Marians verrückter Plan ergab für Willa irgendwie Sinn.

„Also gut. Wie komme ich hinein?“, fragte sie.

„Oha. Moment. Nein“, protestierte John.

Willa funkelte ihn an. „Ich sagte, wie komme ich hinein?“

Ich zeichnete eine Karte in den Staub des Fußbodens, die den sichersten Weg zur Bibliothek wies.

„Ihr müsst warten, bis alle zur Sext gerufen werden.“

John zog eine Augenbraue hoch, um mich dazu zu verleiten, einen der vielen schmutzigen Witze zu erzählen, die ich mir für diese Gebetszeit ausgedacht hatte. Aber nein. Ich war nicht länger der Spaßvogel und Träumer, der ich bei meiner Ankunft in der Abtei gewesen war. Jetzt fühlte ich mich vielmehr wie ein Krieger, der sich auf eine Mission begab. Eine echte, gefährliche Mission, denn das Leben meiner großen Liebe stand auf dem Spiel.

Ich schluckte bei dieser Erkenntnis. Große Liebe? Wie konnte ich mir dessen sicher sein?

Ich bin mir sicher, knurrte mein Löwe. *Es ist Schicksal.*

Wie das mit der *Mönch*-Geschichte funktionieren sollte, wusste ich nicht. Aber das war jetzt auch nicht wichtig.

„Wann ist Sext?", fragte John.

„In ungefähr zwei Stunden."

Willa machte große Augen. „Zwei Stunden?"

Mein altes Ich hätte ihre Ungeduld geteilt. Aber mein neues Ich begann zu verstehen, was es hieß, Opfer zu bringen.

Ich nickte entschlossen. „Zwei Stunden. Sonst ist es zu riskant. Wartet fünf Minuten, nachdem die Kirchentüren geschlossen wurden, und geht dann in die Bibliothek. Verstanden?"

Willa öffnete den Mund, aber John hielt ihn sanft mit seiner großen Hand zu. „Verstanden."

Damit raste ich auf Malachi los.

Mit dem Maultierkarren war Nottingham fast zwei Stunden entfernt. Malachi legte die Strecke in einem Viertel der Zeit zurück. Wenn Marian nicht gewesen wäre, hätte ich einen großen Umweg genommen, um den Nervenkitzel noch ein wenig länger zu genießen. Die schiere Geschwindigkeit und Kraft eines Pferdes. Der Wind in meinem Haar, das Donnern der Hufe auf dem harten Boden...

Mein Herz klopfte, denn dies war kein Spiel mehr. Es ging um alles.

Ich hielt eine Meile vor dem Nordtor an und entdeckte einen anderen Reiter, der mir entgegenstürmte. Was nun?

Tatsächlich war es der Sheriff auf seinem gescheckten Schlachtpferd. Der arme Malachi hatte neben den Maultieren eine viel respektablere Figur gemacht.

Ich seufzte, und das nicht nur wegen des Pferdes. Obwohl wir beide Verbündete von Robynne Hood waren, kamen der Sheriff und ich nicht besonders gut miteinander aus. Unser erstes Treffen war nicht sonderlich glatt gelaufen. Wir respektierten einander, aber das war es dann auch schon mit den guten Absichten.

„Sheriff", knurrte ich.

„Bruder." Er nickte mir knapp zu.

Ich wartete. Er war schließlich derjenige, der mich herbeordert hatte, nicht wahr? Warum schaute er mich dann so an?

Ich zeigte mit dem Daumen über meine Schulter. „Wenn das alles ist, was Ihr wolltet, reite ich wieder zurück."

Er runzelte die Stirn. „Ihr habt es eilig, zurück zum Kloster zu gelangen? Das ist eine Premiere."

Wenn er nur wüsste.

Ich winkte mit der Hand durch die Luft und weigerte mich, den Köder zu schlucken. „Ihr habt mich hierher berufen. Was kann ich für Euch tun?"

Er warf einen finsteren Blick auf Nottinghams Schloss. „Ich habe Euch auf Befehl von Lady Thornton gerufen."

Ich erstarrte, dann überspielte ich es mit einem Scherz. „Und ich dachte schon, *Ihr* wäret schlechte Gesellschaft."

Er zeigte in die Richtung des Nordtors. „Kommt. Wir unterhalten uns während des Ritts."

Wir gingen im Schritttempo los, schweigend, während jeder von uns seine Gedanken ordnete.

„Weiß sie über Euch Bescheid?", fragte ich mit leiser Stimme.

Daniel schnaubte. „Über welchen Teil von mir?"

Interessant. Was genau meinte er damit? Ich wusste, dass er ein Drachengestaltwandler und heimlicher Verbündeter von Robynne Hood war. Welche anderen Geheimnisse verbarg der Mann?

„Gestaltwandler, meine ich."

Lady Thornton, so vermutete ich, war eine Wolfsgestaltwandlerin wie ihr Bruder, der verstorbene Sir Guy von Gisborne. Als solche hätte sie Daniel mit einem kurzen Schnuppern als Drachengestaltwandler identifiziert.

Er umkreiste mich und ritt auf meiner Windseite weiter. „Nein, sie weiß es nicht – noch nicht."

Als ich seinen Geruch wahrnahm, hielt ich mir die Hand vor die Nase. „Mein Gott, Mann. Was ist das denn?"

Er verzog das Gesicht. „Knoblauch – so viel ich vertragen kann, plus der Weihrauch, den ich Tag und Nacht verbrenne. Außerdem stehe ich bei jeder Gelegenheit in der Nähe von Feuern und Herdplatten. Ich habe den Leuten erzählt, dies sei das Heilmittel meiner Großmutter gegen eine schnell aufkommende Erkältung."

Ich gluckste. Derb, aber wirkungsvoll. Nicht einmal ich konnte den lederartigen Geruch des Drachen wahrnehmen.

Meine Gedanken schweiften zu Marian. Sie hatte angedeutet, eine Gestaltwandlerin zu sein, aber sie brauchte nicht zu solchen Tricks zu greifen, um ihren Geruch zu verbergen. Welcher Spezies gehörte sie an? Oder vielleicht war sie gar keine Gestaltwandlerin, sondern eine Hexe oder ein Sympath...

Ich lenkte meine Gedanken zurück zu Daniel. „Wie lange glaubt Ihr, dass Ihr die Scharade aufrechterhalten könnt?"

Er runzelte die Stirn. „Ich kann nur hoffen, dass sie bald verschwindet."

Das war die Sache. Selbst als Sheriff hatte Daniel keinen Einfluss auf den höheren Adel wie Lady Thornton.

Ich schaute mich um und überlegte, was ich tun konnte, um meinen Geruch zu verbergen, aber Daniel schüttelte den Kopf.

„Nicht genug Zeit, und es könnte sich zu Euren Gunsten auswirken. Damit Lady Thornton im Ungewissen bleibt, wenn Ihr wisst, was ich meine."

Ich runzelte die Stirn, weil ich mir dessen nicht so sicher war.

„Der Abt hat mir gesagt, dass ich zu meiner ‚Entführung' befragt werden soll. Warum?"

Daniels Augen blitzten auf. „Weil Lady Thornton Robynne verdächtigt und Ihr der Einzige seid, der ihr Lager gesehen hat."

Ich verzog das Gesicht. „Und Ihr haltet mich für so dumm, dass Ihr mich daran erinnern müsst, ein Märchen zu erzählen?"

Er zuckte mit den Schultern. „Vielleicht."

Irgendetwas in mir rastete aus und ich blieb stehen. „Seid nicht so hochmütig zu mir, Sheriff. Wenn ich die Freiheit gehabt hätte, meine eigenen Entscheidungen zu treffen, wäre ich mit Ihresgleichen zu den Kreuzzügen aufgebrochen und hätte mich als ebenso mutig erwiesen."

Er schaute mich mit einem Blick an, der eher traurig als wütend wirkte. „Jeder Narr kann mutig sein – am Anfang, wenn man neu und naiv ist. Der Trick besteht darin, es beizubehalten, wenn man erst einmal genug Angst gespürt – und gesät – hat. Sobald man erkennt, worum es im Krieg wirklich geht."

Ich runzelte die Stirn. „Die Kreuzzüge dienen dazu, das Heilige Land zurückzuerobern. Das weiß doch jeder."

Daniel lachte bitterlich. „Die Kreuzzüge sind, wie die meisten Kriege, ein Spielplatz für mächtige Männer, die sich weit, weit von der fremden Frontlinie entfernt halten. Männer, die reichlich davon profitieren, während andere leiden."

„Auch König Richard?", forderte ich ihn heraus.

Daniel nickte schwach. „Ich werde ihm bis zum Ende treu sein. Aber, ja. Selbst er, auf seine Art. Er riskiert nur ein Königreich, aber seine Fußsoldaten – und die unschuldigen Zivilisten, die ihnen im Weg stehen – riskieren viel, viel mehr. Ihre Familien. Ihr Zuhause. Ihre Lebensweise."

Ich runzelte die Stirn. Wie ließ sich all das mit einem Königreich vergleichen?

„Ein Königreich ist abstrakt. Eure Liebsten sind es nicht", erwiderte Daniel. Dann knurrte er und rückte nah genug heran, um nach meiner Kutte zu greifen. „Ihr wollt Action sehen? Dann schaut hin. Schaut genau hin."

Ich starrte ihn an und fragte mich, ob er verrückt geworden war. Aber als seine Augen aufblitzten, erschienen Bilder in meinem Kopf – zuerst verschwommen, dann schärfer.

Ich sah ein Dorf, das von einem Inferno verschlungen wurde. Frauen und Kinder jammerten, flohen und kauerten hilflos vor dem Anblick ihrer Häuser, die in Flammen aufgingen. Ein alter Mann kämpfte verzweifelt gegen das Feuer an. Dann erschien ein berittener Krieger, der im Galopp durch das Dorf ritt und mit seinem Schwert um sich hieb.

Ich zuckte zusammen und wollte wegschauen.

Aber Daniel verstärkte seinen Griff. „Schaut“, befahl er unbarmherzig.

Der Ritter schlug den alten Mann nieder, ohne auch nur langsamer zu werden. Ein weiterer Krieger erschien, dieses Mal auf einem gescheckten, grauen Pferd. Er hielt vor einer Gruppe von Dorfbewohnern an, die auf die Knie fielen und darum bettelten, verschont zu werden. Als er sein Schwert senkte, stieg meine Hoffnung. Doch dann stürmten weitere Soldaten heran und schlachteten diese armen Seelen vor seinen Augen ab.

Ich sah, wie derselbe Krieger an einem anderen Ort vom Pferd rutschte und wie betäubt vor sich hinstarrte. Er fragte sich, woran er sich beteiligt hatte. Er fragte sich, warum. Und quälte sich damit.

„Das ist die Action. Der ‚Ruhm‘. Das ist es, woraus die Lügen gemacht sind“, zischte Daniel.

Weitere Bilder folgten. Ich sah ein mit Körpern übersätes Schlachtfeld, nicht alle waren tot. Viele – vielleicht sogar die meisten – stöhnten im Todeskampf und umklammerten ihre tödlichen Wunden. Als eine Gruppe von Männern auf sie zukam, war ich sicher, dass sie helfen würden. Es drehte mir den Magen um, als sie stattdessen das Schlachtfeld plünderten. Einige zogen den sterbenden Soldaten die Stiefel aus, während andere lachten und die gefundenen Schwerter probierten.

„Wer hilft den Verwundeten?“, fragte ich, sicher, dass jeden Moment Hilfe kommen würde.

„Niemand“, sagte Daniel. „Und alle Einheimischen, die überleben, hassen Euch.“

„Aber… aber…“

Nichts von alledem passte zu dem, wovon ich seit meiner Kindheit geträumt hatte.

„Darin liegt keine Ehre“, sagte Daniel bitter. „Es gibt keinen Stolz. Kein Ende. Und keine Gewinner, außer dem grausamen Oberherren, der den Rest überlebt.“

Mit einem kleinen Stoß ließ er mich los und Charger fing an, zu traben. Ich starrte ihm hinterher und folgte ihm langsam. Lange Zeit sagte keiner von uns beiden ein Wort.

Kurz vor den Toren seufzte Daniel und beugte sich näher. „Passt auf, was Ihr zu Lady Thornton sagt. Sie hat die Augen eines Falken. Die Zunge einer Schlange. Die Seele eines Dämons."

Daran hatte ich keinen Zweifel.

Seine Stimme wurde rau, als er hinzufügte: „Und was auch immer Ihr tut, verratet nichts über Robynne."

Seine Augen blitzten auf und drohten mit Feuer und Schwefel, sollte ich es doch tun.

Ich nickte entschlossen und fügte in Gedanken *Marian* hinzu. Ich würde auch das, was ich über sie wusste, verheimlichen. Gleichzeitig würde ich von Lady Thornton erfahren, was auch immer ich konnte. Was wusste sie? Was hatte sie geplant?

Daniel musste meine Gedanken gelesen haben, denn er ermahnte mich mit einem entschlossenen: „Vorsicht! Sie kann aus den Fragen, die Ihr stellt, genauso viel lesen wie aus denen, die Ihr beantwortet. Schaut einfach hin, hört zu und beobachtet. Und macht Euch so schnell wie möglich aus dem Staub, sobald Ihr könnt."

Wir trabten über das Kopfsteinpflaster der Stadt in die Richtung des Schlosses, wo er mich mit einem letzten grimmigen Blick entließ.

„Oh, und passt auf. Diese Frau könnte den Papst verführen – oder es zumindest versuchen."

Ha. Nun, nicht mich. Nicht wenn ich an Marian dachte.

„Viel Glück", murmelte Daniel.

Malachis Schritt geriet ins Stocken, was mir sagte, dass ich es brauchen würde.

Kapitel 9

MARIAN

Ich machte kein Auge zu und am Morgen war die nervöse Energie, die mich die ganze Nacht über wachgehalten hatte, rasch verpufft. Dennoch arbeitete ich weiter an der Verbesserung der Verteidigungssysteme, die ich entwickelt hatte. Selbst wenn ich mich nicht bewegte, pirschte mein Verstand weiter auf und ab und ging endlose Möglichkeiten durch.

War ich verrückt, weil ich hierblieb, anstatt meine Chance zur Flucht zu ergreifen?

Aber war es nicht meine Pflicht, alles in meiner Macht Stehende zu tun, um Prinz Johns Machtübernahme zu verlangsamen, wenn nicht gar aufzuhalten?

Es gibt einen schmalen Grat zwischen Tapferkeit und Dummheit, pflegte mein Vater zu sagen. Und, Junge. Ich fing an, seinen Standpunkt zu verstehen.

Als ich ein Kratzen an der Hintertür hörte, sprang ich auf und packte mein Schwert. Der Schlüssel knirschte im Schloss, als ich mich langsam konzentrierte.

Hintertür... ein stiller Besucher... Tuck?

„Wartet!", rief ich, als die Tür sich knarrend öffnete.

„Marian?"

Ich erstarrte. Moment. Nicht Tuck. Eine Frau. Jemand, den ich kannte...

„Willa!", rief ich. „Oha – warte!"

Ich sprang nach vorn, um das Bücherregal zu stoppen, das ich so präpariert hatte, dass es umkippen würde, wenn jemand unangemeldet hereinkam. Es war einfach genug gewesen, es auf einer Seite mit einem Stück Brennholz anzuhebeln, mit einem Stapel Bücher in einen prekären Winkel zu verkeilen und dann mit geflochtenen Fasern aus meinem Stickprojekt mit der Tür zu verbinden. Aber es war doppelt so hoch wie ich und mit Hunderten von schweren Büchern gefüllt, so dass es eine ganz andere Sache war, es zu stoppen, sobald die Falle zugeschnappt war.

„Hilfe!", quietschte ich.

Großer Gott, welch Ironie. Ich würde von meiner eigenen Falle getötet werden, anstatt einen edlen Tod im Dienste meines Landes zu sterben.

Willa eilte an meine Seite und wir stöhnten beide unter dem Gewicht. Selbst wenn das Bücherregal uns nicht erschlagen würde, würde der Lärm Pater Benedict aufmerksam machen.

„Darf ich helfen?", fragte eine tiefe Stimme vorsichtig.

Wollte er uns verarschen?

Bitte tut es, hätte ich fast geschrien.

Aber Willa krächzte nur ein widerstrebendes: „Wenn es sein muss" heraus.

Das war ganz typisch Willa.

Das Gewicht wich augenblicklich von meinen strapazierten Armen und das Bücherregal wurde knarrend wiederaufgestellt. Ein großer Mann wischte sich die Hände ab und warf Willa einen strengen Blick zu.

„Wir hatten alles unter Kontrolle", brummte sie.

„Offensichtlich", murmelte er.

Trotz der Worte hatte ihr Geplänkel einen liebevollen Ton. Trotzdem behielt ich eine Hand auf meinem Dolch. „Wer seid Ihr?"

Er deutete auf Willa. „Ich gehöre zu ihr."

Willa berührte meinen Arm. „Das tut er. Das ist John. Mein... ähm... ah... "

Freund? Geliebter? Gefährte? Die Art, wie ihre Augen glühten, wenn sie sich ansahen, sagte mir, dass alles Genannte zutraf.

Ich starrte sie einen Moment lang an. Sieh an, sieh an. *Ich will und brauche keinen Mann*-Willa hatte jemanden gefunden, der ihre Meinung geändert hatte.

Dann riss ich die Augen weit auf, denn meine Nase hatte gerade etwas von ihrem Duft wahrgenommen.

Gestaltwandler. *Bären*gestaltwandler wäre meine beste Vermutung. Und zwar beide.

Es hätte mich nicht überraschen sollen, dass Willa nicht nur irgendeinen Mann gefunden hatte, sondern einen großen, stämmigen Bärengestaltwandler mit den Armen eines Holzfällers und Beinen wie Baumstämmen.

„Oh." Ich wich einen Schritt zurück. „Hallo."

Er musterte das Bücherregal mit gehobener Augenbraue.

„Nur für alle Fälle", erklärte ich und deutete auf die andere Tür. „Geht auch nicht dort hinüber. Oh, und fasst diesen Stuhl nicht an... oder diesen Leuchter... oder diesen Teppich."

Seine Kinnlade klappte auf und fast hätte ich mit den Augen gerollt. Ja, ich hatte überall Fallen gestellt. Dachte er etwa, ich würde Däumchen drehen, während ich darauf wartete, dass ich gerettet wurde?

„Tuck hat uns geschickt. Wir sind so schnell gekommen, wie wir konnten. Oh, Marian!" Willa schlang ihre Arme um mich.

Ich umarmte sie zurück und wir wiegten uns hin und her, während wir uns festhielten.

„Es ist so schön, zu sehen, dass es dir gut geht", sagte ich und kämpfte gegen die Tränen der Erleichterung an.

Willa war meine beste Freundin, meine Kampfpartnerin und Verschworene bei unzähligen Eskapaden in der Kindheit. Vor Kurzem hatte ich keine andere Wahl gehabt, als Willa auf eine gefährliche Mission zu schicken, um die größten Schätze meiner Familie zu Robin Hood in Sicherheit zu bringen.

„Du hast es geschafft. Du warst erfolgreich", gratulierte ich ihr.

Willa grinste und berührte den Arm ihres Partners. „Ich hatte etwas Hilfe." Dann verfinsterte sich ihre Miene. „Oh – was ist mit Beverly? Hat sie es sicher nach Hause geschafft?"

Ich grinste bei der Erinnerung an meine süßeste, aber schwächste Hofdame. „Ja. Wahrscheinlich entwirft sie gerade in diesem Moment Kleider und Frisuren für mich."

Wir lachten beide. „Du hast also den geheimnisvollen Robin Hood getroffen", sagte ich ein wenig neidisch. „Wie ist er denn so?"

Willa grinste. „Nicht er. Sie."

Ich riss die Augen weit auf. „Junge, wir haben eine Menge nachzuholen."

Willa lachte und legte ihren Arm um John. „Das stimmt allerdings."

Er beäugte die Tür misstrauisch. „Bald. Aber zuerst müssen wir Euch von hier wegbringen."

Ich schüttelte den Kopf. „Ich kann nicht gehen."

Es dauerte eine Weile, es ihnen zu erklären, aber schließlich verstanden sie meinen Masterplan. Nun, Willa verstand ihn. Sie bestand sogar darauf, als Verstärkung bei mir zu bleiben. Instinktiv wollte ich protestieren, denn warum sollte ich auch sie in Gefahr bringen? Aber, großer Gott. Selbst ich erkannte, wann ich eine Freundin an meiner Seite brauchte.

„Zu gefährlich", protestierte John. „Für euch beide."

„Vielleicht, aber der Plan ergibt Sinn", sagte Willa. „Je mehr Zeit wir Marians Verbündeten verschaffen, desto größer ist ihre Chance, Prinz John zu besiegen. Und außerdem ist es wirklich gefährlich, wenn sie allein hierbleibt." Sie stieß mich mit der Schulter an und grinste. „Zusammen sind wir beide eine ziemlich imposante Kraft. Und das nicht nur, wenn es darum geht, Fallen zu stellen."

„Ich habe keinen Zweifel daran", sagte er. „Aber es ist trotzdem ein zu hohes Risiko."

Willa zog etwas aus ihrer Tasche und drückte es mir in die Hand. „Wir haben auch das hier."

Ich schnappte nach Luft und hielt es hoch. „Der Ring von Aquitanien!"

„Er funktioniert. Er funktioniert wirklich", flüsterte Willa. „Als ich es am meisten brauchte, hat er mir geholfen."

In dem Moment, in dem ich ihn auf meinen Finger gleiten ließ, spürte ich seine Wärme und die verborgene Kraft. Es war beruhigend, aber auch beängstigend. Wie bald würde ich ihn wohl benutzen müssen?

Es bedurfte einiger Überzeugungsarbeit, aber schließlich überredeten wir John, die Hintertreppe zu bewachen, während Willa und ich uns in der Bibliothek zusammenkauerten und versuchten, für alle Eventualitäten vorzusorgen. Wenn Tuck zurückkam – hoffentlich bald – würden wir uns alle treffen, um Bilanz zu ziehen.

„Ich hoffe nur, dass er nicht zu lange in Nottingham bleibt", sorgte ich mich.

„Wenn er vom Sheriff gerufen wurde, ist alles in Ordnung. Der steht auf unserer Seite", versicherte Willa mir.

Wow. Robynne Hood hatte ein wirklich beeindruckendes Netzwerk aufgebaut. Dennoch, mit Lady Thornton in Nottingham...

„Diese Frau bedeutet nichts Gutes", brummte John.

„Diese Frau ist auch eine Wolfsgestaltwandlerin", warnte ich. „Man darf sie auf keinen Fall unterschätzen."

Willa erstarrte. „Du weißt von Gestaltwandlern?"

Ich sandte John zur Hintertür und zwinkerte meiner Freundin zu. „Wie ich schon sagte, wir haben eine Menge nachzuholen. Soll ich anfangen oder willst du?"

Willa machte große Augen. „Du zuerst. Denn das muss ich unbedingt hören."

Kapitel 10

TUCK

Außerhalb des Schlosses war es kalt und düster. Auch im Inneren war es nicht viel besser. Und als ich in den großen Saal geführt wurde, knisterte die Luft geradezu vor Bosheit.

„Lady Thornton", murmelte ich und senkte mich zu einer tiefen Verbeugung.

Sie schnippte mit den Fingern, woraufhin das Personal davonhuschte. Die massiven Eichentüren schlugen hinter mir zu und das Geräusch hallte durch den Saal.

„Bruder Tuck."

Ihr Ton war kalt und ich spürte ihre Augen auf mir, als sie mich musterte wie ein Metzger ein Stück Fleisch.

Die Stille dehnte sich aus und spielte Spielchen mit meinem Verstand. Was hatte ich bereits preisgegeben? Meine geübte Verbeugung hätte ihr vom hohen Stand der Familie berichtet, der ich abstammte, während meine Kutte verriet, wo ich jetzt war und warum. Und mein Geruch...

„Sieh an, sieh an...", murmelte sie und umkreiste mich wie ein Falke – oder ein Wolf, nahm ich an. „Löwengestaltwandler. Wie überaus nobel."

Ich hielt meinen Blick auf den Boden gerichtet und wartete, während ihre glitzernden Schuhe eine weitere Runde um mich drehten.

Dann, wie aus dem Nichts, lachte sie. „Ihr seid eine Verschwendung für den Klerus."

Was Ihr nicht sagt, hätte ich seufzen können. Aber nach den Bildern, die Daniel mit mir geteilt hatte, überlegte ich mir die

Sache mit dem *tapferen Ritter* noch einmal. Vielleicht könnte ich etwas Würdigeres finden. Etwas, das sich näher an meinem Zuhause befand. Etwas, über das ich die Kontrolle hätte, anstatt eine Marionette im allzu realen Theater der Spiele eines mächtigen Mannes zu sein...

Lady Thornton schnippte mit den Fingern nach mir. „Seht mich an."

Eine Frau, die es gewohnt war, Befehle zu bellen. Nun, ich konnte so tun, als gehorchte ich gern – vor allem, da der Abt nicht hier war, um die Sache richtigzustellen.

Ich hielt meinen Blick geradeaus gerichtet, während sie in meinem Blickfeld kreiste, verschwand und wieder erschien. Ein paar Sekunden lang sah ich langes, wallendes, schwarzes Haar und ein verkniffenes, hochmütiges Gesicht. Dann, als sie ihre endlosen Kreise fortsetzte – wie ein Maultier, das an eine Mühle gekoppelt war, obwohl ich das nicht sagen würde –, richtete ich meinen Blick auf die Tierköpfe, die an der Wand dahinter angebracht waren. Gespenstische Augen schauten durch mich hindurch, Geweihe ragten in meine Richtung heraus und Zähne zeigten sich in einem ewigen Knurren. Ein Knurren, das mich anklagte, ihnen das angetan zu haben.

Ich wünschte, ich könnte meine Unschuld beteuern. Dann dachte ich an die Dorfbewohner, denen Daniel während der Kreuzzüge begegnet war. Hatte er dasselbe gefühlt, als er gezwungen war, sich ihnen zu stellen?

„Ich habe mich gefragt..." Lady Thornton sprach langsam und ließ mir zu viel Zeit, um mich in einer Endlosschleife ohne Anfang und Ende wieder und immer wieder selbst zu fragen, was sie sich gefragt hatte.

Ich zählte die Geweihe an der Wand. Sieben... acht... neun...

„Ich frage mich, wie ein Löwengestaltwandler, der so jung und gut gebaut ist..." Sie schnurrte die letzten Worte praktisch.

Ich knirschte mit den Zähnen. Fühlte sich Marian auch so, wenn die Leute ihre Schönheit, ihre Figur und ihre Anmut kommentierten? Und verdammt. Ich stellte mir vor, eine attraktive, junge Frau zu sein, die von einem viel älteren, viel mächtigeren Mann umkreist wird, der dieselbe anzügliche Botschaft in demselben verführerischen Tonfall aussprach.

Igitt. Mein Löwe schnitt eine Grimasse, so wie er es tat, wenn er ein Haarknäuel aushustete.

Meine Brüder hatten einmal gescherzt, dass Frauen es leicht hätten. Jetzt war ich mir dessen nicht mehr so sicher.

„… von den Gesetzlosen des Sherwood Forest überwältigt und entführt werden konnte", beendete Lady Thornton ihren Satz.

Hoppla. Ich hatte nicht bedacht, wie das aussehen würde.

„Nun?", fragte sie.

Ich schaute sie zum ersten Mal direkt an. „Ist das eine Aussage oder eine Frage?"

Und, hoppla. Hatte Daniel mich nicht davor gewarnt, etwas zu verraten? Meine abwehrende Haltung deutete darauf hin, dass ich etwas zu verbergen hatte.

„In der Abtei wird von uns erwartet, dass wir schweigen, es sei denn, uns wird eine direkte Frage gestellt", fügte ich schnell hinzu, um es zu überspielen.

„Ah. So gehorsam." Ihre Stimme war trocken. „Dann werde ich fragen, so wie Ihr es wünscht. Wie kommt es, dass ein so fähiger Löwe wie Ihr so leicht von ein paar Gesetzlosen überwältigt werden konnte?"

„Sie versprachen, niemandem etwas anzutun, wenn ich kooperiere. Und ich wollte keine unschuldige Person gefährden."

„So edel", säuselte sie. Dann tippte sie sich gegen die Lippen und sprach mehr zu sich selbst als zu mir. „Keine schlechte Strategie."

Ich starrte sie an. Sie hatte nicht *meine* Strategie gemeint. Sie meinte die Idee der Erpressung. Gott, wie krank war sie eigentlich?

Stille folgte. Weiteres Kreisen. Ich zwang mich, nicht von einem Fuß auf den anderen zu schwanken.

„Erzählt mir von Robin Hood und seinem Lager", befahl sie schließlich.

Ihr Lager, wünschte ich, sagen zu können. Dann wiederholte ich die Details, die ich mir vor Monaten für Daniels offiziellen Bericht ausgedacht hatte. Ich behauptete, dass mir die Augen verbunden worden wären, so dass ich nicht wusste, wo sich das Lager befand. Und die Szene, die ich beschrieb, nachdem mir die Augenbinde abgenommen worden war, hatte überhaupt nichts mit der Wahrheit zu tun. Auch die Zahl der Verbrecher, die ich mit zehn multiplizierte, stimmte nicht.

Es war furchterregend, hätte ich es fast ausgeschmückt, aber ich beschloss, es nicht zu tun. Es war besser, sich an die Wahrheit zu halten.

Was bedeutete, dass ich mir John Little vorstellte, als ich Robin Hood beschrieb. Nicht ganz so brillant wie die echte Robynne, aber hey. Er passte zu dem Bild, dass die meisten Leute in ihren Köpfen hatten.

„Ich verstehe", sagte Lady Thornton mit ihrem leisen Zischen. „Mit anderen Worten, seid Ihr mir genauso viel Hilfe wie der Sheriff."

Überhaupt nicht hilfreich, beschwerte sich ihr Tonfall.

Dann sprach sie erneut mit verführerischem Schnurren: „Denkt darüber nach. Gibt es irgendetwas, das Ihr vielleicht vergessen habt?"

Ich machte eine lange Denkpause und zuckte dann mit den Schultern. „Das ist alles."

„Und was ist mit Maid Marian?"

Die Frage kam wie aus dem Nichts und fast wäre ich zusammengezuckt. Gut, dass Lady Thornton in diesem Moment hinter mir auf und ab pirschte.

„Was ist mit ihr, Mylady?"

„Meines Wissens ist sie zu Gast in der Abtei."

Mein Löwe knurrte innerlich. *Wenn diese Schlampe einen Spion in der Abtei hat, werde ich ihn umbringen.*

Natürlich stellte ich mich dumm. „Ist sie das? Das würde das schicke Pferd im Stall erklären."

„Arbeitet Ihr dort?"

Ich schüttelte den Kopf. „Ich arbeite in der Brauerei und im Garten."

Und wirklich niemals in der Bibliothek, wollte mein Löwe hinzufügen, als ob es helfen würde.

Ein Glück, dass meine menschliche Seite befragt wurde und nicht er.

„Aha, ein Mann, der mit seinen Händen arbeitet", summte sie und strich mit einer Hand über meinen Rücken. Tiefer und tiefer...

Ich tat mein Bestes, um nicht zusammenzuzucken oder vor Erleichterung zu seufzen, als sie ihre Hand wieder wegzog. Aber dann stellte sie sich mir direkt gegenüber und blieb viel zu dicht vor mir stehen.

Ich hielt vollkommen still, als Lady Thornton darauf wartete, dass ihre Schönheit und ihre Macht ihre Wirkung entfalteten. Eine realistische Erwartung, denn sie war wunderschön – abgesehen von ihrem verkniffenen Gesichtsausdruck – und wirkungsvoll, wie giftige Pilze, die einen anlockten, indem sie die essbare Art imitierten.

Ihre zweifelhaften Reize prallten an meiner imaginären Rüstung ab wie stumpfe Pfeile und fielen harmlos zu Boden. Ich konzentrierte mich auf den an die Wand montierten Dachskopf hinter ihr, der genau wie ich nicht blinzelte.

Mit einem Stirnrunzeln und einem hörbaren *Hmpf* nahm Lady Thornton ihren unheilvollen Gang wieder auf.

„Zurück zu Maid Marian...", sagte sie.

„Die schönste Frau im ganzen Land", ergänzte ich. „Zumindest habe ich das gehört."

Sie kratzte mit dem Schuh über den Steinboden. „Das höre ich auch immer wieder", sagte sie verbittert.

Nun, vielleicht solltet Ihr nicht so oft finster dreinschauen, wollte ich sagen. *Und versuchen, nett zu sein.*

„Aber ist sie gerissen? Ehrgeizig? Mächtig?", forderte Lady Thornton, zu wissen.

Ja, ja und ja, entschied ich, obwohl die Fragen rhetorisch waren. Außerdem gehörten Marians Ambitionen in eine ganz andere Kategorie als die dieser Schlange.

Aber ich beschränkte meine Antwort auf ein neutrales: „Ich nehme an, Ihr könnt das besser beurteilen als ich."

„Natürlich kann ich das. Aber ich brauche ein zweites Augenpaar und Eures wäre perfekt."

Ich erstarrte. Perfekt wofür?

„Erzählt mir alles, was Ihr seit ihrer Ankunft in der Abtei gesehen oder gehört habt", forderte sie.

„Leider habe ich gar nichts gesehen – außer das Pferd, falls es ihres ist – und das Einzige, was ich von ihrem Besuch gehört habe, ist das, was Ihr gerade gesagt habt. Es tut mir leid."

„Denkt gut darüber nach, mein lieber Löwe", zischte mir Lady Thornton regelrecht ins Ohr. „Denkt darüber nach, wie nützlich Ihr für mich sein könntet, und ich für Euch."

Das erweckte meine Aufmerksamkeit. „Nützlich?"

Lady Thornton lächelte dieses Schlangenlächeln.

„In der Tat. Ihr berichtet mir über ihre Bewegungen, Gewohnheiten und Besucher. Im Gegenzug werde ich Euch großzügig belohnen."

„Mich belohnen? Wie?"

Ich hatte nicht die Absicht, auf ihr Angebot einzugehen, aber ich war neugierig, womit sie mich zu bestechen gedachte.

Sie beugte sich vor und flüsterte im spielerischen Tonfall einer Geliebten. „Auf jede Weise, die ihr Euch wünscht. Reichtum. Privilegien. Sogar die Freiheit von diesem Ort."

Mein Herz setzte einen Schlag aus.

„Kommt schon. Wir wissen doch beide, dass Ihr zu Größerem bestimmt seid, als zu einem Leben als Mönch", fuhr sie fort und streichelte praktisch mein Ohr.

„Aber mein Gelübde...", fragte ich, um sie zu testen.

Sie schnaubte. „Ich kann Euch eine königliche Verfügung verschaffen. Sagen wir, eine sofortige Versetzung zu einer ausgezeichneten Einheit an der Front der Kreuzzüge?"

Die Ironie brachte mich um. Seit Monaten wollte ich unbedingt aus dem Klerus austreten. Jetzt bekam ich zwei Angebote, genau dies zu tun – und ich konnte keines davon annehmen!

Außerdem deutete eine *königliche Verfügung* darauf hin, dass Lady Thornton sich mit Prinz John verbündet hatte – mit genau dem Mann, der den Thron an sich reißen wollte. Steckte sie mit dem Plan des Prinzen, die Macht an sich zu reißen, unter einer Decke?

„Also, was sagt Ihr?", fragte sie.

Ein winziges Stück meines Herzens starb, als ich meine einzige Option aussprach. „Vielen Dank, aber mein Platz ist in der Abtei."

Worte, von denen ich nie gedacht hätte, dass ich sie einmal sagen würde, aber hier waren sie. Ich musste in der Abtei bleiben – zumindest, solange Marian dort war.

Lady Thornton spottete und blies mir ins Ohr. Ich zuckte zusammen.

„Armut, Gehorsam, Keuschheit." Sie betonte Letzteres mit einem Klaps auf meinen Hintern.

„Ihr würdet lieber ein Leben lang darunter leiden, als Eure gerechte Belohnung anzunehmen?"

In der Tat war ich verzweifelt auf meine gerechte Belohnung aus. Aber Lady Thornton war nicht diejenige, die bestimmte, was dies sein könnte.

Ich zuckte mit den Schultern. „Es tut mir leid, Mylady. Ich fürchte, ich bin von keinem großen Nutzen für Euch."

In diesem Moment öffnete sich die Tür und ein Lakai kam mit einer Nachricht herein. Ich nutzte die Gelegenheit, in Richtung Tür zu gehen.

Die Worte, die sie mir hinterherrief, ließen mich bis ins Mark erschaudern.

„Kein großer Nutzen? Seid Euch dessen nicht so sicher, mein lieber Löwe."

Kapitel 11

MARIAN

Den Rest des Tages verbrachte ich wie auf heißen Kohlen. So sehr ich es auch liebte, Willa bei mir zu haben – und ihren stämmigen Partner direkt vor der Tür –, war es doch schwer, mir keine Sorgen zu machen. Prinz John... Was hatte er vor? Meine Verbündeten, wie Lord Winthrop, auf den ich zählte, um weitere Unterstützer zu gewinnen... Waren sie endlich auf dem Vormarsch? Und dann war da noch dieses Luder Lady Thornton... Welche Rolle spielte sie in alledem?

Aber vor allem, Tuck... ging es ihm gut? Was geschah in Nottingham?

Ich berührte den Ring von Aquitanien und hoffte auf etwas Trost.

Dann stellte ich mir vor, dass Tuck ganz nah bei mir wäre. Nicht nur zum Trost, sondern für mehr. Mehr...

Mein Körper wurde heiß und meine Wangen brannten. Nun, vielleicht nicht mit Willa und John in der Nähe. Ich war froh, sie jetzt bei mir zu haben, aber wenn Tuck zurückkam... Vielleicht könnte ich sie ins Skriptorium schicken, um ein paar Pergamente durchzusehen oder so. Willa konnte lesen und falls John es nicht konnte, könnte er ihr zuhören, wenn sie ihm vorlas. Sicherlich würden sie das ein oder zwei Stunden lang fesselnd finden... vielleicht sogar die ganze Nacht.

Denn ich wünschte mir diese Zeit mit Tuck. Nein, ich *brannte* darauf.

Aber, verdammt. Er war im Moment nicht bei mir und selbst wenn, er war ein Mönch.

Ich seufzte. Das Schicksal musste mich hassen.

Doch meine animalische Seite machte mir Hoffnung. *Das Schicksal wird auf uns herablächeln. Du wirst schon sehen.*

Ich spitzte die Lippen, denn es fiel mir schwer, das zu glauben.

Als ein Klopfen an der Hintertür ertönte, sprang ich auf. Willa griff nach einem Dolch, dann schnupperte sie an der Luft und entspannte sich.

„Es sind John... und Tuck."

Witzig, ich war gerade zu demselben Schluss gekommen. Ein sechster Sinn hatte es mir gesagt.

Mein Atem stockte. Willa wusste es, weil John ihr Gefährte war. Ich wusste es, weil... Tuck meiner war?

Schicksal, flüsterte eine leise Stimme in meinem Kopf.

Das musste es sein, denn als er eintrat, war es, als würde die Sonne nach einer Woche der Finsternis hinter den Wolken hervorbrechen.

„Fasst das nicht an", warnte John Little Tuck. „Nicht die Tür. Auch nicht das Bücherregal. Oh, und geht nicht in die Nähe des Teppichs." Dann seufzte er. „Fasst einfach gar nichts an." Schließlich senkte er seine Stimme. „Und passt auf, was Ihr sagt. Dies sind zwei Frauen, die Ihr nicht verärgern wollt."

Tuck warf ihm einen Blick zu, der zu fragen schien, ob John ein wenig zu viel Zeit im Wald verbracht hatte. Dann winkte er Willa zu und drehte sich zu mir.

Er strahlte – mich an, für mich, mit mir – und trat näher heran.

Nach genau zwei Sekunden, in denen ich versucht hatte, mich zurückzuhalten, stürzte ich mich in eine Umarmung. Tuck lachte und umarmte mich zurück, lang und eng und warm.

Ich merkte, dass Willa und John die Augen ein wenig aufrissen. Und verdammt, ich selbst war auch etwas überrascht. Aber ich konnte die Anziehungskraft zwischen mir und diesem Mann nicht leugnen. Es gab keine Regeln dafür, wie schnell – oder langsam – Liebe funktionieren sollte. Außerdem waren Willa und John selbst ganz verträumt, wenn sie zusammen waren. Durften Tuck und ich es nicht auch sein?

Einen Moment lang erhob sich meine Seele. Dann stürzte sie wieder ab. Willa konnte John haben, weil er kein Mönch war. Tuck war einer.

Ich ließ ihn los und strich mit den Händen über mein Kleid.

„Schön, zu sehen, dass Ihr sicher zurück seid. "

Sein Lächeln war so traurig wie wehmütig. „Auch schön zu sehen, dass Ihr sicher seid. "

„Was hat der Sheriff gewollt?", fragte Willa.

„Ich wurde nicht vom Sheriff verhört. Es war Lady Thornton. Und, Gott. Ich dachte, Sir Guy wäre schlimm... "

„Was hat sie denn jetzt vor?", fragte John.

Tuck wollte sich auf einen Sessel fallen lassen, aber John packte ihn schnell und schaute mich erst an.

„Der dort ist sicher", versicherte ich ihm.

John ließ Tuck los, der sich heftig fallenließ. „Was sie vorhat? Schwer zu sagen, aber sie wollte etwas über Euer Lager wissen." Willa und John schauten einander an, während Tuck sich zu mir umdrehte. „Und sie hat auch nach Euch gefragt. "

Ich versuchte, lässig zu bleiben, obwohl es mir kalt den Rücken hinunterlief. „Hat sie das? "

Tuck nickte. „Sie weiß, dass Ihr hier seid. "

Ich verzog das Gesicht. „Neuigkeiten verbreiten sich schnell. "

„Pater Benedict", fluchte Tuck und fuhr fort: „Sie wollte, dass ich Euch ausspioniere. "

Ich schnaubte. „Ich bin in einer Bibliothek eingeschlossen. Was gibt es da zu spionieren – welche Bücher ich lese? "

Tuck zuckte mit den Schultern. „Ich habe mich dumm gestellt und ihr gesagt, dass ich nichts gesehen oder gehört habe. "

Er und ich tauschten einen heimlichen Blick aus. Er hatte nicht nur etwas gesehen und gehört, er hatte auch berührt und geküsst. Zwei Dinge, von denen ich unbedingt mehr haben wollte.

Tuck klopfte sich auf die Oberschenkel, um zu signalisieren, dass er etwas unternehmen wollte. „Nun, es ist klar, dass wir Euch hier herausholen müssen. "

Dies war der Punkt, an dem die Dinge ein wenig heikel wurden. Wie zuvor war Willa mit meinem Plan einverstanden, John hingegen nicht.

„Es ist zu gefährlich", sagten beide Männer gleichzeitig.

Ich warf ihnen einen bösen Blick zu. „Es ist also in Ordnung, wenn Männer zu den Kreuzzügen oder anderen Heldentaten aufbrechen. Aber wenn eine Frau etwas Gefährlicheres als Handarbeiten wagen will, kommt es nicht infrage."

John starrte auf die Nadel, die ich griffbereit zurechtgelegt hatte, und murmelte: „Ich wette, Ihr könntet auch Stickerei gefährlich machen."

Willa stieß ihn mit dem Ellbogen in die Rippen.

„Uff", stöhnte er. „Was? Es ist wahr."

Ich stemmte die Hände an die Hüften. „Das ist genau mein Punkt. Ich bin *fähig*. Fähiger als die meisten Soldaten. Und die Pflicht ruft mich genauso stark wie jeden Mann."

Tuck hob beschwichtigend die Hände. „Ich stimme zu. Ich sage nur, dass es nicht die beste Vorgehensweise ist, sich zu einer leichten Beute zu machen."

„Was sollte ich Eurer Meinung nach tun?"

„Verschwinden, solange Ihr könnt. Reitet los und versammelt Eure Verbündeten. Sorgt dafür, dass sie die Dinge in Bewegung bringen, anstatt davon auszugehen, dass sie es von allein tun."

„Ich würde nichts lieber tun. Aber wenn ich fliehe, wird sich die Nachricht schnell verbreiten. Und Prinz John wird mich jagen und jeden Anflug von Widerstand unterdrücken. Jeder Verbündete, mit dem ich Kontakt aufnehme, wird so zur Zielscheibe. Und wenn jemand ausgeschaltet wird, werden die anderen nachgeben. Sie sind König Richard treu, aber sie werden nicht bereit sein, alles zu opfern, wenn sie keine Aussicht auf Erfolg sehen."

„Und doch tut Ihr es", bemerkte Tuck.

Es wurde still im Raum.

Ich nickte langsam. „Ja, ich tu es. Ich muss es. Es ist meine Pflicht."

Für die nächsten Minuten herrschte Schweigen, während alle dies verdauten – auch ich. Denn, verdammt. Es war eine

Sache, zu *planen*, edel zu handeln. Es war eine ganz andere, es tatsächlich zu tun.

Dann brach Willa die Stille mit einem leisen Murmeln. „Solange Prinz John denkt, dass du sicher hier eingesperrt bist..."

Ich neigte den Kopf und die Männer auch.

Ein verschmitzter Ausdruck huschte über ihr Gesicht und John stöhnte auf.

„Oh nein, das wirst du nicht tun."

Tuck und ich schauten uns verwundert an, während sie sich stritten.

„Es ist eine großartige Idee!", beharrte Willa.

„Es ist eine schreckliche Idee", knurrte John.

„Welche Idee?", flüsterte Tuck.

Ich zuckte mit den Schultern. „Keine Ahnung."

„Ich kann das", fuhr Willa fort.

„Du kannst es, aber du wirst es nicht", sagte John. „Komm schon, Willa. Das ist wie damals, als du nach Nottingham geeilt bist, um den Schatz selbst zu holen."

Tuck schaute mich an, aber ich hatte keine Ahnung, worum es *dabei* ging.

„Es ist etwas ganz anderes", beharrte Willa. „Weil ich Hilfe haben werde. Dich."

„Nicht genug", betonte John.

Tuck mahnte sie zum Schweigen und deutete auf die Haupttür. „Seid jetzt still. Lady Thornton hat mich nicht zum Spionieren anheuern können, aber sie hat möglicherweise jemand anderen gefunden."

Willa winkte alle heran und flüsterte dann: „Ich könnte hierbleiben und so tun, als wäre ich Marian, während sie loszieht und Widerstand mobilisiert."

„Ihr seht ihr überhaupt nicht ähnlich", sagte Tuck. „Und Ihr seid auch viel kleiner."

John und ich wichen beide aus Schlagreichweite zurück, da wir wussten, wie Willa wahrscheinlich reagieren würde.

„Ich bin nicht klein!"

Tuck winkte mit den Händen ab. „Nein, natürlich nicht. Es ist nur so, dass sie üppiger ist."

„Üppiger?" Ich sträubte mich. „Inwiefern?"

Tuck schaute John Hilfe suchend an, aber der Bärengestaltwandler warf ihm einen Blick zu, der sagte, *Gegen diese beiden seid Ihr auf Euch allein gestellt.*

„Ich meinte... Vergesst es. Was ich damit sagen will, ist, dass sie es uns nicht abkaufen werden.“

Ich war auch nicht ganz überzeugt von der Idee, aber sie hatte etwas für sich. „Pater Benedict ist der Einzige, der jemals hereingekommen ist – außer Tuck.“

Tuck verzog das Gesicht. „Man kann nie wissen. Cyril könnte hier hereinspazieren und nach noch mehr Kunst suchen.“ Auf Willas fragenden Blick erklärte er: „Ein anderer Mönch. Großartiger Sänger, schmutzig gesinnter Künstler. Er hofft immer noch, hier einen Chor zu gründen. Wir ziehen den Kunstunterricht vor... nicht dass der Abt einem von beidem zugestimmt hätte.“

Willa zuckte mit den Schultern. „Es spielt keine Rolle, wer hereinkommt. Ich könnte auf der Couch unter einer Decke bleiben und mich hinter Marians Stickerei verstecken.“ Ihre Augen blitzten auf. „Und wenn jemand unseren Schwindel entdeckt, werde ich ihn mit der Nadel aufspießen.“

„Ich bringe denjenigen vorher um“, knurrte John.

Und einfach so hatten wir den Grundstein für einen Plan gelegt. Ein noch verrückterer Plan als der zuvor, aber was soll's. Es könnte funktionieren. Es gab nur eine Sache...

„Ich hasse es, dich wieder in Gefahr zu bringen.“ Ich berührte Willas Arm. „Nachdem du den Schatz abgeliefert hast, meine ich.“

Sie grinste mich an, dann John. „Nun, das hat sich zum Guten gewendet, findest du nicht?“

Komisch, wie ein großer, kräftiger Mann bei ein paar wenigen Worten ganz weich werden konnte.

„Hat es“, flüsterte er. „Das hat es wirklich.“

Willa schaute ihren Gefährten noch einen Moment länger an. „Die besten Dinge im Leben passieren, wenn man sie am wenigsten erwartet.“

„Stimmt“, gab Tuck zu. „Aber ich bin mir nicht sicher, ob es das beste Motto ist, um in eine Schlacht zu ziehen. Denn genau das wird es werden. Wir gegen Prinz John – und wahrscheinlich auch gegen Lady Thornton. Die Frage ist nur, ob die beiden zusammen oder gegeneinander arbeiten?"

Ich verzog das Gesicht. „Wie ich sie kenne, wird sie sich mit ihm zusammentun, solange es ihr passt. Und dann zuschlagen, wenn der Prinz ihr den Rücken zukehrt."

Alle erstarrten – auch ich.

„Moment. Könnte das wirklich ihr Plan sein?", flüsterte ich.

Tuck streckte sein Kinn vor. „Es ergibt Sinn – von ihrem Standpunkt aus gesehen. Sie ist eifersüchtig auf Euch..."

Ich schnitt eine Grimasse. Sie könnte einem ganzen Klub eifersüchtiger Frauen beitreten. Wenn sie alle nur einen Tag an meiner Stelle wären...

„Und sie ist machthungrig", schloss er.

John nickte nachdenklich. „Es heißt, sie habe bereits zwei ihrer Ehemänner getötet. Vielleicht hat sie es auf einen dritten abgesehen."

Willa runzelte die Stirn. „Was meint Ihr damit?"

Tuck übernahm, indem er laut über die Möglichkeiten nachgrübelte.

„Prinz John will Marian zwingen, ihn zu heiraten. Das würde sie als Feind ausschalten und ihm das Prestige ihres Familiennamens einbringen."

Ich runzelte die Stirn, obwohl ich ihm nicht widersprach.

„Nehmen wir an, Lady Thornton hilft ihm dabei", fuhr Tuck fort. „Er weiß ihre Hilfe zu schätzen..."

„Sie tötet mich...", warf ich trocken ein.

„... und macht sich dann an Prinz John heran", sagte Willa und sah erschrocken aus.

„Ehemann Nummer drei. Dann, wenn er erfolgreich alle Widersacher ausgeschaltet hat, erledigt sie ihn und hat selbst das Sagen."

Alle wurden still.

„Ehrlich. Ist sie so rücksichtslos? So machthungrig?", fragte ich.

John und Tuck antworteten gleichzeitig. „Auf jeden Fall."

$$Kapitel\ 12$$

TUCK

„Hier entlang", flüsterte ich und führte Marian hinaus. Die kalte Nachtluft biss in meine Wangen und jeder Schatten schien einen lauernden Feind zu verbergen. Mein einziger Trost war die Wärme von Marians Hand in meiner.

Meine. Mein Löwe liebte dieses Wort.

Ich erinnerte mich daran, dass Marian, selbst wenn ich kein Mönch wäre, weit, weit außerhalb meiner Möglichkeiten lag. Denn es gab Adel und es gab *Adel.* Ich war nur der dritte Sohn einer unbedeutenden aristokratischen Familie – auch wenn mein Vater noch so gern eine persönliche Freundschaft mit dem König suggerierte. Marian hingegen war das einzige Kind von Lord William of Newton und obendrein die Patentochter des Königs.

Dennoch klammerte sich etwas in mir an die Hoffnung. Der selbstzerstörerische Teil, so fürchtete ich.

Konzentriere dich, knurrte mein Löwe.

Stimmt. Ich schaute mich um und eilte dann weiter. Ich konnte nicht mehr zählen, wie oft ich mich nachts durch das Klostergelände geschlichen hatte, aber das hier war etwas anderes. Dies war definitiv kein Spiel und auch keine Fantasie. Das hier war die Wirklichkeit. Marians Leben schwebte in Gefahr – und jetzt auch die Leben von Willa und John. Jede meiner Handlungen hatte eine direkte Auswirkung auf den Erfolg – oder Misserfolg – unseres verrückten Plans.

„Schneller", drängte Marian.

Ich schüttelte den Kopf. Jede Sekunde war kostbar, aber ein Fehltritt konnte unser Schiff versenken, bevor es den Hafen verließ.

Ich spähte herum und eilte dann über den Rasen zum nächsten Versteck – einer dunklen Mauer neben dem Refektorium. Das Knirschen unserer Füße auf dem frostigen Boden ließ mich zusammenzucken, dann presste ich mich gegen das Mauerwerk. Mit klopfendem Herzen spähte ich den Weg zurück, den wir gekommen waren. Kein Geräusch, keine Bewegung. Nur wir.

Als Marian sich umdrehte und nach oben schaute, wippte ihr Kehlkopf. Einen Moment später tat ich dasselbe. Das dort oben war die Bibliothek, die unsere Freunde beherbergte. Freunde, die sich für eine höhere Sache in tödliche Gefahr begaben.

Ich stellte mir vor, wie Pater Benedict am Morgen mit dem Frühstück hereinkam. Sicherlich würde er sich nicht täuschen lassen, selbst wenn Willa sich versteckt hielt. Oder was wäre, wenn er die Sicherheitsvorkehrungen verschärfte und jemanden über die Hintertreppe hinaufschickte? John würde entdeckt werden und es würde den Alarm auslösen. Oder was, wenn...

Marian drückte meine Hand. „Vertraut auf Euren Glauben. Sie werden mit allem fertig, was sich ihnen entgegenstellt."

Mein Glaube an sie war unerschütterlich – aber nicht mein Glaube an das Schicksal.

Dennoch hatte Marian recht. Wir waren alle Soldaten in derselben Armee und wir mussten einander vertrauen, dass wir unsere jeweiligen Aufgaben bewältigen konnten. Das bedeutete, dass wir uns beeilen mussten, zumindest Marian und ich.

Wir eilten über die nächste Freifläche und schlichen dann auf Zehenspitzen um die Schmiede herum, um das hintere Tor zu erreichen. Dort warfen wir erneut einen Blick zurück.

Als ein Pferd im Stall wieherte, flüsterte Marian traurig: „Snow... "

Wir hatten daran gedacht, Pferde zu nehmen, und die Idee dann verworfen. Wenn entdeckt wurde, dass sie fehlten, würde jeder Verdacht schöpfen.

Als Snow unruhig wurde, schloss Marian die Augen und hob die Hand, als ob das Pferd direkt vor ihr stünde.

„Schhh...", flüsterte sie in die Nachtluft. „Alles wird gut."

Snow konnte sie vom Stall aus auf keinen Fall sehen oder hören. Aber die Stute beruhigte sich sofort. Es war verblüffend.

Marian schluckte und wischte sich eine Träne fort. „Lasst uns gehen."

Nachdem wir uns ein letztes Mal umgesehen hatten, stahlen wir uns durch die Klostermauern hinaus und gingen die dunkle Straße hinunter. Zuerst gingen wir mit zügigem Laufschritt, um unser Vorankommen leise zu halten. Dann liefen wir schneller und schließlich fingen wir an zu rennen. Nach einer halben Meile blieb ich stehen und schüttelte angesichts der endlosen offenen Landschaft, die sich vor uns erstreckte, den Kopf.

„Seid Ihr Euch sicher, dass Winthrop die beste Option ist?", fragte ich.

„Es ist unsere einzige Option", beharrte Marian.

Wir hatten all das in der Bibliothek besprochen. Lord Winthrop war der älteste Freund ihres Vaters und ein treuer Unterstützer des Königs. Er war auch die einzige Person mit genügend Ansehen – und genügend treuen Lakaien –, um alle anderen schnell und unauffällig zu informieren.

Doch Winthrop war meilenweit entfernt.

„Wir schaffen es nie vor Sonnenaufgang. Nicht in diesem Tempo. Vielleicht könnten wir ein paar Pferde stehlen..."

Marian schüttelte den Kopf. Auch das hatten wir besprochen. Selbst in einer Notsituation war sie nicht bereit, ehrliche Leute zu bestehlen. Es war wohl meine Schuld, dass ich sie mit den Einheimischen bekanntgemacht hatte.

„Wollt Ihr mir sagen, dass ein Löwe nicht durch die Nacht laufen kann?", schnaufte sie.

Das brachte mich auf die Palme. „Natürlich kann ich das. Aber was ist mit Euch?"

„Oh, ich kann definitiv so schnell laufen wie ein Pferd, und zwar die ganze Nacht hindurch."

Ich neigte den Kopf. Wie genau hatte sie vor, das zu tun?

„Oh, ihr Ungläubigen..." Sie schüttelte den Kopf und legte die Mönchskutte ab, die ich ihr als Verkleidung gegeben hatte.

Ich starrte sie an. „Was tut Ihr denn?“

Sie warf mir einen strengen Blick zu. „Ich vertraue Euch. Mit meinem Leben. Mit der Zukunft des Königreichs. Und jetzt auch mit dem größten Geheimnis meiner Familie.“

Die Luft flimmerte um ihre Schultern, als sie mehrere Schichten ihrer Kleidung ablegte. Mein Atem stockte. Bis dahin hatte ich ihre wahre Natur am ehesten als *Hexe* oder *Sympath* eingeschätzt. Aber dieser Schimmer war das sichere Zeichen für eine Verwandlung.

Ich hielt den Atem an, beobachtete sie und wartete. Welche Art von Gestaltwandler hatte keinen verräterischen Geruch? Welche Spezies konnte so weit und so schnell wie ein Pferd durch die Nacht rennen?

„Hm-hmm.“ Sie räusperte sich.

Ich errötete und drehte mich auf das stumme Kommando hin um. Sie hatte inzwischen nur noch ihre Unterwäsche an und die würde als Nächstes fallen.

Einen Moment später landete ein Bündel vor meinen Füßen. „Könntet Ihr die für mich tragen“, fragte sie. „Ich brauche sie später.“

Ich nickte dümmlich und wusste, dass ich mich auch verwandeln sollte. Aber in diesem Moment war ich vor Aufregung zu erstarrt, um mich zu bewegen.

Die meisten Gestaltwandler gaben bei der Verwandlung ein kleines Stöhnen von sich, weil sich Knochen und Muskeln nicht verwandelten, ohne dass es sich bemerkbar machte. Aber Marian gab keinen Laut von sich. Als ihre Füße über den gefrorenen Boden scharrten, musste ich mich anstrengen, um zu erkennen, was ich hörte. Vier klobige Füße wie es sich anhörte, denn das Scharren war lauter als das Geräusch von Pfoten. Dann hörte ich ein leises Murmeln und drehte mich langsam um.

Jetzt kommt schon, tadelte Marian und sprach in Gedanken zu mir, die erst schwach, dann immer deutlicher wurden. *Verwandelt Euch. Wir haben keine Zeit zu verlieren.*

Das entsprach der Wahrheit, aber Heilige Mutter Gottes. Alles, was ich tun konnte, war zu starren.

Vier zierliche Hufe. Eine lange, seidige Mähne, so dunkel wie ihr Menschenhaar. Breite Nüstern, intelligente Augen von der Farbe einer sternenklaren Nacht.

Ich starrte und starrte und starrte.

Pferdegestaltwandler waren selten, aber Marian war etwas noch Selteneres.

„Einhorn", hauchte ich und schaute zu, wie die Spirale ihres einzigen, langen Horns seine volle Länge erreichte. Das Weiß des Horns stand im Kontrast zu ihrem schwarzen Körper und der tiefschwarzen Nacht.

„Ihr seid ein Einhorn", stotterte ich.

Marian warf ihren Kopf in einer exakten Kopie der Bewegung zurück, die sie in ihrer menschlichen Gestalt machte.

Welch scharfe Augen Ihr habt. Können wir jetzt gehen?

Ich bewegte mich nicht. Das konnte ich nicht.

Nur die ältesten, edelsten Familienlinien trugen Einhornblut in sich. Und es kam nur alle paar Generationen vor. Schwarze Einhörner waren noch seltener, zumindest hatte ich das gehört. Und ehrlich gesagt, hatte ich das Ganze für Folklore gehalten.

Aber da stand sie nun in Fleisch und Blut vor mir. Der Wind ließ ihren seidigen Schweif flattern und ihr Fell glänzte wie ihre Augen im Sternenlicht. An der Spitze ihres Horns glitzerte ein einzelnes goldenes Band.

Der Ring von Aquitanien, sagte eine entfernte Ecke meines Geistes.

Erst als sie „Männer!" murmelte und losgaloppierte, handelte ich endlich.

Ich wickelte unsere Kleidung in ein Bündel, das ich mir locker auf den Rücken schnallte und verwandelte mich. Ich hatte eine Ewigkeit gebraucht, um diesen kleinen Trick zu lernen – die Riemen in die richtige Position für meinen Löwenkörper zu bringen. Dann schüttelte ich meine Mähne und sprintete hinter ihr her.

Ich keuchte, als ich sie schließlich einholte, denn dieses Einhorn konnte wirklich rennen.

Allerdings hatte ich den Verdacht, dass sie ein wenig angeben wollte, denn Marian legte allmählich ein nachhaltigeres Tempo vor. Und selbst dann... Wow. Ich hatte noch nie ein Pferd mit einem geschmeidigeren Gang gesehen.

Natürlich hatte ich auch noch nie ein Pferd mit einem Horn gesehen.

Als ich zum vierten Mal stolperte – eine Folge dessen, dass ich sie heimlich aus den Augenwinkeln beobachtete –, warf Marian die seidige Mähne zurück.

Ist alles in Ordnung?

Ich nickte zuckend und starrte geradeaus.

Schafe drehten sich um, um uns vorbeiziehen zu sehen, und Vögel kreisten über uns. Ich konnte es ihnen nicht verdenken. Es kam nicht oft vor, dass man ein Einhorn mit einem Löwen an seiner Seite vorbeiziehen sah.

Marian überragte mich und glitt anmutig dahin, während ich in einem langen, katzenhaften Galopp neben ihr herlief. Wir passierten Bauernhöfe und Dörfer, wo die Pferde staunend und vergnügt wieherten. Einmal kamen wir an einem Feld mit drei riesigen Zugpferden vorbei, die sich in einer Reihe aufstellten und die Köpfe senkten.

Ich staunte, denn dies geschah ganz sicher nicht aus Ehrerbietung vor mir.

Lasst mich raten. Ihr seid ihre Königin, wagte ich zu fragen.

Sie seufzte. *So etwas in der Art.*

Ich runzelte die Stirn. *Warum klingt Ihr so frustriert? Ist das nicht schön?*

Sie schnaubte – ein doppelt so starkes Schnauben, jetzt, da sie in ihrer Pferdegestalt war. *Mein ganzes Leben lang bin ich für Dinge gelobt worden, auf die ich keinen Einfluss habe – Schönheit, Reichtum, Adel. Nur einmal würde ich gern nach Dingen beurteilt werden, für die ich hart gearbeitet habe. Wie Wissen. Diplomatie. Wohltätigkeit...*

Kampfkunst, fügte ich hinzu. *Fallen legen. Darin seid Ihr eine Meisterin.*

Der Rhythmus ihrer Hufe stockte für einen Moment und ihre Augen glühten vor Stolz.

Ich tue mein Bestes, murmelte sie bescheiden.

Wir liefen eine Weile schweigend, aber schließlich gluckste ich.

Was? fragte sie.

Ich beäugte ihr Horn. *Es muss praktisch sein, immer eine Waffe dabei zu haben.*

Sie schnaubte. *Versucht Ihr einmal, mit einem Schwert zu kämpfen, das an Eurem Kopf festgewachsen ist.*

Mit diesen Worten warf sie ihren Kopf nach links und rechts und ahmte ein Schwert nach. Und obwohl ihre Bewegungen genauso anmutig waren wie alles andere, was sie tat, konnte ich ihr Argument doch verstehen. Dieses Horn mochte zwar tödlich sein, aber es war ein wenig zu lang und zu hoch, um von praktischem Nutzen zu sein.

Stimmt, sagte ich schließlich. *Und Ihr Arme. Euer Schwanz hat nicht mal ein Büschel.* Ich schnippte stolz mit meinem. *Ich weiß nicht, wie Ihr überleben könnt.*

Sie lachte. *Ja, ich Arme.*

Aber ich wusste, was sie meinte. Ich mochte es auch nicht, wenn man mich nach meiner Familie, meinem Äußeren oder meinem Reichtum beurteilte. Dann lächelte ich. Das war das Gute am Klerus – niemand interessierte sich für all das. Und die Leute, die ich traf – Einheimische wie Bess oder Robynne und die fröhlichen Gesellen – interessierten sich nur für meine guten Taten.

Na also. Endlich hatte ich einen Vorteil daran gefunden, dem Klerus beigetreten zu sein.

Dann wurde mein Herz schwer. Ein mickriger Vorteil gegenüber Dutzenden von Nachteilen, die mir meine Gefährtin für immer verwehren würden.

Danach war es Marian, die mich beobachtete, während ich schweigend lief und mürrisch vor mich hinstarrte.

Angetrieben von der Dringlichkeit unserer Mission rannten wir die ganze Nacht. Nach einer Weile verschwamm die Landschaft, aber das könnte auch an den wenigen verirrten Tränen gelegen haben, die ich vergoss. Ich bemerkte kaum, dass die Morgendämmerung über den Horizont hereinbrach, oder dass die Siedlungen, an denen wir vorbeikamen, immer dichter wurden. Erst als wir eine Anhöhe erklommen, blieben wir stehen und blickten nach vorn.

„Winthrop", hauchte Marian.

Ich betrachtete die Stadt, die ein paar Meilen entfernt vor uns auf einem Hügel lag. Ein Ring aus dicken Mauern schützte die Stadtgrenze und eine gezackte Reihe von Dächern ragte den natürlichen Hang hinauf. Auf dem Gipfel stand eine Burg – die Art, die für den Krieg und nicht nur zur Show gebaut worden war, auch wenn die über jedem Turm wehenden Fahnen diesen Eindruck ein wenig abschwächten.

Ich blinzelte und studierte die Flaggen. Die meisten zeigten ein rotes Feld, das von drei goldenen Löwen bewacht wurde – die königliche Standarte, die sowohl von König Richard als auch von Prinz John verwendet wurde. Aber auf dem höchsten Turm wehte eine zweite Flagge unter dieser Flagge. Das rotweiße Kreuz des Heiligen Georg – die Flagge, unter der König Richard bei den Kreuzzügen kämpfte.

Diese Fahnen waren überall gehisst worden, als der König ins Heilige Land aufgebrochen war. Doch je mehr Macht Prinz John an sich riss, desto seltener war dieser Anblick geworden. Eher aus Angst als aus mangelnder Unterstützung. Aber Lord Winthrop schien keine Skrupel zu haben, seine Position deutlich zu machen. Er hätte genauso gut ein Dutzend Trompeter auf den Schlossmauern postieren können, die „God Save the King" schmetterten – mit einer zusätzlichen Strophe, in der es hieß: *Ja, den König, und nicht seinen intriganten Bruder.*

Fast angekommen, murmelte Marian.

Ihre Stimme klang wachsam und ich war es auch. Verräter lauerten überall – vielleicht sogar hier.

Noch nie hatte ich das Gefühl, dass mir das Schicksal so im Nacken saß wie jetzt. Noch nie hatte ich mich so sehr gefragt, ob ich den nächsten Tag erleben würde.

Unsere Blicke trafen sich und es gab so vieles, was ich sagen wollte. Angefangen mit *Ich liebe Euch* bis *Ihr braucht das nicht zu tun* und sogar noch ein etwas lahmes, *Wow, Ihr seid ein Einhorn,* denn ich hatte den Schock darüber noch immer nicht ganz überwunden.

Aber alles, was ich zustande brachte, war ein kehliges Knurren. *Das hier mag freundliches Territorium sein, aber ich mag das Gefühl nicht, das ich hier habe.*

Marian tänzelte auf der Stelle. *Ich auch nicht.*

Trotzdem machten wir uns kurz darauf auf den Weg den Hügel hinunter. In die Richtung des Schlosses – und in die unseres Schicksals, was auch immer es sein mochte.

Kapitel 13

MARIAN

„Tee, Sir? Miss?"

Ich blickte von der Karte auf, die ich mit Lord und Lady Winthrop studiert hatte.

Ich blinzelte Jacobs, ihren Butler, an. Hatten wir nicht gerade erst Tee getrunken?

Ein Blick aus dem Fenster verriet mir, dass die Landschaft immer dunkler wurde. War es schon Sonnenuntergang?

Ich hatte den Tag damit verbracht, mit den Winthrops Strategien zu entwickeln, Nachrichten zu versenden und Komplotte zu schmieden. Nun, vielleicht keinen verschwörenden *Komplott*, denn solche zielten darauf ab, einen König zu stürzen. Mein Ziel war es, ihn auf dem Thron zu behalten – und es würde mir auch nichts ausmachen, meine eigene Haut zu retten. Denn wenn es Prinz John gelänge, den Thron an sich zu reißen, würde er auch *mich* an sich reißen.

Der Gedanke an eine Zwangsheirat mit diesem furchtbaren Mann machte mich krank. Ich konnte mich in einem fairen Kampf behaupten, aber Prinz John war für seine *schmutzigen* Methoden berüchtigt. Ich hätte keine Chance und es war nur allzu leicht, sich die Schrecken vorzustellen, denen ich ausgesetzt wäre.

Das Schlimmste war die Gewissheit, dass der Tod im Kampf gegen ihn – ein Schicksal, das ich einem Leben unter diesem brutalen Mann vorzog – nichts zur Verbesserung des Lebens anderer beitragen würde. Die Stadtbewohner würden überall denselben grausamen Praktiken ausgesetzt sein.

Irgendwie musste ich meinen Plan zum Erfolg bringen.

Wir müssen es schaffen, stimmte meine Einhornseite zu.

Ich warf einen Blick hinüber zu der winzigen Kapelle, die durch eine hölzerne Schiebetür mit der großen Halle verbunden war. Tuck war dort und pirschte mehr auf und ab als zu beten, und wow. Selbst in seiner Mönchskutte sah er ritterlicher aus als je zuvor.

Ich schenkte ihm ein knappes Lächeln und seine Augen glühten.

Mein Herz klopfte und eine Stimme in meinem Hinterkopf flüsterte, *Mein Schicksalsgefährte.*

Mein Einhorn tänzelte bei dem Gedanken, aber der Rest von mir trauerte. Das Schicksal musste einen verkorksten Sinn für Humor haben, denn Tuck war ein Priester *und* wir würden wahrscheinlich sowieso bald sterben.

Tuck schaute mir noch ein paar Herzschläge lang traurig in die Augen. Dann schüttelte er den Kopf und flüsterte in meine Gedanken.

Nein, das werden wir nicht. Wir werden einen Weg finden, es durchzustehen – irgendwie.

Ein weiterer Bote trat ein und verbeugte sich vor Lord Winthrop – einer von vielen, die den ganzen Tag über gekommen und gegangen waren. Winthrop nahm die Notiz entgegen und entließ den Mann mit einem Nicken. Er las die Nachricht schnell und zeigte sie mir dann.

„Lord Ainsworth steht uns bei. Er kann seine Männer in drei Tagen aufstellen."

Drei Tage? Am liebsten hätte ich gejammert. In drei Tagen könnte es zu spät sein.

„Noch keine Nachricht von Woodborough, aber Lindby ist auch auf unserer Seite", fügte er hinzu.

Ich warf einen Blick auf Tuck, der die Lippen zusammengepresst hatte und in die Ferne starrte.

Winthrop nippte an seinem Tee. „Wir müssen geduldig sein."

Ich knirschte mit den Zähnen. Lord Winthrop war ein guter Mann, aber wie so viele der alten Lords bewegte er sich im Schneckentempo. Wusste er nicht, dass die Uhr tickte?

Aber sein Blick war abwesend und die Stirn gerunzelt. Wahrscheinlich war er sich dessen sehr wohl bewusst, aber er akzeptierte, dass wir nicht mehr tun konnten, um die Dinge zu beschleunigen.

Die nächsten zwei Stunden vergingen genauso langsam. Wachs tropfte wie viele langsame Wasserfälle in einer verschlafenen, alternativen Welt von den Kerzen. Meine Schultern schmerzten und meine Augen wurden immer trockener. Es war ein langer Tag gewesen.

Irgendwann seufzte Winthrop und stand auf. „Du würdest deinen Vater stolz machen, meine Liebe."

Die Worte wärmten mich, denn ich hatte die ersten zwei Stunden des Tages damit verbracht, ihn dazu zu bringen, mich ernst zu nehmen. Am Nachmittag hatte er mich mit dem Vornamen meines Vaters angesprochen und sich dann hastig korrigiert *William – ähm, Marian, meine ich...*

„Dem stimme ich zu", sagte Lady Winthrop. „Aber selbst dein Vater würde mir zustimmen, dass wir heute nur noch wenig erreichen können." Mit diesen Worten blies sie eine Kerze aus, dann eine weitere.

Ich krümmte meine Hände um die nächste, bevor sie auch diese zusammen mit meinen schwindenden Hoffnungen auslöschen konnte. Aber sie hatte recht und ich wusste es.

Ich seufzte und blies sie selbst aus.

„Gute Nacht. Und vielen Dank", fügte ich schnell hinzu und erinnerte mich daran, dass die Winthrops genauso viel zu verlieren hatten wie alle anderen – angefangen bei ihren Köpfen. „Für alles."

Lord Winthrops Lächeln war echt. „Nein, ich danke *dir*." Dann schaute er zu Tuck hinüber und erhob seine Stimme. „Und ich danke Euch, Bruder. Jacobs kann Euch zum Abendgebet in die Kapelle führen."

Tuck hob die Hände so schnell wie ein Ritter, der einen Schlag abwehrte. „Nicht nötig." Dann fing er sich. „Ich meine, ich werde sie selbst finden."

„Wie Ihr wünscht", murmelte Winthrop und verließ den Raum mit einem halb verborgenen Grinsen. „Gute Nacht."

Gott, ich hoffte, er war uns nicht auf die Schliche gekommen. Er oder die süße Lady Winthrop, die mir ein Zimmer für die Nacht zeigte.

„Du solltest es hier bequem genug haben. Und Ihr, Bruder... “ Ich machte mich darauf gefasst, dass sie ihn in einen anderen Teil des Schlosses führen würde.

„Da Ihr ein Mann Gottes seid, wünscht Ihr sicher, beim Priester in der örtlichen Kirche zu übernachten, um die Gebete nicht zu verpassen“, begann Lady Winthrop.

Tucks erschrockenes Gesicht ließ vermuten, dass er in einem Kuhstall besser schlafen würde, aber sie fuhr fort, bevor er höflich ablehnen konnte.

„Aber ich muss darauf bestehen, dass Ihr dieses Zimmer nehmt.“ Lady Winthrop wies auf eine Tür auf der anderen Seite des Flurs. „Ich werde ruhiger schlafen, einen so kräftigen – ähm, frommen – Mann wie Euch in der Nähe unserer lieben Marian zu haben, falls es nötig sein sollte.“

Ich starrte sie an. Tuck starrte sie an. Lady Winthrop zwinkerte und drückte mir einen Kerzenständer in die Hand. „Braucht ihr noch etwas, bevor ihr zu Bett geht?“

„Nein“, riefen wir wie aus einem Mund.

Lady Winthrop gluckste und wandte sich ab. „Gut. Dann wünsche ich euch eine erholsame Nacht.“

Meine Wangen glühten. Tuck verlagerte sein Gewicht von einem Fuß auf den anderen. Wir lauschten, als ihre Schritte um die Ecke und die Treppe hinauf verschwanden. Dann wurde alles still und die einzige Bewegung waren die Schatten, die meine Kerze an die Wände warf.

Ich schluckte und schaute Tuck an.

Jetzt seid ihr beide allein, schien das flackernde Licht zu sagen. *Ganz allein.*

Sein Kehlkopf wippte und er ballte die Hände zu Fäusten.

„Ein langer Tag“, murmelte er schließlich.

Ich nickte. Lang und langsam genug, um meiner Libido Zeit zu geben, sich einen besseren Zeitvertreib vorzustellen. Während des Mittagessens hatte ich mir vorgestellt, mich für ein kurzes Stelldichein mit Tuck in eine ruhige Ecke zu schleichen. Wenn man bedachte, wie langsam Lord Winthrop aß, hätten wir jede Menge Zeit gehabt.

Und während ich mich den ganzen Nachmittag pflichtbewusst auf Pläne, Verbündete und Feinde konzentriert hatte, hatte ich mir auch ein paar Momente erlaubt, um mir vorzustellen, wie Tuck und ich nackt auf dem Teppich vor dem großen Kamin lagen. Auch auf dem Schreibtisch. An die Wand gelehnt...

Mach dir keine Sorgen, meine Liebe, hatte Lord Winthrop ungefähr zu diesem Zeitpunkt gemurmelt. *Alles wird gut.*

Ich hatte schnell genickt. Wenn er nur wüsste, wohin mein schmutziger Verstand gewandert war.

Aber das war nichts im Vergleich zu dem, was mir jetzt durch den Kopf ging, da Tuck und ich allein waren.

„Ich sollte gehen. Gute Nacht." Seine Stimme klang angespannt.

Ich bewegte mich nicht und sagte nichts. Stattdessen forderte ich ihn gedanklich auf, näherzukommen und mich zu küssen.

Das Glühen in seinen Augen verstärkte sich und ich stellte mir einen Teufel auf der einen und einen Engel auf der anderen Schulter vor, die beide um seine Seele kämpften.

Zum ersten Mal in meinem Leben stellte ich mich auf die Seite des Teufels. Was wussten denn Engel über süße, sündige Hingabe? Was wussten sie über Leidenschaft und Verlangen?

Aber vielleicht war Tucks Engel eine Ausnahme, denn sein Körper bebte förmlich vor Anstrengung, als ob beide Stimmen ihn zu mir drängten.

Schließlich riss er sich los und ging steif in die Richtung des anderen Zimmers.

„Tuck", flüsterte ich.

Seine Schritte blieben entschlossen bis zur anderen Tür, die er mit einem Knarren öffnete. Dann verschwand er und schloss die Tür mit einem dumpfen Schlag. Ich stellte mir vor, wie er sich von innen dagegen lehnte und keuchte.

Dann stellte ich mir ihn in mir vor, und wie er auf eine ganz andere Art keuchte. Und, *bumm*! Die Tür flog so heftig auf, dass sie gegen die Wand schlug, und Tuck stürzte zu mir zurück.

Mein Kichern wandelte sich zu einem Stöhnen, als er meinen Mund mit seinem bedeckte. Sekunden später hatte er mich fest an die Wand gepresst.

Meine freie Hand – die andere umklammerte immer noch den Kerzenständer – wanderte schamlos umher und suchte nach all den Stellen, die ich in meinen Fantasien an diesem Tag berührt hatte. Seine Brust. Seinen Hintern. Seine Leiste...

Tuck zischte und senkte seinen Kopf an meine Schulter. Er atmete hart und heftig.

Hart, in der Tat, gluckste meine animalische Seite.

Einhörner waren in der Regel sittsame, altmodische Seelen, die eher romantische Gedichte von sich gaben, als es tatsächlich zu treiben. Aber meine menschliche Seite wusste, was ich wollte und wie ich es bekommen konnte, also...

Ich ließ meine Hand langsam über seine Länge gleiten.

Tuck schnappte nach Luft und legte dann seine Hand auf meine. „Das können wir nicht."

Oh doch, können wir. Ich sagte es. War das nicht genug?

„Komm herein", flüsterte ich und stieß meine Schlafzimmertür mit einem Fuß auf.

Seine Lippen bewegten sich ein paarmal, bevor er sprach. „Ich kann nicht."

Fast hätte ich gelacht. Dem prallen Paket in meiner Hand nach zu urteilen, konnte er auf mehr als nur eine Weise *kommen*.

„Natürlich kannst du das." Ich ließ meine Hand weitergleiten.

Er schloss die Augen und biss die Zähne zusammen. „Ich sollte es nicht."

Das war, was er sagte. Aber sein Griff hielt meine Hand nicht mehr auf, sondern führte sie. Ich grinste, folgte seinem Beispiel und bewegte sie langsam auf und ab.

„Der arme kleine Mönch braucht etwas Erleichterung", neckte ich ihn.

„Großer Mönch", brummte er.

Ich kicherte und ließ meine Lippen über sein Ohr streifen. „Du willst es. Ich will es."

„Ich will eine Menge Dinge, aber..."

Irgendwo am Ende des Flurs raschelte etwas und wir erstarrten. Dann entspannten wir uns. Nur eine Katze – und nicht die extragroße, die ich in meinem Bett haben wollte.

„Marian“, begann er in einem *Versuch doch vernünftig zu sein*-Tonfall, den er wahrscheinlich öfter zu hören bekam, als ihn selbst zu benutzen. „Ich bin bereits auf dem Weg in die Hölle. Aber du... “

Ich lachte. „Arthur Richardson hat mir über diese Hürde hinweggeholfen, als ich siebzehn war. “

„Arthur, wer?“, knurrte er in einem ganz anderen Ton.

Mein Lachen schallte durch den dunklen Flur. „Arthur Richardson, der Sohn des Schmieds. Große Hände, großer Körper... “ Ich lächelte über die süßen Erinnerungen. „Er war damals genauso ahnungslos wie ich, aber wir lernten schnell. Und dann war da noch George, der Sohn des Tischlers. Ein netter Kerl und wenn es darum ging, seine Werkzeuge zu benutzen... “

Tuck stöhnte und ließ seinen Kopf gegen die Wand sinken. „Zu viele Informationen. “

Ich lachte. „Es tut mir leid, dich damit zu necken, aber du verstehst, was ich meine? “

Er verzog das Gesicht. „Über große Hände und Werkzeuge? “

Ich schüttelte den Kopf. „Das war nur Spiel und Spaß, aber selbst damals wusste ich, dass etwas, das sich so gut anfühlt, nichts Schlechtes sein kann. Und mit dir zusammen zu sein... Es ist, als wären wir füreinander bestimmt. Wie kann das falsch sein? “

„Es ist gut“, murmelte er und hielt mich an sich fest. „Wie ein Traum. Aber... “

Ich unterbrach ihn und schüttelte den Kopf. „Heute Nacht gibt es kein *Aber*. Heute Nacht können wir tun, was wir wollen. Wir können sein, wer wir wollen.“ Ich lächelte und berührte seine Lippen. „Wie ein tapferer Ritter, der seinen gerechten Lohn von einer Lady bekommt, die seine Aufmerksamkeit erregt hat. “

Seine Augen funkelten und er schaute an seiner Leiste hinunter. „Du meinst wohl, die etwas anderes erregt hat. “

Ich lachte zu laut, dann zog ich ihn in mein Zimmer. „Siehst du? Noch ein Grund, hereinzukommen. Lärm."

Und *wusch* – flackerte das Feuer in seinen Augen auf.

„Lärm, was?"

Ich nickte und zerrte ihn zum Bett. „Lärmschutz. Und außerdem wird diese Kerze eine Brandgefahr darstellen, wenn ich nicht vorsichtig bin. Und ich habe nicht vor, heute Nacht vorsichtig zu sein."

„Willst du damit sagen, dass dies alles Teil deines heimtückischen Plans ist?"

Ha. Ich machte nur das, was ich gerade wollte, aber es war schön, dass er mir zutraute, eine Flucht zu planen, loyale Verbündete zu mobilisieren und gleichzeitig Pläne für eine heiße Nacht zu schmieden.

„Ich bin gut im Multitasking", bluffte ich. „Und jetzt beweg dich nicht, es sei denn, du willst deine Kutte ausziehen. Ich brauche einen Moment."

Mit diesen Worten zündete ich die Kerzen auf der nahen Seite des Bettes an. Dann drehte ich mich um, um das Gleiche auf der anderen Seite zu tun. Sie entzündeten sich mit einem schwachen Zischen und glühten dann flatterhaft, genau wie ich. Ich stellte den Kerzenständer auf den Tisch und schaute Tuck in die Augen. Zwischen uns befand sich das Bett, welches abgesehen von unseren Kleidern das letzte physische Hindernis war. Ich hob die Hände an meinen Kragen und fing an, mein Kleid aufzuschnüren.

Auf der anderen Seite des Betts stockte Tuck der Atem. Langsam hob er seine Hände zu seinem Gürtel.

Doch er zögerte. „Marian..."

Entschieden schüttelte ich den Kopf. „Vergiss alles über die Sünde. Das ist Schicksal."

Meine Kehle wurde von einem Gedanken trocken, den ich nicht auszusprechen wagte. Ein Gedanke, der sagte, *Es könnte unsere letzte Chance sein.*

Tuck verzog das Gesicht kampfbereit. Dann holte er tief Luft und zog seinen Gürtel ab. „Du hast recht."

Ich schenkte ihm ein freches Lächeln. „Ich habe immer recht. Zumindest werde ich heute Nacht so tun."

Er lachte, doch es verklang, als ich mein Kleid von den Schultern zog. Erwartungsvolle Vorfreude lag in der Luft und mein Puls raste.

Trotzdem nickte ich ihm auffordernd zu, um den Spaß bei der Sache zu behalten.

„Oh, richtig", sagte er und streifte seine Kutte ab.

Zu dumm, dass er darunter eine Tunika trug. Eine Tunika mit einem unübersehbaren Zelt an der Vorderseite.

Er schluckte und wartete. „Du bist dran."

Das Kerzenlicht flackerte und mein Körper brannte vor Verlangen.

„Ich bin dran", stimmte ich zu und ließ das Kleid zu einem Häufchen um meine Füße sinken.

Leider trug ich ein Unterkleid darunter, aber das war mit meinen geschickten Fingern schnell beseitigt. So blieb nur noch der lange Stoff, der um meine Brüste gewickelt war.

Tuck starrte mit offenem Mund. Dann schüttelte er sich ein wenig und fragte: „Darf ich dabei helfen?"

„Wenn ich damit helfen darf." Ich grinste und deutete auf seine Kniehose.

Kalte Luft tanzte über meine Haut, als ich das Bett umrundete. Aber ich wusste, dass es nicht lange dauern würde. Tuck kam mir am Fußende des Bettes entgegen, wo ich meine Arme hob.

„Bitte sehr."

Ohne ein Wort zu sagen, hielt er das Tuch fest, während ich mich in langsamen, sinnlichen Kreisen drehte. Ich tanzte fast in seinen Armen.

Als das letzte Stück des Stoffes fiel, ließ die Kälte meine Brustwarzen hart werden. Nun, vielleicht nicht nur die Kälte.

Seine Kniehose folgte dem Tuch auf dem Boden und ich hob seine Hände an meine Brust.

„Heute Nacht, lieber Ritter, gehört diese Maid ganz dir."

Kapitel 14

TUCK

Bis zu dem Zeitpunkt, als Marian meine Hände nahm, kämpften tausend Emotionen um meine Seele. Aber in dem Moment, als ich ihre weiche Haut berührte, spürte ich nur noch Verlangen.

In einer Minute standen wir noch da und lernten uns auf die bestmögliche Art und Weise kennen. Und im nächsten Moment lagen wir ineinander verschlungen auf dem Bett.

„Tuck… “, flüsterte Marian genauso, wie sie es in meinen Träumen getan hatte.

Ich atmete ihre Brust ein – oder ich versuchte es und massierte die Spitze mit meiner Zunge. Ich zeichnete ihre Kurven nach, bewunderte ihre glatte, geschmeidige Haut, von der Brust bis zum Bauch und dann ihre Beine…

Sie schob ihre Hände zielstrebig zu meinem Hintern hinunter und presste mich an sich. Die Beine schlang sie um mich und öffnete sich für meine Berührung. Und ich berührte sie und umkreiste sie mit der Hand.

„Ja“, stöhnte sie und warf den Kopf zurück.

Wenn dies der Weg in die ewige Verdammnis war, dann war ich voll und ganz dabei.

Unsere Hände und Zungen tanzten, während unsere Worte in der Luft verschmolzen. Das flackernde Kerzenlicht wurde zu einer Unschärfe und mein Körper brannte.

Doch trotz der berauschenden Eile passte alles perfekt zusammen. Unsere Körper fügten sich wie von selbst aneinander und ehe ich mich versah, glitt ich in sie hinein. Im Bett eines

Fremden, im Schloss eines Fremden, an einem Ort, der weit, weit entfernt von dem Landgut meiner Kindheit und der Abtei war – und doch hatte ich mich noch nie so sehr zu Hause gefühlt.

Sie war mein Zuhause.

Marian stöhnte auf und umklammerte meinen Rücken. „Ja…“

Wir passten perfekt zusammen, wie ein Schwert und seine Scheide. Ich wusste es, denn ich glitt hinein und heraus und testete die passgenaue Form. Dann zog Marian ihre inneren Muskeln um mich herum zusammen und ich stöhnte mit animalischem Verlangen.

„Dieses Spiel können auch zwei spielen“, krächzte ich und erhöhte das Tempo.

Ihr Grinsen verzog sich in Ekstase und sie kicherte. „Oh, ich weiß.“

Je schneller ich mich bewegte, desto fester drückte sie zu – die beste Art von Wettbewerb, die wir beide gewinnen würden. Unser Stöhnen wurde lauter und ich war dankbar für die dicken Steinwände.

„Ja…“, keuchte Marian und hob ihre Arme über den Kopf.

Ich hielt sie dort fest und zog mich bis zum Ansatz meiner Länge zurück. Dann, auf ein Nicken von Marian, stieß ich wieder in sie hinein.

Marian bäumte sich unter mir auf und trieb mich an. Sie krümmte sich auf eine Art und Weise, die mir verriet, dass weder Arthur noch George sie auch nur annähernd an diesen Punkt getrieben hatten. So wie auch mich noch nie eine Frau an den Abgrund gedrängt hatte, an dem ich mich jetzt befand, so kurz vorm Explodieren.

Dann tat ich es, und sie tat es, und ich konnte nur noch brüllen. Innerlich. Äußerlich. Auch meine Löwenseite. Licht flammte um mich herum auf und Feuer raste durch meine Adern.

Mein Löwe knurrte und meine Reißzähne drängten sich gefährlich nah an die Oberfläche.

„Ja“, drängte Marian. „Jetzt. Beiße mich. Tief.“

Sie streckte mir ihren Hals hin und machte mir Platz. Nichts hatte mich je mehr in Versuchung geführt, aber etwas hielt mich zurück. Keine Regeln in einem Buch oder Warnungen eines Priesters, sondern das Gefühl, diesen besonderen Moment für eine bessere Zeit und einen besseren Ort zu bewahren.

„Wann könnte besser sein als jetzt?", murmelte Marian und presste sich an mich.

Ich konnte es nicht mit Worten erklären, also drängte ich ihr stattdessen Bilder in den Kopf. Bilder von friedlichen Orten und glücklichen Menschen... Umgebungen, aus denen wir uns wegschleichen konnten, um uns mit gutem Gewissen zu vereinigen, wenn die ganze Welt in Harmonie war, nicht nur wir beide.

Sie seufzte und sackte dann langsam zusammen. „Du hast recht."

Wir hielten uns immer noch keuchend und noch immer berauscht von der Magie der Liebe fest. Dann schloss ich die Augen und lehnte mich zurück. Marian schmiegte sich an mich, kuschelte ihren Kopf an meine Schulter und legte ihre Hand auf meine Brust. Mit einem Seufzer kreiste sie mit einem Finger über mein Herz.

„Ein Löwe und ein Einhorn... "

Ich gluckste. „Vielleicht werden wir eines Tages auf einem Wandteppich verewigt."

Sie lachte. „Ich würde einen ganzen Saal damit füllen. Jede Wand mit einer anderen Szene." Ihr Lächeln dauerte einen Moment an, dann verblasste es langsam und sie flüsterte: „Nicht die Jagd, meine ich. Nur glückliche Szenen."

Ich nickte langsam und kämpfte darum, die Realität zu verdrängen. „Blumen... Vögel... Fahnen, die im Wind wehen... "

Sie nickte. „Wie der Garten Eden."

Ich schenkte ihr ein knappes Lächeln. „Nur ohne die Schlangen."

Eine Minute verging, in der wir uns an imaginäre Szenen klammerten, von denen ich befürchtete, dass wir sie nie zu sehen bekommen würden. Die ganze Zeit über zeichnete Marian Kreise auf meiner Brust.

„Ich war schon immer neugierig auf Paarungsbisse“, flüsterte sie ein wenig traurig.

Ich zog sie noch enger an mich. „Ich würde dir sofort alles darüber beibringen. Aber so sehr ich es auch hasse, zu warten, wir stecken zu sehr im Schlamassel, um es jetzt wirklich zu genießen.“ Dann versuchte ich einen kleinen Scherz. „Außerdem stell dir das Gebrüll der Leute vor. Löwengebrüll...“

Sie rollte mit den Augen, aber ich sah, dass sie lächelte. „Nun, sollen sie doch brüllen. Ein Löwe und ein Einhorn können tun und lassen, was sie wollen, verdammt noch mal.“

Ich zog eine Augenbraue hoch. „Was ist mit einem Priester und einer Adligen?“

Sie schüttelte den Kopf. „Du bist ein Ritter, zumindest in deinem Herzen.“

Die Worte wärmten mich. Doch ich kannte die Realität.

„Zu schade, dass meine Wünsche keine Rolle spielen.“

Sie hob den Kopf und tadelte mich. „Sie spielen eine Rolle. Nun, vielleicht nicht das Wünschen an sich. Aber zu wünschen *und* zu planen *und* hart für etwas zu arbeiten – das kann dich weit bringen. Sieh mich einmal an.“

Ich grinste und ließ meinen Blick über ihren nackten Körper schweifen. „Dein Wunsch ist mir Befehl, Mylady.“

Sie gab mir einen spielerischen Klaps. „Ich meine, im übertragenen Sinne. Ich wollte schon immer mehr als nur eine vornehme Lady sein. Und hier bin ich und plane, das Land zu retten.“ Sie seufzte. „Zumindest versuche ich es.“

Ich küsste ihre Fingerknöchel. „Es wird gelingen. Dessen bin ich mir sicher.“

Sie sah nicht so sicher aus und, ehrlich gesagt, fiel es mir auch ein wenig schwer. Nicht weil ich kein Vertrauen in sie hatte, sondern wegen der schieren Größe der Aufgabe.

„Ich gebe mich jedenfalls nicht damit zufrieden, eine vornehme Dame zu sein“, murmelte sie mit grimmigem Blick. „Und ich werde mich mit Sicherheit nicht auf meine Schönheit verlassen.“

Ich lachte. „Du könntest die schönste Frau im ganzen Land sein und ich würde nicht zweimal hinsehen, denn das ist es nicht, was ich an dir liebe.“

Sie starrte mich an und fast hätte ich gesagt, *hoppla*. Sie *war* die schönste Frau im ganzen Land.

Das Kerzenlicht tanzte über ihr dunkles Haar und betonte es noch. Ihre weichen, perfekten Gesichtszüge strahlten im Nachglühen des Sex und ihre vollen Lippen bewegten sich.

Komisch, dass mir das alles entfallen war. Einen Moment lang kam ich mir wie ein Trottel vor. Wie konnte ich das vergessen?

Aber genau das war ja der Punkt. Ich liebte Marian für so viel mehr als das.

„Ich meine, du bist nicht schlecht. . . ", scherzte ich.

Ihr Lächeln wurde breiter und sagte, *Das ist es, was ich an dir liebe. Unter anderem.*

Stille, glückliche Sekunden verstrichen, in denen ihre Augen mich anstrahlten.

„Liebe, was? "

Ich zog sie fester an mich. „Liebe. Also pass auf. Ich könnte mich immer noch zu diesem Paarungsbiss hinreißen lassen."

Es gab so viel Dunkelheit in der Welt, aber ihr Lachen war mit kleinen Funken des Lichts gesprenkelt.

„Ich hoffe, dass du es tust. "

Ich streichelte ihre Schulter. „Was machen Einhörner? "

Sie winkte vage mit einer Hand ab. „Ach, weißt du. Wir tänzeln verspielt herum, tun vornehm und zeigen unsere natürliche Schönheit. . . "

Einen Moment lang glaubte ich ihr. Dann brach ich in Gelächter aus. „Sehr witzig. Ich meine, wie verbinden sich Einhörner mit ihren Gefährten? "

„Geduld, guter Herr. Dazu wollte ich gerade kommen. "

Sie stemmte einen Ellbogen auf die Matratze und stützte ihren Kopf mit einer Hand ab. Mit der anderen kreiste sie wieder über meine Brust.

Ich wollte gerade einen Scherz machen, aber sie wurde ganz ernst und murmelte. „Schließ deine Augen. "

Ich schaute sie einen Moment lang an, dann gehorchte ich.

Ihr Finger kreiste und kreiste und ihre sanfte Berührung erregte mich von Neuem.

„Einhörner beißen nicht, aber sie hinterlassen ihre Spuren", flüsterte sie und schmiegte sich enger an mich.

Sie presste ihre Beine gegen meine und ich hielt den Atem an, weil ich wissen wollte, was als Nächstes kam.

„Sie hinterlassen Spuren... wo?", fragte ich.

Und verdammt, mein Schwanz zuckte.

Sie kicherte, aber das unterbrach nicht den träumerischen Zustand, in den ich verfallen war.

„Oh, wir sind viel zu anständig für so etwas Plumpes", neckte sie und strich mit ihrer Hand über meine Hüfte.

Ich knirschte mit den Zähnen, als meine Länge anschwoll.

„Nein, wir Einhörner zielen darauf, wo es am meisten zählt." Ihr Ton war halb Wiegenlied, halb Verführerin. „Auf das Herz."

Da ich die Augen geschlossen hatte, schärften sich alle anderen Sinne und ich stellte mir vor, wie mein Herz unter dem Kreis anschwoll, den sie zeichnete.

„Und womit genau zielen sie?", fragte ich.

Sie küsste meine Brust und folgte der Spur ihres Fingers, ohne etwas zu verraten.

„Hilfe", sagte ich schließlich. „Ich stelle mir vor, wie ein Einhorn mein Herz durchbohrt und das ist nicht poetisch. Einfach nur blutig."

„Nun, tatsächlich... "

Als ich mich verkrampfte, lachte sie. „Nicht wörtlich, meine ich. Im übertragenen Sinne."

Ich runzelte die Stirn, als ich versuchte, es zu begreifen.

„Schhh", flüsterte sie und drückte mich zurück. „Entspann dich einfach."

„*Einfach entspannen, durchbohren* und *Horn* passen nicht zusammen", murmelte ich, aber ich tat mein Bestes, um zu gehorchen.

Nach und nach huschten Geräusche und Bilder durch meinen Kopf. Eine saftig grüne Wiese im Sommer. Der Klang von Hufschlägen. Zwei Pferde – nein, Einhörner – die im hohen Gras herumtollten, sich die Nasen und Hälse aneinander rieben...

Ich hatte keine Ahnung, worauf sie hinauswollte, aber es war auf seltsame Weise erregend.

Andererseits war ich die letzten sieben Monate in einem Kloster eingesperrt gewesen, also brauchte es nicht viel, um das zu erreichen.

Marian küsste meine Brust. „Bald. Aber zuerst... "

Die Kreise, die sie zeichnete, wurden nach innen immer kleiner, bis ihr Finger über eine einzige Stelle über meinem Herzen streichelte.

Mein Puls raste und ich spürte den Druck in mir – auf eine gute Art. Es war nicht so sehr das Horn eines Einhorns, das mein Herz wie ein Speer durchbohrte, sondern eher die Bindung meiner Seele an ihre. Das Verflechten unserer Lebenslinien. Wir wurden zu einer Einheit, die man niemals trennen könnte.

Ihre Berührung blieb sanft, aber ich spürte, wie sich etwas in mir veränderte. Mein Atem wurde schneller und ich legte meine Hand auf ihre. Ich betete, dass sie nicht aufhören würde. Auch Marians Herz schlug schneller – ich konnte es an meiner Haut pochen spüren.

Kleine Blitze durchzuckten mein Herz und meine Brust hob sich. Ich fühlte mich größer, stärker. Getragen von einer Kraft, die nicht meine eigene war.

„Löwen beißen", flüsterte Marian zwischen Küssen. „Einhörner verbinden sich im Herzen. "

Und wow. Ich konnte es fühlen. Mein Körper war wie eine Klinge, in die ein neues Muster eingraviert wurde.

Ihre Küsse wurden länger, tiefer, und das Ziehen an meinem Herzen wurde stärker. Mit einem knurrenden, kleinen Stöhnen setzte sie sich rittlings auf mich. Dann drückte sie ihre Hüfte an meine, ohne den Kuss zu unterbrechen.

Ich hielt ihre Handfläche auf meinem Herzen fest und streichelte mit der anderen Hand ihre Brust, während sich meine Gedanken überschlugen. Dann senkte sie sich hinab und nahm mich Stück für Stück in sich auf.

Wäre ich nicht so atemlos gewesen, hätte ich vielleicht gebrüllt. Aber ich konnte meine Lippen nur in stummer Ekstase bewegen, während sie mich ritt. Härter. Schneller. Tiefer.

Männer redeten und ich dachte, ich hätte schon alles gehört – all die perversen kleinen Tricks, Stellungen und Spielzeuge, die manche Leute gern benutzten. Aber verdammt. Ich könnte mir nie etwas Erotischeres vorstellen als das, was ihre Finger und ihr Körper jetzt mit mir machten.

„Tuck", hauchte sie wieder und wieder.

Ich drückte nach oben, wenn sie sich nach unten senkte. Ich ließ meine freie Hand an ihren perfekten Hintern gleiten und hielt unsere Körper eng aneinandergepresst. Ich riss die Augen auf und genoss den Anblick, wie sie den Verstand verlor.

„Hör nicht auf", flüsterte ich durch zusammengebissene Zähne, weil ich Angst hatte, es würde den Zauber brechen, wenn ich jetzt käme.

„Niemals... ", stöhnte sie und warf den Kopf zurück.

Sie kam mit einem langen, spitzen Schrei und entriss mir damit meine eigene Erlösung. Überflutet von purer Lust, die immer weiter anhielt, erschauderten wir und hielten uns aneinander fest.

Marian stöhnte mit einem Nachbeben, dann sackte sie langsam auf mir zusammen. Ihre Hand wurde flach und spiegelte die Art und Weise wider, wie ihr Körper auf dem meinen zur Ruhe kam. Doch das Gefühl der Verbundenheit blieb.

„Das ist die Idee", murmelte sie an meiner Schulter. „Durch dick und dünn miteinander verbunden zu sein."

Einige Minuten später murmelte ich staunend.

„Was?", fragte sie und hob den Kopf.

„Und ich dachte, Einhörner wären das bestgehütete Geheimnis im ganzen Land... "

Sie lachte. „Sind wir das nicht?"

Ich schüttelte den Kopf. „Das wird von Sex mit einem Einhorn noch übertroffen."

Ihr Lächeln war wie ein Sonnenstrahl in meinem benebelten Gehirn. „Ach, wie wenig du weißt."

Ich riss die Augen weit auf. „Wenn du noch andere Einhorntricks kennst, bin ich ganz Ohr." Dann schaute ich hinunter. „Oder ganz, ähm... andere Dinge."

Sie gab mir einen spielerischen Klaps.

„Ich werde es dich auf jeden Fall wissen lassen. Und das war kein gewöhnlicher Sex mit einer Einhorngestaltwandlerin…“

Und schon wieder vermischte sie Wörter, die nicht zusammengehörten: *gewöhnlich*, *Sex* und *Einhorn*. Oder dachte sie, ich würde mich mehr herumtreiben, als ich es tat?

„… das war eine *Bindung* an ein Einhorn.“ Ihr Tonfall unterstrich die Bedeutung dieser Sache.

„Du meinst, Arthur und George haben diese Sonderbehandlung nicht bekommen?“

Sie schüttelte den Kopf. „Absolut nicht. Ich habe es ehrlich gesagt noch nie probiert.“ Sie schmiegte sich an meine Wange. „Und das werde ich auch nie – außer mit dir, mein lieber Ritter.“

Ich drückte sie lange und fest an mich und verdrängte die Außenwelt. Der nächste Tag würde bestimmt die eine oder andere Verdrießlichkeit mit sich bringen, aber das würde mich nicht davon abhalten, jede Minute dieser Nacht zu genießen. Ich ließ das Schlechte los und erlaubte meinen Gedanken, nurmehr in der Welt des Guten zu schwelgen.

Dann lachte ich – und lachte.

„Was ist denn jetzt?“, forderte Marian.

„Warte nur, bis ich das Cyril erzähle“, brachte ich zwischen meinen Ausbrüchen schallenden Gelächters hervor.

„*Wem* willst du etwas erzählen?“ Ihr Tonfall drohte mir mit tausend schmerzhaften Toden, sollte ich jemals irgendjemandem irgendetwas erzählen.

Ich sammelte mich lange genug, um es zu erklären. „Es war nur ein Scherz. Aber trotzdem. Stell dir mal vor, Cyril – der, der die schmutzigen Dinge auf die Ränder der Bücher kritzelt – erfährt von der Einhornverbindung.“

Marians Lachen stimmte mit ein. „Oh bitte, nein. Er wird alles falsch verstehen und uns in der Hündchenstellung zeichnen.“

Ich wackelte mit den Augenbrauen. „Das ist doch mal eine Idee.“

Sie drehte sich in meinen Armen und wackelte mit dem Hintern. „Nicht nur eine Idee, mein lieber Ritter. Eher ein Versprechen.“

Ich grinste von Ohr zu Ohr. Diese Frau konnte ein Schwert und einen Dolch schwingen. Sie konnte Fallen stellen. Sie konnte eine ganze Nacht durchgaloppieren, ohne auf ihren eigenen vier Füßen zu ermüden. Und sie wusste auch, was sie im Bett wollte?

Als ich sie in den Arm zwickte, quietschte sie. „Wofür war das denn?"

„Nur um zu sehen, ob du echt bist oder eine Fantasie."

Sie wackelte mit dem Hinterteil. „Ich bin mir ziemlich sicher, dass ich echt bin. Aber es gibt nur einen Weg, es herauszufinden." Dann lachte sie. „Tatsächlich gibt es mehrere Möglichkeiten…"

Mein Löwe brüllte vor Vergnügen und mein kleiner – ähm, großer – Mönch zuckte gegen ihre Hüfte.

„Wir müssen sie vielleicht alle ausprobieren", warnte ich.

Ihr sinnliches Lachen war Musik für meine Seele. „Ich bin dabei, wenn du dabei bist, mein lieber Ritter. Ich bin voll dabei."

Kapitel 15

MARIAN

In Anbetracht aller Gefahren und Intrigen, die der Tag mit Sicherheit mit sich bringen würde, war es wirklich nicht die Art von Morgen, an dem man herumlungern sollte.

Aber Junge, wie ich herumlungerte... und herumlungerte... und herumlungerte, natürlich mit Tucks Hilfe.

Wir lungerten auf dem Bett herum. Wir lungerten an der Wand herum, wir lungerten auf dem Teppich vor dem Kamin herum, genau wie ich es mir erträumt hatte.

Wir lagen mit noch immer ineinander verschlungenen Gliedern da, die Gesichter nah beieinander. Dann fing Tuck an, sich seinen Weg zu meinem Schlüsselbein zu küssen und hinunter zu meiner Brust.

Ich kicherte und zwirbelte einen Finger in sein ungekämmtes Haar. „Du, lieber Mönch, bist für Ärger geboren."

Unbeirrt setzte er seine sinnliche Mission fort.

„Hmm. Auch für andere Dinge geboren", murmelte er und küsste um eine Brustwarze herum.

Ich krümmte mich und unterdrückte ein weiteres Stöhnen.

„Außerdem", murmelte er aus dem Mundwinkel, „du weißt ja, was man über Ärgernisse sagt, sie kommen selten allein..."

Ich gluckste, dann zog ich ihn wieder an mich. Ihn jetzt abzulenken, war wirklich das Letzte, was ich wollte.

Dann klopfte es an der Tür und wir erstarrten.

Nun, Tuck erstarrte. Ich war bereits so heiß, dass meine Temperatur lediglich auf *Inferno*-Niveau sank.

„Verdammt...", murmelte Tuck.

Wir wussten beide, dass die Außenwelt bald unsere Aufmerksamkeit verlangen würde. Aber trotzdem... jetzt?

Ein weiteres Klopfen.

Tuck schmollte. „Wenn der Teufel kommt, um mich in die Hölle zu zerren, kann er warten."

Ich kraulte sein Gesicht. „Sag jetzt nicht so etwas."

Wir hatten dieses Thema mehrfach besprochen. Theoretisch wären wir für die Hölle und Verdammnis qualifiziert. Aber es fiel mir schwer, das zu glauben. Zwei durchschnittliche Bauern konnten sich verlieben und es als bürgerliche Ehe bezeichnen. Warum konnten wir es nicht?

Der Haken war sein *Mönch*-Dasein. Oh, und die Sache mit der *adligen Maid*. Außerdem... Einhorn. Wir sollten gut heiraten und ein Löwengestaltwandler/Mönch wäre nie genug, egal wie gut er es mir besorgte.

Ich verbarg ein Grinsen bei meinem schmutzigen Gedanken. Offensichtlich hatte Tuck auf mich abgefärbt.

„Mylady... ", rief jemand von der anderen Seite der Tür.

Tuck zog das Laken über unsere Köpfe. „Tu einfach so, als wären wir nicht hier."

Ich kicherte. Wenn es doch nur so einfach wäre, sich vor der Welt zu verstecken.

„Ihr werdet zum Frühstück gerufen, Mylady", rief Jacobs, der Butler der Winthrops, von draußen.

„Sag ihm, dass du keinen Hunger hast", flüsterte Tuck.

„Mylady, Ihr werdet *ganz dringend* zum Frühstück gerufen."

Ich runzelte die Stirn. Jacobs Stimme war immer ruhig und gemessen. Immer. Aber jetzt...

Tuck schnappte es ebenfalls auf. Mit einem schnellen Kuss rollte er sich weg, schnappte sich ein dekoratives Schwert von der Wand und versteckte sich hinter der Tür. Sobald ich mein Gewand angelegt und mein Haar glattgestrichen hatte, riss ich die Tür auf.

„Entschuldigung, Jacobs."

Als der Diener sich verbeugte, tropfte eine Schweißperle von seiner Stirn auf den Boden. Als er sich wieder aufrichtete, signalisierten seine Augen, *Gefahr! Gefahr!*

Ich neigte den Kopf in die Richtung der hinteren Treppe und beobachtete Jacobs genau.

Er schüttelte kaum merklich den Kopf und zeigte in die andere Richtung. „Lady Winthrop wird Euch im großen Saal empfangen."

Die Winthrops waren die ältesten und treuesten Freunde meines Vaters. Und Jacobs war ihr langjährigster und treuester Mitarbeiter. Ich vertraute ihm bedingungslos. Aber etwas stimmte eindeutig nicht.

Ich zog einen Dolch aus meinem Ärmel und zeigte ihn Jacobs.

Sein Kehlkopf wippte und er nickte. „Ja, Mylady. Informelle Kleidung ist in Ordnung."

Mein Herz klopfte, obwohl ich darauf achtete, meine Stimme leicht zu halten.

„Vielen Dank, Jacobs. Bitte sagt Lady Winthrop, ich bin gleich da."

In dem Moment, als ich die Tür schloss, pressten Tuck und ich uns dagegen und lauschten.

„Nur Jacobs?", flüsterte ich.

Tucks Nasenflügel bebten. „Jacobs und zwei andere. Menschen." Er schüttelte den Kopf. „Das gefällt mir nicht. Lass uns von hier verschwinden."

Auch mir gefiel es nicht. Aber ich hatte keine andere Wahl.

„Ich werde im großen Saal erwartet. Jacobs hat mir so viel signalisiert."

„Was ist, wenn Jacobs ein weiterer Verräter ist?"

„Wenn wir ihm nicht trauen können, können wir niemandem trauen."

Tuck verzog das Gesicht. „Ich bin dafür, niemandem zu trauen."

Es bedurfte einige Überredungskünste, aber Tuck gab schließlich nach. Ich zog mich schnell an und versteckte dabei die Waffen. Tuck zog seine Tunika an, schnallte sich das Schwert an und warf seine Mönchskutte darüber.

„Wie sehe ich aus?"

Ich gluckste. „Wie ein Ritter, der sich in einer Mönchskutte verkleidet. Aber das Schwert sieht man nicht, falls du das meinst.“

Wir schmiedeten einen schnellen Plan, dann küssten wir uns. Ein Kuss, den ich gern lange, lange ausgedehnt hätte. Aber heute war nicht dieser Tag und ich wusste es. Heute war der Tag, der nicht nur über meine Zukunft, sondern über die Zukunft des ganzen Landes entscheiden konnte.

Ich verließ den Raum zuerst und musterte jeden Wandteppich und jede Nische im Flur auf versteckte Feinde, aber ich sah niemanden.

Niemand im Flur, rief ich Tuck in Gedanken zu.

Vor der letzten Nacht hatte ich mich dazu sehr anstrengen müssen. Aber Einhornverbindungen waren heilig und jetzt fühlte es sich an, als wäre er direkt an meiner Seite.

Sei vorsichtig. Seine Antwort klang so klar wie eine Glocke in meinem Kopf.

Ich spürte, wie er hinter mir durch den Flur schlich, obwohl er keinen Laut von sich gab. Meine Haut kribbelte, weil ich wusste, dass dort hinten ein Löwe war. *Mein* Löwe.

Zumindest das brachte mich zum Lächeln.

Ein Lächeln, das in dem Moment verblasste, als ich den großen Saal betrat.

In jeder Ecke des Raumes standen Wachen, die sich nicht die Mühe machten, ihre Schwerter zu verbergen. Lady Winthrop saß an ihrem üblichen Platz, aber ihr Rücken war steif wie ein Stock. Ihr Blick begegnete meinem, dann wanderte er zu dem Mann, der träge auf Lord Winthrops Stuhl saß.

Mein Schritt stockte. Prinz John?

Hinter mir schlossen sich die großen Flügeltüren mit einem Knall.

„Ah, die holde Maid Marian“, rief Prinz John.

Ich ignorierte ihn und ging direkt auf die Dame des Hauses zu, verbeugte mich und nahm ihre Hand. „Guten Morgen, Mylady.“

„Guten Morgen, meine Liebe.“ Sie zwang sich zu einem knappen Lächeln.

„Und Lord Winthrop... ist er wohlauf?", wagte ich zu fragen.

Prinz John gackerte. „Es geht ihm gut... vorerst."

Ich drehte mich um und achtete darauf, dass mein Blick nicht zur Kapelle auf der rechten Seite schweifte. Dann zwang ich mich zu einer klitzekleinen Verbeugung. Es war schließlich der Prinz.

Ich war ihm schon mehrmals begegnet und wurde jedes Mal an seinen Bruder, den König, erinnert. Er hatte den gleichen markanten Vollbart, die gleichen v-förmigen Augenbrauen und die gleiche kräftige Nase. Alles in allem war er Prinz Richard sehr ähnlich – nur in jeder Hinsicht weniger. Weniger groß. Weniger imposant. Weniger attraktiv. Weniger ritterlich, wenn es so etwas überhaupt gab.

Andererseits schnitt er auf anderen Skalen höher ab – auf denen, die Gier, Selbstsucht und Grausamkeit maßen.

Ich sträubte mich. „Was meint Ihr damit, Lord Winthrop ist *vorerst* wohlauf?"

Prinz John brach in Gelächter aus. „Meine liebe Marian kommt direkt zur Sache, so wie immer."

Ich ballte meine Hände zu Fäusten und konnte mir kaum verkneifen, zu sagen, dass ich weder die *seine* noch *lieb* war.

„Frauen sollten sich auf das konzentrieren, wofür sie geboren wurden", belehrte uns der Prinz. „Geschäftliches steht dem schönen Geschlecht nicht und passt nicht zu euch – nicht einmal zu einer so hinreißenden Frau wie Euch."

Bei den Worten *schönes Geschlecht* sträubten sich meine Nackenhaare bereits, aber als er mich *hinreißend* nannte, lief es mir eiskalt den Rücken hinunter.

Ich täuschte einen gelangweilten Seufzer vor. „Nun, Ihr wisst ja, wie es ist. Für uns, die wir unserem Land dienen, gibt es nur Arbeit, Arbeit, Arbeit. Vor allem in der Abwesenheit unseres geliebten Königs."

Seine Augen funkelten, doch bevor er das Gift verspritzen konnte, das ihm auf der Zunge lag, zog der Wächter in der nächsten Ecke sein Schwert und stieß die Tür zur Kapelle auf.

„Ihr da!", brüllte er.

Mein Herz machte einen Sprung, als ich Tuck dort sah, der bereit war, zu kämpfen. Gott sei Dank für Lady Winthrops scharfe Geistesgegenwart.

„Wagt es ja nicht, meine Privatkapelle zu betreten!", mahnte sie den Wachmann. „Und wagt es nicht, einen Mann Gottes bei seiner heiligen Mission zu stören!"

Die Wache schaute zweifelnd, denn abgesehen von der Kleidung war Tuck ganz und gar Ritter. Aber der Prinz konnte Tuck von seinem Platz aus nicht sehen und winkte den Wachmann ab.

„Lasst ihn. Außerdem könnte Lord Winthrop seine Dienste bald brauchen. Ein letztes Mal."

Ich funkelte ihn an.

Der Wächter zog die Tür zu, aber sie rutschte ein paar Zoll zurück. Ich konnte nicht viel von der Kapelle sehen, aber der Spalt reichte aus, damit Tuck zu uns herüberschauen konnte. Ich hörte die Kirchbank knarren, als er sich niederkniete und so tat, als würde er beten.

Prinz John ließ seine Augen über jeden Zoll meines Körpers wandern und ein lüsternes Lächeln blitzte auf.

„Wisst Ihr, ich war versucht, Euch gestern Abend zu überraschen. Aber ich nehme an, das wäre nicht schicklich. Nicht für eine zukünftige Königin. Und nicht vor unserer Hochzeitsnacht."

Igitt. Der Mann ekelte mich an. Aber verdammt. Ich war noch nie so froh gewesen, ein Einhorn zu sein. Unser natürlicher Duft hatte ein schwaches, blumiges Aroma, das nichts anderes leicht absorbierte. Also keinen Knoblauchgeruch, um den man sich Sorgen machen müsste, keinen Körpergeruch... auch keinen verräterischen Löwenduft oder Geruch nach Sex...

„Zukünftige Königin?", stellte ich ihn zur Rede. „Das wäre die Braut des Königs, wen auch immer er erwählt."

„Ganz genau." Prinz John schaute mich unverwandt an und machte seine Pläne klar.

Ich spielte die Dumme, so wie er seine Frauen bevorzugte. „Aber bis der König zurückkehrt..."

„Aus seinem Gefängnis? Von den Kreuzzügen?" Er schnaubte, griff nach einem süßen Brötchen und fing an, es mit groben Zügen eines riesigen Messers zu buttern. „So viele Gefahren, die ihm drohen. So viele Feinde."

Angefangen mit Euch, wollte ich zischen.

„Alles Mögliche kann passieren", fuhr der Prinz fort. „Wir müssen bereit sein, an seiner Stelle zu dienen."

Ihr meint wohl, Euch selbst zu dienen, hätte ich am liebsten gesagt.

Aber es würde nichts bringen, ihn zu verärgern, also hielt ich den Mund.

Der Prinz schob sich die Hälfte des Brötchens in den Mund und redete weiter, wobei die klebrige Masse mit jeder undeutlichen Silbe zum Vorschein kam.

„Ja, die unerwartetsten Dinge könnten passieren. So wie ich Eure Nachricht erhalten habe, mich hier zu treffen."

„Wie überaus interessant. Ich habe keine solche Nachricht geschickt. Als Prinz müsst Ihr immer auf der Hut vor Verrätern sein", schimpfte ich.

So. Das Spiel, zwischen den Zeilen zu sprechen, konnten auch zwei spielen.

„Oh, glaubt mir, das bin ich." Er schob sich den Rest seines Brötchens in den Mund und ließ die Spitzen seiner Wolfszähne aufblitzen. Dann fing er an, sich ein weiteres zu buttern.

Ich hatte ihn noch nie in Wolfsgestalt gesehen, aber ich wusste, dass er ein Gestaltwandler war. Der Mann stank danach.

Die meisten Gestaltwandler hatten einen verräterischen Geruch – Einhörner nicht, aber wir waren in vielerlei Hinsicht eine Ausnahme – einen dezenten Geruch, der die Zeit widerspiegelte, die sie in Tiergestalt verbrachten. Das bedeutete, dass die meisten Gestaltwandler nach frischer Luft, dem Wald oder offenen Schluchten rochen.

Der Prinz stank nach Machenschaften und Intrigen. Ein unverkennbar fauliger, muffiger Geruch.

„Was mich daran erinnert…"

Er quälte mich mit einer unheilvollen Pause. Womit würde er mir als Nächstes drohen?

„... die Steuern, die meine Männer eintreiben – bedauerlicherweise, versteht sich. Wir müssen dem Volk mit gutem Beispiel vorangehen, wisst Ihr."

Ha. Jetzt hatte ich ihn. „Ich habe Euch einen ausreichenden Schatz geschickt, um diese Steuern zu begleichen, so wie angewiesen. Es ist nicht meine Schuld, dass er gestohlen wurde."

Genau genommen schon, aber wenn er lügen konnte, konnte ich es auch.

„Von Robin Hood und seinen Räubern", murmelte er.

Ihre Räuber, wollte ich ihn korrigieren.

„Ich kann nur hoffen, dass Euer Bruder, der König, bald zurückkehrt, um die Ordnung im Land wiederherzustellen", sagte ich sittsam.

„Das kann man nur hoffen", erwiderte er ohne jegliche Aufrichtigkeit. „Ich mache mir Sorgen um ihn, wisst Ihr."

Oh, jede Wette.

„Und ich mache mir Sorgen um Euch, liebste Verlobte", fuhr er fort.

Ich verschränkte die Arme. „Wir sind nicht verlobt. Ihr habt die Erlaubnis meines Vaters nicht."

Er runzelte die Stirn. „Nein, noch nicht. Aber wenn man bedenkt, dass er schon so lange weg ist... "

Ich sträubte mich. Mein Vater war vor über einem Jahr losgezogen, um den König davon zu überzeugen, dass sein Land ihn zu Hause brauchte. Ich hatte meinen Vater das letzte Mal gesehen, als er sechs Monate zuvor kurz zu Besuch kam – gerade lange genug, um die Nachricht von Richards Gefangennahme zu verbreiten und den Stein ins Rollen zu bringen, das geforderte Lösegeld zu beschaffen. Dann war er auf den Kontinent zurückgekehrt, um sich zu vergewissern, dass unser Monarch im Gefängnis auch gut behandelt wurde.

„Wenn ihm ein schlimmes Schicksal widerfährt... ", deutete John an.

Ich streckte mein Kinn in die Luft. „Wenn meinem Vater etwas zustößt, wird mein Cousin mein Vormund."

Da ich eine Frau und Einzelkind war, würden der Titel und die Besitztümer meines Vaters an meinen Cousin Thomas gehen, dem ich uneingeschränkt vertraute.

John schlug ein Ei auf. „Und wenn ihm ein schlimmes Schicksal widerfährt?"

Ich zeigte meine Zähne. Gott, was war dieser Mann nur für eine Schlange.

„Dann würde mein Patenonkel mein Vormund werden", erwiderte ich schnippisch.

Ich fügte nicht hinzu, was er bereits wusste – der König war mein Patenonkel.

„Ja, aber wenn ihm etwas zustoßen sollte... " Prinz Johns selbstgefälliges Grinsen traf mich mitten ins Herz. „Fürchtet Euch nicht, liebe Lady. Ich werde meine Pflicht tun und die Vormundschaft übernehmen. Tatsächlich habe ich es bereits getan."

Ich pirschte mich näher heran und erhob mich über seinem Stuhl. So nah, dass ich das Knarren der Rüstung hören konnte, als seine Wachen näherkamen. Ich knurrte und sprach jedes Wort überdeutlich aus.

„Ihr seid nicht mein Vormund. Das werdet Ihr auch nie sein."

Und verdammt sei der Mann, der noch selbstgefälliger lächelte.

„Ach, aber das bin ich." Er winkte mit dem Ei herum. „Es sind schwierige Zeiten, wenn so viele Männer auf den Kreuzzügen unterwegs sind. Deshalb habe ich ein Dekret erlassen, um junge Damen von edler Abstammung in Abwesenheit ihrer Männer zu schützen. Es gibt einfach zu viele skrupellose Männer, die darauf aus sind, ihren Reichtum auszunutzen."

„Oh, das weiß ich", knurrte ich und konnte mich kaum zurückhalten, zu sagen: *Männer wie Ihr, intrigantes Arschloch.*

Er nickte sichtlich zufrieden mit seiner eigenen Genialität. „Ganz genau. Ich habe nur Euer Bestes im Sinn. Außerdem, welche Frau würde nicht gerne einen König heiraten?"

„Ihr meint wohl Prinz."

„Prinz. Für den Moment", brummte er. Er nahm einen Bissen von seinem Ei, dann hielt er mir den Rest hin.

Es kostete mich alles, was ich hatte, um seine Hand nicht wegzuschlagen oder noch besser, ihm die arrogante Visage zu polieren.

„Ihr seid überwältigt, das sehe ich." Seine Stimme klang ganz herablassend. „Völlig normal, wenn man bedenkt, wie nahe der große Tag rückt." Seine Augen funkelten. „Das Fest des Heiligen Matthias."

„In drei Tagen", erinnerte ich ihn. Nicht dass mir das viel Zeit gelassen hätte.

Er schüttelte den Kopf. „Wir werden am Vorabend des Festes des Heiligen Matthias heiraten. Keine Sorge", beeilte er sich hinzuzufügen, „alle Vorbereitungen werden bereits von einer lieben Freundin getroffen. Sie wird dafür sorgen, dass alles perfekt ist. Als Mann habe ich weder die Zeit noch die Lust für solche Dinge."

Ich knurrte und erinnerte ihn daran, dass es mir genauso ging. Vor allem, wenn es um eine Heirat mit *ihm* ging.

„Welche Freundin?" Ich spie eine scharfe Silbe nach der anderen heraus.

Sein Lächeln wurde breiter. „Die reizende Lady Thornton. Sie hat sogar schon den perfekten Ort gefunden – Nottingham."

Ich starrte ihn an. Nottingham?

Bis zu diesem Moment hatte Tuck in der Kapelle unsinnige Gebete gemurmelt. Jetzt war er vollkommen still, wie ich auch.

Man konnte es nicht übersehen – dieses Gefühl, als würden die Bauern von einer grausamen, berechnenden Hand auf einem Schachbrett hin und her geschoben. Und obwohl Prinz John beides war, war Dame eher sein Spiel. Schach erforderte einen klugen Kopf. Und das hieß...

Lady Thornton?

Dieses Miststück? tönte Tucks Stimme in meinen Gedanken.

Sie war die Einzige, die alle drei Kriterien erfüllte: grausam, berechnend und ein kluger Kopf.

Ich starrte den Prinzen an, dessen selbstgefälliges Lächeln mir sagte, dass er keine Ahnung hatte. Was auch immer Lady Thornton plante, es würde ihr und nur ihr allein dienen.

„Und wenn ich mich weigere?", bellte ich müde davon, mich zu verstellen.

Prinz John musterte sein Messer. „Leider gibt es keine andere Möglichkeit. Nun, ich nehme an, es gibt eine andere. Aber die wollt Ihr wirklich nicht erkunden."

Ich warf ihm meinen härtesten *Ihr macht mir keine Angst*-Blick zu.

Er prüfte die Klinge an seinem Daumen und murmelte: „Denkt doch nur... "

Als hätte ich das nicht schon längst getan.

„Denkt an die schönen Geschenke, die ich Euch machen werde", fuhr er fort.

„Es gibt nichts, was Ihr habt, das ich mir wünsche." Mein Tonfall machte deutlich, dass ich absolut nichts meinte. Vor allem *ihn*. „Wie könnt Ihr es wagen, von Geschenken zu sprechen und gleichzeitig die zu bedrohen, die mir wichtig sind?"

„Die da wären?"

Gott, ich könnte ihn für diesen amüsierten Tonfall umbringen.

„Wie zum Beispiel Lord Winthrop."

Prinz John schnaubte. „Was ist mit diesem Verräter?"

„Verschont ihn."

„Nein, an ihm muss ein Exempel statuiert werden."

„Verschont ihn", beharrte ich.

„Also gut. Ich werde ihn als Hochzeitsgeschenk verschonen. Ihr macht friedlich mit und versucht keine Tricks."

Ich verbarg meine Verachtung. Ich sollte keine Tricks anwenden, aber der Prinz durfte es, wann immer es ihm passte? Das war nicht fair.

Ich funkelte ihn an, aber was konnte ich tun?

Der Prinz gab seinen Männern ein fröhliches Zeichen. „Bereitet die Kutsche für meine Braut vor. Wir brechen in zehn Minuten auf." Dann wandte er sich mir zu und hob einen Finger. „Und keine Tricks."

Ha. Meinen ersten hatte ich bereits geplant.

„Keine Tricks", log ich. „Aber zuerst muss ich beten."

Kapitel 16

TUCK

In dem Moment, in dem Marian in die Kapelle stolperte, schob ich die Tür zu und packte ihren Arm. Ich würde sie hier herausholen, und damit hatte es sich.

Aber gestiefelte Füße stapften herbei und bewachten jede der Türen – eine zum großen Saal, eine zum Korridor – und verkomplizierten diesen Plan.

Marian nahm meine Hand, kniete nieder und tat so, als würde sie beten.

„Du kannst nicht mit ihm gehen", flüster-zischte ich.

„Ich habe keine andere Wahl. Er wird Lord Winthrop töten. Verdammt, er wird wahrscheinlich die ganze Stadt abfackeln."

Ich umklammerte die Kirchbank vor mir so fest, dass es ein Wunder war, dass sie nicht zerbrach.

„Also nehmen wir ihn uns jetzt vor und beenden das Ganze. Du und ich", erklärte ich.

Marian verdrehte die Augen. „Wir nehmen uns den Prinzen, seine vier Leibwächter und den Trupp vor, der draußen wartet?"

Gutes Argument. Aber trotzdem...

Marian senkte den Kopf und dachte laut nach. „Ich bin ihm lange genug aus dem Weg gegangen. Es ist an der Zeit, selbst etwas zu unternehmen."

Ich starrte sie an. Wie konnte mit ihm wegzureiten, bedeuten, etwas zu unternehmen?

„Er soll denken, dass ich mitspiele...", flüsterte sie.

Ich verzog das Gesicht. „Er ist nicht dumm."

„Nein, aber er braucht mich lebend."

Ich runzelte die Stirn. „Für den Moment."

Außerdem war ihr Leben nicht das Einzige, was er bedrohte. Wenn er sie anfassen würde...

Sie stieß mich mit dem Ellbogen an. „Hast du gar kein Vertrauen in meine Fähigkeit, auf mich aufzupassen?"

„Ich habe volles Vertrauen in dich. Aber nicht einmal ein Riese kann eine Flut zurückhalten."

Gott, jetzt klang ich schon wie der alte Christopher, der Älteste der fröhlichen Gesellen, der dazu neigte, Weisheiten auszuspucken, die nicht immer Sinn ergaben.

„Du weißt, was ich meine", schloss ich ein wenig lahm.

„Wir müssen zu einem Zeitpunkt zuschlagen, an dem wir die Oberhand haben", überlegte Marian.

Ich winkelte das Schwert an, das ich unter meiner Kutte versteckt hatte, und ließ es gegen ihren Fuß stoßen. „Ich kann sofort zuschlagen."

„Um danach von seinen Männern niedergestreckt zu werden?" Sie schüttelte den Kopf. „Ich will dich lebendig, Bruder."

Sie drückte meine Hand und sandte Wärme durch meine Seele. Wärme und Staunen. Was um alles in der Welt sah eine Göttin wie sie in einem Mann wie mir?

Sie schnaubte und las meine Gedanken. „Ich sehe Ehre. Ehrlichkeit. Liebe. Den Wunsch, zu dienen. Oh, und die Kutte ist auch irgendwie süß."

Ich gluckste – leise – und schaute ihr in die Augen.

Dann zog sich mein Herz zusammen – es krampfte sich richtig zusammen – und ich riss die Augen vor Staunen weit auf.

Marian nickte und lächelte. „Und du hast gedacht, ich hätte Witze über die Einhornverbindung gemacht."

Ich hatte nichts dergleichen gedacht, aber wow. Ich spürte es jetzt, wie die Verbindung meine Seele wie Mittagssonne im Sommer erleuchtete. Sie strahlte in jeden Winkel und fand Quellen voller Kraft, Geduld und Entschlossenheit, von denen ich nicht gewusst hatte, dass ich sie besaß.

Ich drückte ihre Hand und atmete lang aus. Das Einzige, was mir fehlte, war ein Plan.

Aber Marian war mir wie immer einen Schritt voraus.

„Auf der offenen Straße haben wir eine bessere Chance. Ich könnte ihn umbringen und dann fliehen."

Ich starrte sie an. „Wie das?"

„Nun, eine Ablenkung wäre gut…" Dann leuchteten ihre Augen auf.

„Oh, nein", protestierte ich, als mir klar wurde, was sie vorhatte. „Ich werde dich nicht allein lassen."

„Doch, das wirst du", beharrte sie. „Nur lange genug, um vorauszueilen und Robynnes Hilfe zu holen. Ich werde die Kutsche aufhalten."

„Wie?"

Sie grinste. „Einhorntricks. Ich habe viele. Wusstest du das nicht?"

Nein, wusste ich nicht. Und dieser Plan gefiel mir überhaupt nicht.

„Robynne wird früh genug davon erfahren. Ich bleibe in deiner Nähe", beharrte ich.

Sie schüttelte den Kopf. „Nein, das wirst du nicht. Du wirst zu Robynne eilen und einen Plan schmieden. Einen guten Plan", betonte sie. Dann gluckste sie. „Nicht dass ich darauf warte, dass irgendein dahergelaufener Mann zur richtigen Zeit am richtigen Ort auftaucht, um mich zu retten."

Ich grinste über die Erinnerung an unsere Begegnung, die sich wie eine Ewigkeit her anfühlte.

„Natürlich ohne Bedingungen", flüsterte ich. „Nur deine Hand in der Ehe und die Verpflichtung, für immer meine Bettgefährtin zu sein."

Und hoppla. Meine Stimme wurde dabei ganz atemlos.

Dann sackte ich zusammen. „Nette Fantasie, was?"

Sie lehnte ihren Kopf gegen meinen. „Keine Fantasie. Ein Versprechen."

Ich drückte ihre Hand fester. „Ich schwöre es." Dann fing ich mich wieder. „Natürlich gibt es immer ein kritisches Detail, das ich übersehe, also mach dich bereit. Irgendetwas wird sicher schiefgehen."

Sie gluckste. „Es ist schon alles schiefgegangen, aber einige Dinge sind auch richtig gelaufen. Wie dich zu treffen. Wie letzte Nacht. Wie das hier." Sie deutete auf unsere verschränkten Hände. „Außerdem ist es so, wie Willa gesagt hat. *Die besten Dinge im Leben passieren, wenn man sie am wenigsten erwartet.*"

Ich holte tief Luft und versuchte, mich davon zu überzeugen, dass dies die Wahrheit war.

Dann polterten Schritte vor der Tür und jemand hämmerte dagegen. „Genug gebetet. Zeit zum Aufbruch."

Meine Zähne verlängerten sich und die Stoppeln an meinem Kinn wurden dichter.

Zeit, diesen Trottel zu töten, knurrte mein Löwe.

Marian rieb mit ihrem Daumen über meine Hand. „Bald." Sie erhob ihre Stimme und rief: „Ich komme!" Dann stürzte sie sich zu einem Kuss vor.

Ich umfasste ihr Gesicht, um die Kraft zu finden, ihrem verrückten Plan zu folgen.

„Ein paar Minuten, nachdem wir aufgebrochen sind, musst du Lord Winthrop finden. Nimm sein schnellstes Pferd und reite nach Sherwood Forest", flüsterte Marian.

Ich nickte grimmig. Dies fühlte sich mehr und mehr wie meine Träume von den Kreuzzügen an – aber Daniel hatte recht. Es gab keinen Nervenkitzel, keine Aufregung. Nur Grauen, denn es könnte so viel schiefgehen und so viele könnten leiden.

Besonders Marian, fürchtete mein Löwe.

Mein Magen kribbelte bei den schrecklichen Bildern, die sich mir aufdrängten, aber ich kämpfte gegen sie an. Ich musste mich konzentrieren, wenn ich die Frau schützen wollte, die ich liebte.

„Bis bald", flüsterte sie und stand auf.

Es kostete mich alle Kraft, um auf den Knien zu bleiben. Eine praktische Position für die Gebete, die nötig sein würden, damit dieser Plan funktionierte.

„Es wird bald sein", flüsterte ich. „Ich verspreche es."

∞∞∞∞∞

Ich tat genau, was Marian gesagt hatte, mit einem zusätzlichen Detail, um mich zu trösten, als ihre Kutsche durch das Schlosstor hinausrumpelte.

„Ihr", zischte ich und drückte einen Mann gegen die Wand.

Ein Keuchen ertönte und Lord Winthrop, der gerade von seinen Männern befreit worden war, schnappte nach Luft.

„Lasst den Mann los!"

Ich schüttelte den Kopf und drückte dem Mann die Kehle zu. „Bezahlt Ihr Eure Männer mit Silbermünzen?"

Winthrop starrte verwirrt. „Nein... "

Mit einer Hand hielt ich den Mann an Ort und Stelle fest. Mit der anderen zog ich den Inhalt seiner Taschen heraus – eine Handvoll Silbermünzen.

„Ihr bezahlt Eure Männer nicht mit Silbermünzen, aber Prinz John tut es. Ich habe gesehen, wie einer seiner Wachmänner diesen Verräter ausgezahlt hat. Er muss Prinz John die Nachricht geschickt haben, dass Marian hier war."

„Aber... Henry... ", stotterte Winthrop.

Ich schnaubte. Eine gute Erinnerung für mich, niemandem je zu vertrauen. Nun, niemandem außer Marian. Und Robynne.

Vergiss Willa und John nicht, mischte sich mein Löwe ein.

Widerwillig fügte ich den Sheriff zu dieser Liste hinzu, denn man musste einen Mann nicht mögen, um ihm zu vertrauen.

Und Alan und Martin und Rob... Mein Löwe hielt inne, als er Robert hinzufügen wollte. *Okay, vielleicht nicht Robert. Aber die anderen, ja.*

Alles in allem eine ziemlich beeindruckende Liste. Eine Armee könnte man sagen. Eine Armee, mit der ich stolz wäre, zu kämpfen.

Ich drückte dem Verräter die Kehle zu, bereit, ihn zu erledigen. Seine Füße baumelten bereits über dem Boden und seine Stimme war nur noch ein Keuchen.

„Ihr seid ein Mann Gottes. Ihr dürft nicht töten."

Ha. Wenn er nur wüsste.

„Ich darf den Teufel töten", knurrte ich und drückte weiter zu.

Aber eine von Pater Benjamins Predigten hallte in diesem Moment in meinem Kopf wider. Irgendetwas über Barmherzigkeit und das Hinhalten von Wangen... Oder ging es dabei um eine Schlange?

Ich war mir nicht ganz sicher, weil ich in der Kirche selten aufpasste. Aber trotzdem. Offensichtlich hatte ich ein paar Kleinigkeiten aufgeschnappt.

Ich wusste nicht, ob ich stolz auf mich oder entsetzt von mir sein sollte. Aber eines wusste ich. Ich hatte keine Zeit zu verschwenden. Marians Leben hing davon ab.

Ich warf den Verräter zu Boden und schnippte Winthrop quasi mit den Fingern zu.

„Ich brauche ein Pferd. Sofort."

Es spielte keine Rolle, dass er ein Lord war und ich ein einfacher Mönch. Die Frau, die ich liebte, schwebte in Gefahr. Und ich hatte es eilig.

Er starrte mir tief in die Augen. Dann nickte er und wandte sich an Jacobs. „Tut, was er sagt."

Wenige Minuten später raste ich in Richtung Sherwood Forest.

Kapitel 17

MARIAN

In einem Punkt hatte Tuck recht: mit dem Teil, dass Dinge schiefgingen.

Prinz John ritt nicht in der Kutsche mit mir. Er ritt auf seinem eigenen Pferd und gab mir keine Gelegenheit, ihm die Kehle aufzuschlitzen.

Verdammte Schande.

Wenigstens hatte ich Lady Winthrop, die mir Gesellschaft leistete. Sie hatte darauf bestanden, mich zu begleiten, da es sich für eine junge Lady nicht ziemte, ohne Anstandsdame zu reisen. Sie hatte keine Miene verzogen, aber sie zwinkerte mir zu, als Prinz John ihr den Rücken zuwandte.

Und Junge, war ich froh über ihre Gesellschaft.

Als ein atemloser Bote angaloppiert kam, hoffte ich auf etwas – irgendetwas –, das Prinz John von einer Heirat mit mir ablenken oder mir zumindest Zeit verschaffen würde. Aber die Nachricht, was auch immer sie war, hatte nicht den Effekt, den ich mir erhofft hatte. Ganz im Gegenteil, denn die mysteriöse Nachricht spornte Prinz John noch mehr an – im wahrsten Sinne des Wortes.

„Bewegt euch", maulte er seine Truppen an, während er sein eigenes Reittier noch fester trat. „Wir haben keine Zeit zu verlieren."

Lady Winthrop und ich schauten uns an.

„Vielleicht sind unsere Verbündeten endlich auf dem Vormarsch", flüsterte sie.

Meine Hoffnungen erreichten einen Höhepunkt, nur um dann in den nächsten Stunden zu schwinden. Weder eilten mir Verbündete zu Hilfe, noch tauchten hilfreiche Banditen auf. Nur Lady Winthrop und ich in der knarrenden Kutsche.

Natürlich saß ich nicht untätig herum. Ich arbeitete mit den Pferden, um eine Verzögerung nach der anderen zu verursachen. Eines stolperte und warf seinen Reiter, den Captain der Wache, ab. Ein weiteres rutschte seitlich in die vor den Wagen gespannten Pferde, so dass sich das Geschirr verhedderte. Andere wieherten, bäumten sich auf und weigerten sich, weiterzugehen. Aber ich konnte solche Tricks nicht zu oft anwenden, damit die Soldaten nicht so grausam reagierten.

Zur Mittagszeit tritt ein weiterer Bote heran und dieses Mal wurden meine Hoffnungen noch grausamer enttäuscht.

„Robin Hood wurde gefangen genommen", rief der Mann, als er sich der Truppe näherte.

Prinz John ritt gewöhnlich in der Nähe der Kutsche, also hörte ich den ganzen atemlosen Bericht.

„Robin Hood ist gefangen genommen worden! Er hat sich in Nottingham gestellt!"

Zu diesem Zeitpunkt zuckte ich unbekümmert mit den Schultern. Robynne war eine Frau. Sie mussten die falsche Person haben.

Aber dann korrigierte sich der Bote. „*Sie* hat sich gestellt, meine ich."

„Robin Hood – eine Frau?" Prinz John stöhnte auf, ebenso wie viele andere.

Ich verdrehte die Augen und Lady Winthrop tätschelte meine Hand. „Aber, aber. Je mehr sie uns für schwach und unfähig halten, desto größer sind unsere Chancen, einen Überraschungsschlag zu landen."

Sie hatte recht, aber trotzdem murrte ich. „Wir befinden uns am Ende des zwölften Jahrhunderts. Wie lange wird es noch dauern, bis Männer zu schätzen lernen, wozu Frauen fähig sind?"

„Bis deine Kinder Kinder haben", sagte Lady Winthrop. „Dessen bin ich mir sicher."

Eine schnelle Schätzung ergab, dass dies etwa um 1239 sein würde. So lange?

Mein Bauchgefühl sagte mir, dass dies etwas zu optimistisch war, aber verdammt. Ein Mädchen konnte hoffen.

Oder vielleicht sollte ich das auch nicht tun, zumindest was die Kinder betraf. Wie sollte es jemals dazu kommen, wenn der Mann, den ich liebte, ein Mönch war? Wir hatten vielleicht eine heiße Nacht miteinander verbracht, aber in dem Moment, in dem Tuck sein Gelübde ablegte, würde es für uns beide keine Schäferstündchen mehr geben. Und wenn ich Tuck nicht haben konnte, wollte ich niemanden.

Ich unterbrach diese Gedanken, bevor sie mich noch tiefer in die Verzweiflung rissen. Die Gegenwart war schon schwer genug, vor allem, wenn die echte Robynne Hood gefasst worden war.

Zuerst bezweifelte ich es, aber dann hörte ich Prinz John schadenfroh murmeln: „Ich wusste, dass ich mich auf Jessica verlassen kann.“

Es drehte mir den Magen um. Jessica war Lady Thornton und das war genau ihre Art von Trick. Aber warum sollte Robynne sich stellen?

Wie sich herausstellte, aus demselben Grund, aus dem ich zugestimmt hatte, mit Prinz John zu gehen. Erpressung.

Ich hörte zufällige Gesprächsfetzen mit, die unter den Soldaten um uns herum kursierten. Offenbar hatte Lady Thornton, die ihren Bruder unbedingt rächen wollte, am helllichten Tag eine junge Frau und ihre Kinder auf dem Marktplatz von Nottingham ergriffen, und dabei jedes Gesetz missachtet.

„Lady Thornton gab Robin Hood bis heute Morgen Zeit, sich zu stellen“, sagte einer der Boten. „Wenn er es nicht täte, drohte sie, jede Stunde ein Kind zu töten. Und ihre Mutter, Bess, zuerst.“

Mein Herz überschlug sich. Bess? Die süße, junge Frau, die ich am Almosentag mit Tuck besucht hatte?

Wäre Lady Thornton selbst mit der Nachricht herangeritten, hätte ich einen Dolch gezogen und sie angegriffen, ohne Rücksicht auf die Konsequenzen. Welch ein Ungeheuer tat so etwas?

„Gute Idee!“ Der Prinz nickte anerkennend und beantwortete damit meine unausgesprochene Frage. Ein Ungeheuer wie mein zukünftiger Ehemann – zumindest würde er das sein, wenn die Dinge so weitergingen.

„Robin Hood – eine Frau?“ Darüber schwatzten die Männer den ganzen Nachmittag lang.

Weniger beeindruckt von dem Teil mit der *Frau,* dachte ich über eine andere Frage nach. Warum sollte Robynne sich ergeben? Sie musste doch wissen, dass man Lady Thornton nicht trauen konnte. Die fröhlichen Gesellen brauchten ihre Führung und das Volk von Nottinghamshire brauchte sie auch. Warum sollte sie das alles aufs Spiel setzen?

Lady Winthrops Augen funkelten, als ich ihr diese Frage stellte.

„Vielleicht aus denselben Gründen, aus denen du jetzt hier bist. Weil es jemanden gibt, dem du vertraust – bedingungslos –, der dir hilft, in letzter Minute einen kühnen Plan zu verwirklichen.“

Ich starrte sie an, aber sie kicherte nur.

„Oh, ich habe genug von dir und diesem Mönch gesehen, um es zu bemerken.“

Meine Kinnlade klappte auf. Tuck und ich hatten an diesem Morgen nicht länger als drei Minuten in der Kapelle verbracht – hinter einer überwiegend verschlossenen Tür.

Lady Winthrop lachte. „Ich wusste es ungefähr dreißig Sekunden, nachdem ihr beide gestern Abend eingetroffen seid, und so sehr darauf geachtet habt, Abstand zu halten. Und dann war da noch dieses Glühen, mit dem du zum Frühstück gekommen bist…“

Meine Wangen wurden heiß und beinahe hätte ich protestiert. *Glühen? Welches Glühen?*

Sie lachte noch lauter. „Ich habe noch nie einen Priester gesehen, der so befriedigt aussah, das kann ich dir versichern.“

Meine Einhornseite tänzelte mit diesem Gedanken herum, so unanständig er auch war. *Die letzte Nacht hat ihm genauso viel bedeutet wie uns. Tuck mag uns! Er liebt uns!*

Nun, ja, aber er war auch ein Priester.

Das hat dich aber nicht davon abgehalten, ihn gestern Abend auf allen erdenklichen Oberflächen zu vögeln, betonte mein Einhorn.

Nein, hatte es nicht. Aber dies sollte unsere einzige Nacht sein und wir hatten es beide gewusst. Unsere Liebe war ein verurteilter Gefangener, dem ein letzter Genuss erlaubt war, bevor alles ein hässliches Ende nahm.

„Aber, aber. Schau nicht so betrübt", schimpfte Lady Winthrop. „Dir wird schon etwas einfallen."

Ich starrte sie an. Wie konnte sie nur solches Vertrauen haben?

Sie nahm meine Hände zwischen ihre. „Liebes Kind, du bist die Tochter deiner Mutter und dein Vater hat dich gut erzogen."

Ich dachte nicht oft an meine Mutter, die starb, als ich noch jung war – zu jung. Aber jetzt, da ich es tat, stiegen mir Tränen in die Augen und mein Herz wurde warm. Genug, um ihr zu verdeutlichen, dass dort noch eine andere Art von Einhornverbindung existierte. Sie mochte fort sein, aber sie wäre immer bei mir.

Es schnürte mir die Kehle zu. „Ich bin wie sie?"

Mein Vater hatte mir dies schon tausendmal versichert. Aber es von jemand anderem zu hören...

„Du hast die gleiche Tatkraft, den gleichen Mumm. Die gleiche Dickköpfigkeit", sagte Lady Winthrop.

Ich runzelte die Stirn. „Ich bin nicht dickköpfig."

Sie lachte. „Du klingst auch wie sie." Sie drückte meine Hände. „Sie war meine beste Freundin und ich kannte sie besser als irgendjemand sonst. Vielleicht sogar besser als dein Vater, denn wir kennen uns schon so lange. Also, ja. Du bist genau wie sie. Bis hin zu deiner Wahl der Männer."

Ich riss die Augen weit auf, aber Lady Winthrop winkte mit der Hand ab, als wäre es völlig offensichtlich.

„Stark. Loyal. Liebevoll. Nicht ganz so scharfsinnig wie du, aber scharfsinnig genug, um dir zuzuhören, und zwar gut."

„Aber... aber... "

„Aber was, Kind?"

Ähm, womit sollte ich anfangen?

„Er ist ein Mönch", sagte ich schließlich.

Sie zuckte mit den Schultern. „Die Wege des Herrn sind unergründlich." Dann lehnte sie sich zurück und atmete ein paarmal tief durch. „Aber genug davon. Es ist an der Zeit, unsere Fassung zurückzuerlangen."

Ich hatte das Gefühl, sie würde gleich ihre Stickerei herausziehen, und wollte am liebsten schreien. Aber sie lehnte sich einfach zurück, schloss die Augen und murmelte. „Eine gute Generalin nutzt die Ruhe vor dem Sturm, um vorauszudenken. Sie verschafft sich einen Überblick über ihre Streitkräfte. Sie erwägt jeden Winkel des Angriffs – und des Rückzugs. Sie plant für jedes wahrscheinliche Szenario und dann für jedes unwahrscheinliche oder gar unmögliche."

Ich starrte sie an. „Sie?"

Lady Winthrop warf mir einen prüfenden Blick zu. „Mein liebes Mädchen, du weißt aber schon, dass mein Mann und dein Vater vor vielen Jahren in der Schlacht von Montgisard gekämpft haben, als sie noch jung waren?"

Ich nickte dümmlich.

Sie gluckste und ließ dann die Bombe platzen. „Nun, du glaubst doch nicht etwa, dass ich meinen Mann allein auf einen Kreuzzug gehen lasse, oder?", tadelte sie, dann lehnte sie sich wieder zurück. „Also, wie ich schon sagte. Lass uns die Ruhe vor dem Sturm nutzen, um uns vorzubereiten."

Ich starrte sie an und tat es ihr gleich. Und Stück für Stück kehrte die Hoffnung in meine Seele zurück. Ich hatte verdammt viele ungewöhnliche Verbündete – Willa, Robynne und vor allem Tuck. Aber wow. Vielleicht war ich gerade über eine weitere gestolpert.

Kapitel 18

TUCK

Von Marian fortzugaloppieren war die Hölle. Aus der Ferne zu beobachten, wie Prinz John, seine Männer und Marians Kutsche im flackernden Fackelschein durch das Osttor von Nottingham zogen, war die Hölle.

Und es war die *Hölle*, die sich über Prinz John und Lady Thornton öffnen sollte, so schwor ich mir, als ich nicht lange danach auf Snow in den Sherwood Forest galoppierte.

Ja, Snow – Marians schöne weiße Stute. Lord Winthrop hatte mir sein bestes Pferd zur Verfügung gestellt, aber es war bereits am Vortag durch das Hin und Her zwischen den Verbündeten hart geritten worden. Das Pferd lief galant, aber nach einer Stunde erlahmte es.

Ich wollte mich gerade verwandeln und auf meinen eigenen vier Pfoten laufen, als Snow wie aus dem Nichts auftauchte. Zuerst hatte ich mich gefragt, wie sie mich gefunden hatte, aber dann erkannte ich es.

Vielen Dank, Marian, flüsterte ich und streichelte Snow.

Ich spürte, wie unsere Einhornverbindung an meinem Herzen zerrte und mich zu meiner Gefährtin führte. Marian musste die umgekehrte Information an Snow weitergegeben haben.

Und als ich sie mit der Ausrüstung meines erschöpften Pferdes gesattelt hatte, warf Snow ihre Mähne zurück.

Ich unterziehe mich dieser Demütigung nur für meine Herrin, damit du es weißt.

Oh, das wusste ich. Und ich wusste es auch zu schätzen.

Ich danke dir, Snow, sagte ich, als ich aufstieg.

Sie schoss los, genauso besorgt um Marian wie ich.

Als Marians Kutsche in Nottingham einfuhr, bäumte sie sich auf und wieherte wütend. Sie bog danach nur widerwillig in Richtung Sherwood Forest ab. Aber sie trug mich so schnell und treu, wie ich es nur verlangen konnte, donnernd durch den Wald.

Und *zing!* Das metallische Klirren von einem Dutzend hastig gezogener Schwerter begrüßte unsere Annäherung an Robynnes Lager.

„Halt! Wer ist das?", brüllte John Little.

„Pass auf! Es ist ein Ritter", warnte Robert. „Und Junge, sieht der wütend aus."

Ja, das war ich auch. Und was den Teil mit dem *Ritter* anging... von jetzt an bis zu dem Zeitpunkt, an dem ich Marian befreit hatte, würde ich genau das sein.

Schon seltsam, wie sich ein Mann jahrelang nach etwas sehnen kann, nur um dann bereit zu sein, seine Seele dafür zu geben, um die Situation komplett umzukehren. Ein Ritter zu sein, war mein einziger Wunsch gewesen, aber nicht, wenn es bedeutete, dass Marian in Gefahr schwebte.

Mein Löwe knurrte. *Wenn ich Prinz John in meine Klauen kriege...*

Oh, wir würden ihn bezahlen lassen, so viel war sicher. Wir würden ihn definitiv bezahlen lassen.

Ich sprang von Snow ab, bevor sie überhaupt angehalten hatte. Keine gute Idee, denn mein Schwung hätte mich fast ins Lagerfeuer geschleudert. Ich machte fünf große, waghalsige Schritte, bevor ich am Rande der Flammen zum Stehen kam.

„Pass auf, mein Junge", murmelte der alte Christopher.

Ich trat einen Schritt zurück und schluckte.

„Tuck?" John Little machte große Augen.

„Sie haben Marian", platze ich heraus – und zwar genau zu dem Zeitpunkt, als Robert fast genau die gleichen Worte aussprach.

„Sie haben Robynne!"

Ich starrte ihn an. „Was?"

„Moment – sie haben Marian auch?", rief Willa.

Einen Moment lang herrschte Chaos, aber dann musste ich zweimal hinsehen.

„Wartet. Was macht Ihr denn hier?", fragte ich Willa und John.

„Lange Geschichte", murmelte sie düster. „Ihr zuerst."

Ich sprach so schnell, dass ich über meine eigenen Worte stolperte, als ich erklärte, was in Winthrop geschehen war.

„Verdammt sei der intrigante Bruder des Königs", knurrte John – der Bärengestaltwandler, nicht der Prinz.

„Was ist mit Euch?", fragte ich. „Was ist in der Abtei passiert?"

„Der Plan hat so weit funktioniert, dass die Mönche nicht gemerkt haben, dass ich anstelle von Marian in der Bibliothek verharrte", sagte Willa. „Aber dann kam eine Kohorte Soldaten, um Marian nach Nottingham zu eskortieren."

„Auf wessen Befehl?", knurrte ich.

„Wer schon?", murmelte John.

Ich fletschte die Zähne. „Lady Thornton?"

Willa nickte mürrisch. „Wir hatten keine andere Wahl, als uns den Weg hinaus zu erkämpfen. Sie sind uns in den Wald gefolgt, aber als wir uns in unsere Bärengestalt verwandelt haben, haben sie ihre Meinung geändert – und zwar schnell." Sie ließ ein kleines Lächeln aufblitzen.

Immerhin etwas – Willa und John waren in Sicherheit. Aber was war mit Robynne?

Dann verblasste Willas Lächeln. „Wir hätten nie vermutet, was Lady Thornton als Nächstes tun würde."

Ich erschauderte bei dem Gedanken, was dies sein könnte. Es gab keine Grenzen für die hässlichen Dinge, zu denen der Verstand dieser Frau fähig war.

Willa schaute John an, dann mich. „Lady Thornton hat Bess und ihre Kinder als Geiseln genommen. Sie hat gedroht, jede Stunde ein Kind zu töten, bis Marian sich stellt."

Alles Blut wich aus meinen Wangen. Bess? Die Kinder?

Dann schluckte ich. Hatte ich Lady Thornton unwissentlich auf diese Idee gebracht?

Sie versprachen, niemandem etwas anzutun, wenn ich ko-operiere... Das hatte ich an dem Tag, an dem sie mich in Nottingham verhört hatte, zu ihr gesagt.

Keine schlechte Strategie, hatte sie gemurmelt.

Mir wurde schlecht.

Natürlich hätte sich Marian sofort ergeben, selbst wenn es sie ihr eigenes Leben gekostet hätte. Aber da Marian es nicht gewusst hatte...

Roberts Stimme brach, als er den Rest erzählte. „Robynne entschied sich, sich stattdessen selbst zu stellen."

„Sie hätte mich an ihrer Stelle gehen lassen sollen", knurrte John.

Willa berührte seinen Arm. „Ihr Plan ergab Sinn. Aber jetzt..."

Als sie verstummte, machte sich Totenstille im Lager breit. Jetzt war alles schiefgegangen.

Ich fluchte. „Warum würde Robynne sich stellen? Sie weiß doch, dass man Lady Thornton nicht trauen kann."

„Wir haben einen Plan geschmiedet." Willa zeigte auf eine in den Boden gekratzte Karte. „Einen soliden, mit dem Sheriff als Verstärkung."

Dies ließ meine Hoffnung ein wenig steigen. „Lady Thornton weiß immer noch nicht, dass er ein Drache ist – und dass er auf unserer Seite steht?"

„Wir glauben es nicht. Also war Daniel unser Notfallplan." Dann schnitt sie eine Grimasse. „Ein Plan, der nicht vorsah, dass Prinz John mit hundert Mann in Nottingham einmarschiert."

„Mit hundert Mann *und* Marian", murmelte ich bitter.

„Und dann ist da noch die Tatsache, dass Lady Thornton Bess nicht wie versprochen freigelassen hat", fügte Willa hinzu.

„Habt Ihr das nicht kommen sehen?", knurrte ich, obwohl mein Groll auf meine Feinde und nicht meine Freunde gerichtet war.

„Das haben wir, aber Robynne hatte recht", sagte Willa. „Selbst wenn diese *Thornton Schlampe* – Robynnes Worte, nicht meine – Bess und die Kinder freilässt, könnte sie leicht neue Geiseln nehmen. Zumindest hoffte Robynne, Lady Thornton auf diese Weise in falscher Sicherheit wiegen zu können."

Ich ballte meine Hände zu Beinahe-Krallen zusammen. „Marian dachte in dieselbe Richtung, aber ich fürchte, wir haben unsere Feinde unterschätzt."

Alle standen fassungslos da und versuchten, das Ganze zu verdauen.

Dann stürzte ein Adler mit einem Rauschen der Luft und einem durchdringenden Schrei ins Lager. Er umkreiste es zweimal, dann landete er auf der anderen Seite des Feuers. Die Flammen zwischen uns verdeckten die Details, aber ich sah, wie die Luft flimmerte, als der Vogel sich allmählich in einen Mann verwandelte. Die riesigen Flügel waren der letzte Teil, der sich veränderte, und machten den nackten Vogelmann vor uns zu einem beeindruckenden Anblick.

Willa schnitt eine Grimasse und wandte sich ab. „Der Nachteil, wenn man mit einer Gruppe männlicher Gestaltwandler zusammenlebt…"

Als ich das nächste Mal blinzelte, stand nur noch Alan a'Dale vor uns, der seine Arme ausschüttelte und uns mit diesen stechenden, dunklen Augen anschaute.

„Was gibt es Neues, Alan?", fragte John.

Jemand warf ihm einen Mantel zu und er zog ihn an, als er herüberkam. „Ich bin gerade über Nottingham geflogen. Es heißt, dass Robynne morgen hingerichtet werden soll."

Alle wurden vollkommen wehmütig still.

Als Alan fortfuhr, wurden die Nachrichten nur noch düsterer. „Prinz John hat außerdem angekündigt, dass er Marian am Tag danach heiraten wird."

„Am Vorabend des Festes des Heiligen Matthias", murmelte ich.

Alle warteten mit leerem Blick.

„Schutzpatron der Zimmerleute, Schneider und Pockenopfer", fügte ich hinzu. „Matthias hat Judas als einen der Apostel Christi abgelöst."

Jetzt schauten mich alle an, als wäre ich ein Verrückter — oder ein übereifriger Geistlicher. Alle außer Willa, die mich anstarrte. „Ihr meint, so wie Prinz John König Richard ablösen will?“

„Das ist es, was Marian vermutet.“ Ich nickte, dann knurrte ich. „Wenn er sie anrührt, bringe ich ihn um. Ich schwöre, ich werde diesen Mann in Stücke reißen.“

Alle starrten. Dann wurden ihre Blicke weicher und der alte Christopher murmelte wehmütig: „Ach die Liebe.“

Sie alle hatten schnell erkannt, dass ihr örtlicher Mönch in eine Adlige verliebt war, die er wahrscheinlich niemals heiraten würde. Alle außer Robert.

„Verliebt? Wer?“, fragte er und schaute sich um.

Willa verdrehte die Augen. „Vergiss es.“

Die Männer beäugten mich mit Seitenblicken und flüsterten sich gegenseitig ihre Überraschung zu.

Ich starrte ins Feuer, ohne mich darum zu kümmern, dass mein Geheimnis herausgekommen war. Was machte es schon? Ich konnte Marian sowieso niemals haben. Ihr zu helfen, lebend aus dieser Sache herauszukommen, war das Beste, was ich mir erhoffen konnte. Damit sie mit einem anderen Mann ein glückliches Leben führen konnte.

Mein Herz blutete bei dem Gedanken, aber es gab keinen anderen Weg. Und da ich dies nicht mit ansehen könnte...

Ich holte tief Luft. Dann würde ich edel im Kampf sterben.

Um mich herum plapperten die fröhlichen Gesellen und warfen Ideen zur Rettung einer verzweifelten Situation in die Runde. Tatsächlich hätte ich mich genauso überwältigt fühlen müssen, aber eine Ruhe machte sich über mir breit und ließ mir plötzlich alles auf unheimliche Weise klar werden.

Ich konnte es alles vor mir sehen. Ich würde mutig und tapfer kämpfen. Ich würde Marian retten.

Und ich würde sterben.

Alles war so erschreckend einfach und irgendwie tröstlich.

Vielleicht fühlten sich Ritter am Vorabend einer Schlacht genauso.

Dann korrigierte ich mich mit einem kleinen Lächeln. Marian konnte sich selbst retten, aber ich würde die Voraussetzungen dafür schaffen, dass sie sich ihren Weg aus Nottingham herauskämpfen konnte. Ich würde an ihrer Seite kämpfen und wenn der entscheidende Moment kam, würde ich ihn nutzen.

Ich grinste, als mir bewusst wurde, dass dies mein Ass war. Da ich mich entschlossen hatte, zu sterben, hatte ich gegenüber jedem anderen Soldaten auf dem Schlachtfeld einen Vorteil. Ob ein fliegender Pfeil oder ein schwingendes Schwert auf mich zustürmte, ich würde nicht wie ein Mensch denken, der zu überleben hoffte. Ich würde es bereitwillig hinnehmen, solange es das Überleben der Frau sicherte, die ich liebte.

Und hey. Vielleicht würden die fröhlichen Gesellen eines Tages Lieder über mich singen. Vielleicht würde Marian jedes Jahr am Jahrestag des Vorabends des Heiligen Matthias ein paar Tränen vergießen und eine Kerze für mich anzünden.

Ein Kloß bildete sich bei diesem Gedanken in meinem Hals, aber es gehörte wohl zum *tapferen Ritterleben* dazu. Für die verbleibenden achtzehn Stunden meines Lebens – plus oder, was wahrscheinlicher war, minus – konnte ich den frustrierten Mönch beiseiteschieben und mich in dem kühnen, strahlenden Licht aalen, das meine Seele jetzt erfüllte.

„Ähm, Tuck?" Jemand stieß mich an.

Ich blinzelte und sah, wie John mich stillschweigend studierte. Zu still und mit zusammengekniffenen Lippen, die verrieten, dass er wusste, woher meine Ruhe gekommen war.

Dann packte er meinen Arm – fest, wie ein Mann, der ein störrisches Maultier in die entgegengesetzte Richtung zerrte – und murmelte: „Es gibt immer einen Weg."

Wenn er damit Hoffnung meinte, hatte ich reichlich davon. Aber nur für Marian.

„Und das alles beginnt mit einem soliden Plan", fuhr John fort.

Ich nickte fröhlich, denn ich hatte bereits einen.

Er schüttelte leicht den Kopf. „Ein Plan, der von jemandem geschmiedet wurde, der viel, viel klüger ist als Ihr oder ich."

Darüber runzelte ich die Stirn, denn Robynne war nicht hier, um uns zu beraten. Genauso wenig wie Marian.

John wackelte mit den Augenbrauen und ließ seinen Blick zu Willa gleiten.

Genau in diesem Moment hob sie die Hände und rief: „Ruhe, Leute! Ich denke nach.“

Die Männer wurden still. Und als Robert sich nach einer Minute am Kopf kratzte und etwas murmelte, stießen ihn die anderen Männer mit den Ellbogen an.

„Leise! Sie denkt nach!“

Sogar die Hunde beugten sich vor und beobachteten, wie Willa langsam und dann immer schneller eine Skizze auf den Boden kitzelte. Und noch schneller, bis wir die Aufregung praktisch in der Luft greifen und hätten festhalten können.

Selbst dann hielt Willa ihren Kopf gesenkt und den Stock in ständiger Bewegung. Nosewise saß zu ihren Füßen und sabberte in ehrfürchtigem Schweigen.

Erst viele Minuten später trat Willa einen Schritt zurück, betrachtete die Skizze und nickte vor sich hin. Dann holte sie tief Luft und forderte alle auf, näherzukommen.

„Also gut, Leute. Hier ist der Plan. Hört genau zu.“

Das taten wir, und eines musste ich ihr lassen. Es war brillant.

Schritt für Schritt arbeitete sie sich vor, als ob sie durch die Zeit blickte und eine Geschichte rückwärts erzählte.

„Um Robynne zu befreien, müssen wir dies tun... und dafür müssen wir zuerst das hier vorbereiten...“ Willas Stimme hob und senkte sich.

Noch nie zuvor hatten die fröhlichen Gesellen so aufmerksam zugehört.

Sie sprach noch eine Weile so weiter, dann holte sie tief Luft und beendete ihre Ausführungen.

„Und damit all das geschehen kann, müssen wir mit einer Sache beginnen. Mit dem Chor von Winslow Abbey.“

Meine Hoffnungen sanken wie ein Stein und ich hob traurig eine Hand. „Es gibt nur einen Haken. Es gibt keinen Chor in Winslow Abbey.“

Willa zuckte nicht einmal mit der Wimper. Sie grinste nur. „Jetzt schon. Oder zumindest wird es einen geben.“

Kapitel 19

MARIAN

„Gut geschlafen, meine Braut?“, fragte Prinz John durch die Gitterstäbe meiner Zelle.

Ich schenkte ihm ein sonniges Lächeln. „Tatsächlich habe ich das. So viele glückliche Träume.“ Ich ließ einen Herzschlag verstreichen, bevor ich mit der Pointe fortfuhr. „Ich habe tausend verschiedene Versionen Eures Todes erträumt.“ Ich streckte meine Arme und gähnte übertrieben. „Die Art von Träumen, die man so sehr genießt, dass man nie will, dass sie enden. Und wenn man sich vor Augen führt, wie Träume in das wirkliche Leben überschwappen können... Alles in allem eine wunderschöne Art, den Tag zu beginnen.“

Seine dunklen Augen blitzten auf. „Passt auf, was Ihr zu Eurem zukünftigen König sagt.“

Ich klimperte mit den Wimpern. „Ihr meint unseren lieben Richard, wenn er zurückkommt?“

Ich schwöre, der Prinz wäre mir an die Gurgel gegangen, sobald eine Wache die Zellentür geöffnet hätte. Glücklicherweise stellte sich Lady Winthrop jedoch zuerst zwischen uns.

„Ah, Ihr seid es wieder. Guten Morgen.“ Sie lächelte den Prinzen an, als wäre es ein ganz normaler Tag, dann winkte sie dem Wächter zu. „Zwei Tee bitte, einen mit einem Schuss Milch, einen ohne.“

Was Prinz John nur noch mehr verärgerte.

„Es wird keinen Tee geben! Es ist Zeit für eine Hinrichtung.“ Er beugte sich vor und hauchte mir seinen Knoblauchatem ins Gesicht. „Und keine Tricks. Ich werde Euch genau beobachten und meine Leibwächter auch. Beim kleinsten Anzeichen von Ärger werden wir diese Kinder töten."

Das ultimative Druckmittel, und er wusste es. Bess und ihre Kinder waren irgendwo in der Nähe eingesperrt und ich hatte sie die ganze Nacht schluchzen gehört. Alle außer ihren ältesten, Tom, dessen Bemühungen, seine Mutter aufzumuntern, mir das Herz brachen.

„Alles wird gut, Mummy. Ein tapferer Ritter wird uns retten."

Ich schluckte und dachte an Tuck. Hatte Snow ihn gefunden? Hatte er die fröhlichen Gesellen erreicht? War alles verloren oder hatte Tom recht?

Meine Finger juckten und ich war versucht, Prinz John auf der Stelle zu erstechen. Ich hatte mehrere Klingen in meinem Kleid versteckt, also wäre der Teil mit dem Messer ein Kinderspiel. Aber damit wäre nur eine Gefahr gebannt und Lady Thornton hätte die Möglichkeit, Robynne und die Geiseln zu töten.

Lady Winthrop und ich hatten am Vorabend alle Möglichkeiten durchgesprochen und sie hatte recht. Unsere beste Hoffnung bestand darin, einen koordinierten Angriff im Freien zu starten, wo unschuldige wie Bess eine bessere Chance hatten, zu fliehen.

Koordiniert bedeutete, ich, Lady Winthrop, Tuck, der Sheriff und die fröhlichen Gesellen. Der Haken war, dass wir von keinem von ihnen etwas gesehen oder gehört hatten. Unser Überleben erforderte also eine ganze Menge Improvisation.

„Genau wie in der Schlacht von Montgisard." Lady Winthrop tätschelte meine Hand, als wir durch einen Gang geschoben wurden.

Zu meinem Entsetzen wurden wir schnell getrennt. Lady Winthrop wurde einen Korridor hinuntergeführt, während ich in die Richtung eines großen Balkons gestoßen wurde.

„Lächelt, Darling", knurrte der Prinz. „Und vergesst nicht, dass diese drei jede Eurer Bewegungen beobachten werden."

Er deutete auf die riesigen Wachen, die im Schatten lauerten und ihre Messer bereithielten.

Damit stieß er mich auf den Balkon hinaus, um die Öffentlichkeit zu begrüßen.

„Winkt, meine Königin", grunzte er durch sein falsches Lächeln.

Ich behielt meine Hände an den Seiten und meine Miene war so düster wie den ganzen Morgen schon. Auf gar keinen Fall würde ich dieser Schlange meine Unterstützung zeigen.

Die Menge schien eine ähnliche Strategie gewählt zu haben. Anstatt dem Prinz mit einem Jubelschrei zu begegnen, warfen sie ihm finstere Blicke zu und grunzten geplagt.

„Hmmm. Euer anbetendes Publikum ist gar nicht so anbetend. Ich frage mich, woran das wohl liegen mag?", murmelte ich.

Prinz John versuchte es mit einem erneuten Lächeln, aber das Ergebnis waren eher gefletschte Zähne als eine Freude, hier zu sein.

„Sie wissen einfach nicht, was das Beste für sie ist."

Ich schnaubte. „Oh, ich glaube schon. Und sie erkennen Gift, wenn sie es sehen."

Hunderte von Menschen drängten sich auf dem Marktplatz und starrten auch auf den Balkon, auf dem der Prinz und ich standen. Es widerte mich an, wenn ich daran dachte, in Zukunft so vorgeführt zu werden.

Also bringen wir es heute zu Ende, schwor sich meine Einhornseite. *Koste es, was es wolle.*

Aber wie? Ich schaute hinunter, als Bess und ihre Kinder nicht weit unter mir und zu meiner linken in eine flache Wanne geschoben wurden – eine Wanne, wie sie von Gerbern zur Behandlung von Leder verwendet wurde. Doch anstatt einer Brandkalklösung war die Wanne mit einem Zoll Öl gefüllt, das spritzte und schwappte, als Bess hineingestoßen wurde und sich an ihre beiden Jüngsten klammerte.

Sechs Yards über ihr stand Lady Thornton auf einem breiten Teil der Schlossmauer, der als zweiter Balkon diente, mit einer brennenden Fackel. Sie brauchte sie nur fallenzulassen und Bess und ihre Familie würde bei lebendigem Leibe verbrannt.

Aber das war nur ihre zweite kranke Versicherungspolice.

„Nein! Bitte!“, schrie Bess, als einer von Lady Thorntons Männern Tom vor aller Augen eine Außentreppe hinaufzerrte. Auf halber Höhe, wo Lady Thornton auf der Mauer stand, blieb der Wachmann stehen und hielt dem Jungen ein Messer an die Kehle.

Der Sheriff stand steif an Lady Thorntons Seite und sie drehte sich zu ihm um und klimperte mit den Wimpern.

Sobald etwas Verdächtiges passiert, werden sie sterben, sagte Lady Thorntons schadenfroher Gesichtsausdruck.

Ich ballte meine Hände so fest zu Fäusten, dass meine Fingerknöchel aus der Haut zu reißen drohten. Und was den Sheriff betraf… Noch nie hatte ich einen Drachen gesehen, der so nah unter der Oberfläche wütete, ohne tatsächlich auszubrechen. Er zitterte förmlich vor Anstrengung, um Lady Thornton nicht zu erdrosseln. Gut, dass sie sich abgewandt hatte, um mit ihren Wachen zu sprechen.

Er ist ein Drachengestaltwandler. Ich habe keine Ahnung, was Robynne an ihm findet, aber sie sind ein heimliches Paar, hatte Tuck mir erzählt. *Wie dem auch sei, er steht auf unserer Seite,* hatte er widerwillig hinzugefügt.

Das machte ihn zu unserem Ass, aber ihm waren die Hände genauso gebunden wie mir – zumindest im übertragenen Sinne.

Eine Trompete schmetterte und jeder Kopf drehte sich, als Robynne Hood auf einem knarrenden Wagen auf den Platz gebracht wurde.

„Robynne Hood! Robynne Hood!“, riefen die Leute, murmelten und jammerten.

„Es ist ziemlich klar, auf wessen Seite sie stehen“, murmelte ich dem Prinzen zu.

Er zuckte mit den Schultern. „Es spielt keine Rolle, was sie denken, wollen oder brauchen. Sie stirbt heute. Auf die eine oder andere Art.“

Er deutete auf den Galgen, der am anderen Ende des Platzes errichtet worden war, und dann auf eine Gruppe von fünf Bogenschützen auf einem Mauerstück in der Nähe. Alle hatten ihre Pfeile am Anschlag und zielten auf Robynne.

„Eine Versicherung“, sagte der Prinz schadenfroh. „Für den Fall, dass ihre fröhlichen Gesellen etwas versuchen.“

Ich schaute hoffnungslos in die Richtung von Lady Winthrop, die zum Sheriff gebracht worden war. Der Prinz und Lady Thornton hatten an alles gedacht, wie es schien. Egal, was wir versuchten, der Tod war unausweichlich. Zumindest für Robynne und alle anderen, die sich den Plänen dieses bösen Duos in den Weg stellten.

„Ihr widert mich an", murmelte ich, aber der Prinz lachte nur.

„Oh, ich kann unsere Hochzeitsnacht kaum erwarten."

Ich presste meine Lippen zu einer strengen, festen Linie zusammen. Wenn es mir nicht gelang, ihn heute zu töten, würde ich es dann tun. Mein einziges Bedauern wäre, dass ich ihn nicht zweimal töten könnte.

„Robynne!", jammerten die Frauen, als ihre Heldin zum Galgen geführt wurde.

Ihr Schritt war locker und leicht, doch ihre Miene war ernst.

„Mutig, nicht wahr?", murmelte jemand in der Menge.

Der Prinz verzog das Gesicht. „Ich hätte nie gedacht, dass Robin Hood eine Frau sein könnte", murmelte ein Mann in der Menge.

Ich verdrehte die Augen. Natürlich hatte er das nicht.

Der Burgvogt schlug mit einem schweren Stab auf die hölzerne Plattform des Galgens und rief alle zur Ordnung.

„Hört her, hört her. An diesem Tag unseres Herrn, dem dreiundzwanzigsten Februar, 1194... "

Die Anwesenden lauschten angestrengt über die Geräusche einiger Nachzügler hinweg – eine Gruppe von verhüllten Männern zu Pferde. Zweifellos Anhänger von Prinz John, die sich das Spektakel ansehen wollten. Ich warf ihnen einen bösen Blick zu.

Währenddessen sprach der Burgvogt weiter:

„... der ehrenwerte John, Prinz von Britannien, Lord von Irland und Graf von Poitou... "

„Jeder Titel außer König", bemerkte ich trocken.

„Bald", murmelte der Prinz. „Sehr, sehr bald."

„... Seine Exzellenz der Prinz hat das folgende Urteil für den Gesetzlosen, Robin Hood, verkündet. Er – ähm, sie... "

Die Hälfte der Frauen in der Menge verdrehte die Augen.

„… soll gehängt werden, bis sie tot ist, und ihr Körper soll drei Tage lang hängen bleiben, um diejenigen zu warnen, die ihre heimtückischen Verbrechen nachahmen könnten. Danach soll sie gestreckt und geviertelt und dann ins Feuer geworfen werden. Möge Gott ihrer Seele gnädig sein."

Das Publikum schnappte nach Luft und viele bekreuzigten sich. Robynne runzelte nicht einmal die Stirn. Sie schaute einfach zu Bess und den Kindern, dann zum Sheriff. Ich war taub für die Gedanken, die sie austauschten, aber es war leicht, sich vorzustellen, wie sie ihm sagte: *Das ist es nicht wert. Wir dürfen die Kinder nicht gefährden.*

Ich tastete nach dem Messer in meinem Ärmel. Wenn ich den Prinzen jetzt niederstreckte, würde das vielleicht alle überraschen und Lady Thorntons Notfallpläne durchkreuzen.

Aber ich konnte sehen, wie ihre Finger die Fackel aufmerksam umklammerten, und dem Wachmann mit dem Messer an Toms Kehle juckte es ebenfalls in den Fingern zu handeln.

Prinz John machte eine große Geste und rief in die Menge: „Volk von Nottingham, merkt euch diesen Tag. Lasst die Nachricht in meinem Land verbreiten und lasst diese Verbrecherin eine Lektion für alle meine Untertanen sein."

Robynne schnaubte und rief mit sicherer, fester Stimme zurück.

„Ah, aber dies ist weder Euer Land noch Euer Volk. Sie gehören dem König."

Ein Aufschrei der Zustimmung ging durch die Menge, doch der Prinz grinste nur.

„Der König? Der König dient seinem Volke nicht. Er ließ es für die Kreuzzüge im Stich, nur um für seine Torheit gefangen genommen zu werden. Wie soll das seinem Volke dienen?"

Ein wütendes Gemurmel ging durch die Menge, aber sie verstummten, um Robynnes Antwort zu hören.

„In der Tat, der König hat sein Volk vernachlässigt. Aber wir sollten ihn nicht in seiner Abwesenheit verurteilen. Lasst uns Euch beurteilen, Prinz. Was habt *Ihr* getan, um dem Volk zu dienen? Nichts. Im Gegenteil, Ihr erhebt erdrückende Steuern. Ihr lasst zu, dass Banden in Eurem Namen das Volk terrorisieren, während sich die Gesetzlosigkeit ausbreitet."

Der Prinz lachte. „Ihr, eine Räuberin, nennst mich gesetzlos?"

Sie nickte entschlossen. „Ja, denn wir dienen dem Volk im Namen unseres rechtmäßigen Königs Richard. Ja, wir nehmen von den Reichen – aber wir geben den Armen oder wir sparen für das Lösegeld seiner Majestät. Wie viel habt *Ihr* bereits gesammelt?"

Johlen brach aus, als Prinz John zauderte.

„Ich bedaure nur, dass ich den Tag nicht mehr erleben werde, an dem unser König zurückkehrt und Gerechtigkeit geübt wird." Damit wandte sich Robynne an die Menge. „Wer ist der Verbrecher hier und wer ist derjenige, der euch dient? Nicht er, sage ich. Nicht Ihr, Prinz."

Ein alter Mann zeigte auf den Prinzen. „Nicht Ihr. Nicht Ihr."

Eine Gruppe junger Männer stimmte mit ein und bald dröhnte der Ruf über den Platz und wurde von Fingern, die in die Luft zeigten, unterstrichen.

„Nicht Ihr! Nicht Ihr!"

Je mehr Stimmen sich dem Ruf anschlossen, desto beängstigender wurde es. Prinz John wich zurück.

Jeder Mann, jede Frau und jedes Kind in der Menge stimmte mit ein, so dass die spät eingetroffenen Kriegspferde ihre Köpfe zurückwarfen und mit den Hufen scharrten.

Ha. Sollen die Männer des Prinzen den Zorn des Volkes spüren. Sie sollen die Zukunft sehen, die sie erwartete.

In meinem Herzen schwoll Hoffnung an. Wenn die Menge unruhig genug wurde, hatte Robynne vielleicht eine Chance zu entkommen. Bess und ihre Kinder auch. Vielleicht sogar ich.

Aber Lady Thornton, verdammt soll sie sein, musste dies erwartet haben. Mit einem Fingerschnippen entzündete einer ihrer Bogenschützen einen Pfeil an ihrer Fackel und ließ ihn über die Köpfe der Menge hinwegfliegen. Mit einem harten Aufprall vergrub er sich im Rahmen des Galgens direkt neben Robynne, die nicht einmal mit der Wimper zuckte.

Und wieder einmal wünschte ich mir sehnlichst, ich hätte die Gelegenheit gehabt, sie kennenzulernen. Sicherlich wäre sie, so wie Willa auch, eine Frau, mit der ich mich identifizieren konnte.

Der lodernde Pfeil ließ die Menge verstummen, so dass Lady Thorntons Stimme eine Lücke füllen konnte.

„Hübsche Worte von einer Kriminellen, die den Anschein erweckt, als hättet ihr, Bürger von Nottingham, ein Mitspracherecht in dieser Angelegenheit. Das habt ihr aber nicht. Ihr habt nur eine Wahl, eurem Regenten zu gehorchen oder zu sterben."

Prinz John runzelte die Stirn, als wollte er sich beschweren, *Das wollte ich selbst gerade sagen.*

Ich beugte mich vor und zischte ihm zu: „Findet Ihr sie nervig? Wartet nur, bis zu dem Tag, an dem sie Euch die Kehle aufschlitzt."

Eine Wache stieß mir ein Messer gegen den Rücken, aber ich hielt meinen verächtlichen Blick aufrecht. Selbst wenn ich heute bei allem anderen versagte, konnte ich wenigstens diese beiden grausamen Verbündeten gegeneinander aufwiegeln.

Lady Thornton nickte einem ihrer Männer zu, der das Messer näher an die Kehle des jungen Tom führte.

Bess schrie: „Nein! Ich flehe Euch an! Nein!"

Lady Thornton streckte dem Prinzen ihr Kinn entgegen und ihre Augen funkelten mit einer klaren Botschaft. *Beeilt Euch und gebt das Signal, Ihr Narr. Es ist an der Zeit, das hier zu beenden.*

Ich legte meine Hand auf die des Prinzen und drückte sie mit dem ersten freiwilligen Kontakt an den Balkon. Jede Verzögerung, die ich verursachte, gab der Menge die Möglichkeit, zu rebellieren.

Er versuchte, sie wegzuziehen, aber ich blieb standhaft. So fest, dass er mich anstarrte, während er hilflos daran zerrte.

„Was ist das? Hexenwerk?"

Ich gluckste trocken. „Nein, nur die Kraft einer Frau, die alles tun wird, um Euch aufzuhalten."

Eine Notlüge, denn ein Großteil der Kraft, die mich in diesem Moment durchströmte, stammte von dem Ring, der mir fast den Finger verbrannte. Der Ring von Aquitanien, ein Geschenk des Königs selbst.

Er ist ein Familienerbstück und das Lieblingsstück meiner Mutter, hatte er damals gesagt. *Möge er dir und diesem Land gute Dienste leisten.*

Ich hatte mich unbeschreiblich geehrt gefühlt, denn die Mutter des Königs war Eleanor von Aquitanien, zu ihrer Zeit eine Legende. Prinz John war ebenfalls ihr Sohn, aber ich konnte mir nicht vorstellen, dass sie mit seinem Führungsstil einverstanden war.

„Überrascht es Euch, dass eine Frau eine solche Macht ausüben kann?" Ich grinste.

Das Gesicht des Prinzen wurde so rot vor Wut, dass ich dachte, er würde mich mit seiner freien Hand schlagen. Leider fand er eine bessere Verwendung dafür und gab dem Henker das Zeichen, fortzufahren.

Es lief mir kalt den Rücken hinunter, denn dies war das Ende.

Gott sei Dank, ertönte zuerst eine schrille Stimme.

„Wartet! Wartet!"

Die Menge murmelte und schaute in die Richtung des Verursachers. Ein dünner, blasser Mönch in einer braunen Kutte – einer von einem Dutzend Männern, die unterhalb der Mauer standen, wo Lady Thornton, der Sheriff und Lady Winthrop platziert waren.

„Und wer seid Ihr?", donnerte Prinz John.

Der Mann warf seine Kapuze zurück und machte eine kleine Verbeugung. „Bruder Cyril, zu Euren Diensten. Bevor Ihr fortfahrt, müssen wir für diese arme, missratene Seele beten."

Ich starrte ihn an. Cyril, der Mönch mit den unanständigen Zeichnungen?

Seine Gruppe bestand aus zehn ebenso blassen, dürren Mönchen und zwei großen, stämmigen. Mein Mund klappte auf und mein Herz machte einen Sprung.

Tuck? Und John, der Bärengestaltwandler? Bei diesen tiefen, schweren Kapuzen, die ihre Gesichter verbargen, war es unmöglich, sicher zu sein.

„Und wer ist *wir*?", rief Prinz John ungeduldig.

Cyril grinste und deutete auf seine Begleiter. „Nur ich und ein paar wenige meiner geistlichen Kollegen. Und in aller Bescheidenheit, Sir, kann ich Euch versichern, dass wir der beste Chor von Winslow Abbey sind."

174

Kapitel 20

TUCK

Ich korrigierte Cyrils Worte mit einem Flüstern zu John: „Der *einzige* Chor von Winslow Abbey.“

„Psst!“, zischte der große Bärengestaltwandler.

Die Narben an seiner Hand färbten sich weiß, da er den in seiner Kutte versteckten Kampfstab umklammerte.

Ich konnte es nicht riskieren, meinen Kopf zu heben, um Marian auf dem Balkon zu sehen, aber ich hob meinen Blick. Und da stand sie gerade noch sichtbar hinter dem Rand meiner Kapuze.

Meine Gefährtin, seufzte mein Löwe.

Sie sah genauso kämpferisch und trotzig aus wie in der ersten Nacht, als ich sie in der Bibliothek überrascht hatte.

Mein Herz klopfte. War das wirklich erst so kurze Zeit her? Nun, es hatte gereicht. Allein diese ersten Momente in ihrer Gegenwart hatten mein Leben für immer verändert. Und nach allem, was wir zusammen erlebt hatten...

Mein innerer Löwe schnippte mit dem Schwanz und mein Körper erwärmte sich. Meine Bestie knurrte bei ihrem Anblick, als sie die Hand des Prinzen ergriff, aber ich wusste, dass sie keine Wahl hatte. Der Art und Weise nach zu urteilen, wie sich ihr rechter Ärmel ausbeulte, hatte sie auch ein Messer parat.

Trotz allem grinste ich und sandte ihr eine Nachricht in den Kopf.

Ich weiß, dass du nicht auf einen dahergelaufenen Mann wartest, der dich rettet, und ich bin sicher, dass du einen brillanten Plan ausgeheckt hast. Aber meine Freunde und ich würden uns der Sache gern anschließen, wenn es dir nichts ausmacht. Ohne Bedingungen.

Ihre Erleichterung war hörbar.

Plan? Schön wäre es. Ich improvisiere nur. Was das Helfen angeht, ja bitte! Außerdem fange ich an, meine Meinung über Bedingungen zu ändern – solange sie von dir gestellt werden.

Ich brannte darauf, dass der Prinz seine gerechte Strafe bekam – aber die Frage war, wie würden wir die zahlreichen Vorsichtsmaßnahmen überlisten, die er und Lady Thornton in petto hatten? Wir brauchten etwas, um sie aus dem Konzept zu bringen – irgendwie. Selbst etwas Winziges.

Zu riskant, sagte ich zu Marian, als ich spürte, wie sie sich darauf vorbereitete, ihr Messer zu ziehen.

Jede Möglichkeit ist riskant, schoss sie zurück.

Das stimmte. Besonders jetzt, da der erste Teil unseres Plans fehlgeschlagen war. Alan sollte hereinfliegen und einen Angriff starten. Aber er war nirgends zu sehen.

Trotz der Kälte dieses Wintertages brach mir der Schweiß aus. Der Chor war am Ende seiner Hymne angelangt und Alan war immer noch nicht in Sicht. John bewegte seine Lippen zur Melodie, aber selbst er sah aus, als würde er gleich explodieren.

Wo zum Teufel ist er? ereiferte sich der Bärengestaltwandler.

Ich suchte den Himmel ab. Unser ganzer Plan hing davon ab, dass Alan ein Ablenkungsmanöver startete – und zwar jetzt.

Sobald der Gesang aufhört, werde ich angreifen und Bess befreien, murmelte John.

Ich schüttelte den Kopf. *Selbst du kannst nicht schneller als eine heruntergefallene Fackel sein. Und dieser Wachmann wird Tom die Kehle aufschlitzen.*

Marian und der Prinz standen auf einem Balkon, der gut zehn Yards von uns entfernt war. Nicht ganz so weit oben besetzten der Sheriff, Lady Thornton und Lady Winthrop einen breiteren Teil der Brüstungsmauer, der über eine Treppe mit dem Erdgeschoss verbunden war, wo der junge Tom festgehalten wurde.

Wir waren nicht in der Lage gewesen, Robynne oder dem Sheriff unsere Pläne mitzuteilen, aber ich konnte sehen, dass er sich kaum mehr zurückhalten konnte. Irgendetwas musste passieren, und zwar bald.

„A-men." Der Chor sang seinen letzten Ton und hielt ihn.

...und hielt ihn und hielt ihn, denn dies war Alans Stichwort.

Aber Alan war nirgends zu sehen.

Ich verlagerte mein Gewicht von einem Fuß auf den anderen, bereit, mich in meine Löwengestalt zu verwandeln.

„...nnnnnn." Cyril zog den letzten Ton in die Länge und wurde rot. Einer nach dem anderen verstummten die Sänger und schnappten nach Luft. Cyril sang tapfer weiter, aber auch er wurde immer schwächer.

Immer noch kein Alan. Meine Finger zuckten, bereit, sich in Krallen zu verwandeln. Als die Hymne endgültig verklungen war, gab Lady Thornton dem Prinzen ein Zeichen, die Sache voranzutreiben. Er öffnete den Mund, um einen Befehl zu rufen, und...

Auf der Mauer hob Lady Winthrop eine Hand an ihre Stirn und ließ ihre Augenlider flattern. „Ach du meine Güte. Ich glaube, ich werde ohnmächtig."

In einem Moment schwankte sie noch auf der Stelle und im nächsten stürzte sie die Treppe hinunter.

„Lady Winthrop!", schrie Marian aufrichtig verängstigt.

Ich starrte mit offenem Mund. Lady Winthrop ließ es gut aussehen, aber dies war definitiv ein geübter Sturz, denn bei einer Ohnmacht rollte man nicht die ganze Treppe hinunter. Als Kinder hatten meine Brüder und ich alle möglichen dramatischen Kämpfe inszeniert und wir hatten den Treppensturzwitz bis zum Überdruss ausgereizt.

Meine arme Mutter. Sie ist jedes Mal darauf reingefallen.

Ein wenig wie die Menschenmenge auf dem Platz – und vor allem wie der Soldat, der dem jungen Tom ein Messer an die Kehle hielt. Lady Winthrop rollte an Tom vorbei und direkt auf den Soldaten zu, der dadurch von der Treppe gestoßen wurde.

„Los! Los!" Ich stieß John an.

„Oh je." Lady Winthrop erhob sich von dem stöhnenden Soldaten. „Ihr seid doch nicht verletzt, oder?"

Ha. Ich hatte gesehen, wie sie ihm den Ellbogen in die Leiste gestoßen hatte, nachdem er ihren Sturz abgefangen hatte.

Nicht dass ich Zeit gehabt hätte, ihre Arbeit zu bewundern. Unser Plan war soeben angelaufen und ich hatte zu tun.

Soldaten stürmten vor, aber John und ich sprangen die Treppe hinauf und stießen sie aus dem Weg. In dem Moment, in dem wir hinter der Stirnseite der Brüstung versteckt waren, ließen wir uns auf alle viere fallen und verwandelten uns. Normalerweise dauerte dieser Vorgang einige schmerzhafte Sekunden, in denen die Haut einem Fell wich, die Knochen eine neue Anordnung annahmen, und die Zähne sich zu Reißzähnen verlängerten. Und normalerweise hielt ich inne, um meine Mähne ordentlich auszuschütteln. Aber dafür war jetzt keine Zeit. Innerhalb eines Atemzugs rannte ich nicht mehr aufrecht, sondern sprintete auf allen vieren, gefolgt von einem langen Schwanz mit Haarbüschel am Ende.

Während ich nach links zu Lady Thornton rannte, stürzte sich John in Bärengestalt an der Mauer entlang in die entgegengesetzte Richtung auf die Bogenschützen zu. Die ersten beiden richteten ihre Bögen auf ihn, aber ihre Schüsse gingen daneben. Einen Herzschlag später ertönten Schreie, als John sie niedermähte.

Also, puh. Damit war eine Ebene von Prinz Johns Notfallplänen beseitigt.

Ich rannte weiter und verfluchte jeden Zoll, der mich von Marian auf diesem zu weit entfernten, zu hohen Balkon trennte. Ich verfluchte auch die Wachen – die, die aus dem Schatten gesprungen waren und sie gepackt hatten, als sie ein Messer gegen Prinz John zog.

„Marian!" Ich brüllte – buchstäblich.

Aber der Prinz brüllte gleichzeitig. „Bogenschützen! Bereitmachen!"

Drei Männer erschienen auf dem höchsten Turm des Schlosses und zielten auf Robynne. Noch ein Ausweichplan?

Willa! bellte John.

Seine Gefährtin war an den Galgen gesprungen und stieß den Henker zur Seite. Dann zog sie ein Messer heraus und fing an, an Robynnes Fesseln zu sägen.

Alles lief nach Plan, nur dass die Bogenschützen bis dahin ausgeschaltet sein sollten. Jetzt waren beide Frauen den Schützen oben auf dem Turm völlig ausgeliefert.

„Nein!", rief jemand in der Menge, der die neue Gefahr erkannte.

Andere Umstehende zeigten auf die Bogenschützen, während einige den Henker angriffen, bevor er auf seinen Posten zurückkehren konnte.

„Schießen! Tötet sie beide!", rief der Prinz und deutete auf Robynne und Willa.

John begann in ihre Richtung zu sprinten, aber ein Bär konnte auf keinen Fall einen Pfeil einholen.

Ein Drache hingegen...

Der Sheriff sprang an den Rand der Mauer und hob die Arme. Die Menge brach in verwirrtes Gemurmel aus, dann in Schreie, als sich seine Arme streckten und in Flügel verwandelten. Auch sein Gesicht dehnte sich, bis die menschlichen Züge der Schnauze eines Drachen wichen.

Ein sehr wütender, sehr gefährlicher Drache, der sich mit kräftigen Flügelschlägen in die Luft erhob.

Ich war mir nicht sicher, ob ich jubeln oder verzweifeln sollte. Die Enthüllung unserer Gestaltwandlerseiten war eine allerletzte verzweifelte Maßnahme. Aber die Dinge konnten kaum verzweifelter werden als jetzt.

Die Menge schrie und duckte sich. Einige wenige rannten, aber die meisten waren wie gebannt vom Anblick eines mächtigen Drachen, der über ihre Köpfe flog. Hüte flogen, Mäntel peitschten und Haare wurden von jedem kräftigen Flügelschlag zerzaust.

Natürlich war *Sturzflug* nicht das beste Wort für die kurze Strecke, die der Drache zurücklegte – für ein so großes und mächtiges Geschöpf war dies eher ein *Hüpfer* –, aber für die Menschen, die ihn beobachten, hätte er genauso gut durch die Luft *schweben* können. Diejenigen, die dem Galgen am nächsten waren, schrien und rannten in Deckung, als der Drache sich näherte und eine freie Fläche auf dem überfüllten Platz schuf. Er landete dort, breitete seine Flügel als Schutzschild für Robynne und Willa aus und wirbelte dann herum, um die Bogenschützen ins Visier zu nehmen.

Wagt es zu schießen, sagte sein Brüllen unterstützt von langen Feuerschwaden. *Wagt es, mich noch wütender zu machen.*

Ich war zu sehr damit beschäftigt, zu Marian zu eilen, um aufzublicken, aber ein Pfeil prallte neben mir vom Mauerwerk ab. Er war nicht geschossen worden, sondern nur fallengelassen. Also ja – die Bogenschützen waren völlig verängstigt.

Ein Adler bombardierte sie im Sturzflug – Alan, der endlich zu Hilfe kam.

Alles gute Nachrichten, aber zwei Ziele blieben weiterhin ungeschützt: Marian und Bess' Familie. Letztere kauerte immer noch unter Lady Thornton und der brennenden Fackel.

Ich war nur noch wenige Schritte von dieser Verrückten entfernt und sprintete. Sie wirbelte herum und hielt die Fackel über die wimmernde Familie von Bess.

„Stehen bleiben oder sie verbrennen bei lebendigem Leib!", schrie sie.

Ich blieb nicht stehen. Das konnte ich nicht. Jeder von uns hatte seine Aufgabe und meine war es, Marian zu befreien. Darauf musste ich mich konzentrieren. Ich musste darauf vertrauen, dass die anderen ihre Aufgaben erfüllten.

Aber, verdammt. Es ängstigte mich zu Tode, denn Bess' Schicksal lag in den Händen unseres schwächsten Glieds.

Ich brüllte und stürzte mich auf Lady Thornton. Sie riss die Augen vor Schreck weit auf und ihre Stimme verwandelte sich in ein rachsüchtiges Heulen.

„Wenn ich sterbe, sterben sie", schrie sie und ließ die Fackel fallen.

Ich zuckte zusammen, als sie über den Rand der Mauer verschwand, und breitete mich mental auf den Ausbruch von gequälten Schreien vor. Aber es kamen keine. Selbst Lady Thornton schaute zweimal über die Mauer.

Bess hockte mit den Händen über dem Kopf und ihren Kindern eng an sich gezogen. Die Fackel fiel und hinterließ einen roten Streifen in der Luft. Ich war auf das *Zisch* und den Hitzeschwall gefasst, der dem Aufprall der Fackel auf das Öl folgen würde.

Doch im letztmöglichen Moment streckte ein Mann eine Hand aus, fing die Fackel auf und warf sie sicher zur Seite.

„Nein!", schrie Lady Thornton.

Robert blickte mit einem frechen Grinsen auf. „Doch." Dann sprang er an Bess' Seite. „Holen wir Euch hier heraus, ja?"

Ah, der gute alte Robert, charmant wie immer.

All dies geschah im Zeitraum von zwei Herzschlägen, während ich mich auf Lady Thornton stürzte. Und dann, *bumm!* Ich prallte mit gefletschten Zähnen gegen sie.

Mach sie fertig, knurrte mein Löwe und zielte auf ihre Gurgel.

Aber etwas schnitt in meine Rippen und mein Brüllen endete in einem Würgen. Ich starrte auf das Blut, das aus meinem Bauch sickerte, und fluchte.

Ah, Lady Thornton, hinterhältig wie immer. Jetzt wusste ich, warum sie sich nicht in ihre Wolfsgestalt verwandelt hatte. Sie brauchte ihre Hände für das Messer.

Nun gut. Ich hatte den Tod bereits als unausweichlich akzeptiert, nicht wahr? Solange Marian überlebte.

Außer, oh. Vielleicht hatte ich Glück, denn die Wunde war nicht so tief, wie ich befürchtet hatte. Also, ja. Ein Glücksfall – endlich.

Ich fletschte meine Zähne für einen zweiten Angriff. Einen, den ich nicht verfehlen würde. Ich sprang auf Lady Thornton zu und griff sie mit Klauen und Reißzähnen an. Als sie nach hinten stolperte, flimmerte die Luft und signalisierte ihre bevorstehende Verwandlung. Doch sie krümmte sich abrupt und schrie – eine Reaktion, die so unbeholfen und unpassend war, dass ich mir sicher war, dass es sich um einen Trick handeln musste.

„Lady Thornton", keuchte der Wachmann hinter ihr.

Sie fiel aufgespießt von der Waffe eines ihrer eigenen Männer. Ein passendes Ende, dachte ich.

Ihr Blick fiel auf die Schwertspitze, die aus ihrer Brust ragte, während sie mit den Händen nach dem Rest krallte, der bis zum Anschlag in ihrem Rücken steckte.

„Ihr Narr", zischte sie, kratzte über das Mauerwerk und schnappte nach Luft.

Ich zuckte angesichts meiner Wunde zusammen und nahm dann Anlauf, um auf den Balkon zu springen, auf dem Marian und der Prinz standen. So befriedigend es auch sein würde, Lady Thornton sterben zu sehen, ich hatte keine Zeit. Nicht wenn das Leben meiner Gefährtin auf dem Spiel stand.

Einen Moment lang flog ich anmutig durch die Luft. Dann, *krach!* Ich knallte gegen die Seite des Balkons und konnte mich gerade noch mit den Krallen an der Oberkante festhalten. Mit einem Grunzen hievte ich mich nach oben und stürzte nach innen.

„Tuck!", rief Marian nicht in einem *Ich freue mich, dich zu sehen*-Ton, sondern vielmehr in einem *Pass auf*-Tonfall. Also tat ich es.

Der nächste Wachmann stürzte sich auf mich, aber Marian trat ihn zur Seite. Ein weiterer Wächter schleppte sich aus einer Messerwunde blutend ins Innere.

Die gute alte Marian. Kämpferisch und fähig wie immer.

Sie kämpfte mit einem dritten Wächter und gewann schnell die Oberhand. Ansonsten war der Balkon leer. Ich wirbelte herum und war verwirrt. Wo war der Prinz?

„Drinnen! Er flieht!", rief Marian, die immer noch mit dem Wachmann beschäftigt war.

Ich sprang über die verwundete Wache und landete blinzelnd auf einem dicken Teppich. Draußen war es helllichter Tag. Drinnen war es so schummrig, dass meine Augen einen Moment brauchten, um sich daran zu gewöhnen.

Ein Moment, der mich fast umgebracht hätte, denn wie aus dem Nichts kam eine Streitaxt auf mich zugerast. Ich rollte mich gerade noch rechtzeitig weg, so dass sie den Teppich zerteilte und nicht mich. Als ein Kopf rollte, schaute ich zweimal hin und knurrte dann. Dieser Teppich war kein Teppich. Das war ein Tigerfell, an dem noch immer der Kopf befestigt war – bis jetzt. Als Löwe mochte ich Tiger nicht besonders, aber trotzdem. Keine Katze hatte eine solche Demütigung verdient.

Doppelt wütend rappelte ich mich auf meine Pfoten auf und schnitt dem Prinzen den Weg zur Tür ab. Einen Moment lang zerrte er an der Axt, die tief im Boden vergraben war. Er gab auf, schnappte sich ein Schwert aus dem Wanddisplay und hob es an, als ich auf ihn zustürzte.

Rumms! Ich warf mich auf ihn. Der Schwung beförderte uns hinaus auf den Balkon, wo der Prinz gegen die Zierbalustrade zurückgeschleudert wurde. Das Schwert fiel hinter ihm zu Boden, wo sich die Menge zerstreute. Ich stieß gegen seine Brust und hätte beinahe gegrinst. Jetzt hatte ich den Drecksack.

Als die Luft um seine Schultern zu flimmern begann, knurrte ich noch lauter. *Wage es, dich zu verwandeln. Ich fordere dich heraus.*

Es genügt, zu sagen, dass er es nicht tat.

Ich öffnete meinen Kiefer weit und war bereit, ihm die Kehle herauszureißen, als eine Stimme wie eine Kanone donnerte.

„Stopp!"

Sie war so tief und durch und durch befehlend, dass ich erstarrte.

Neben mir tat Marian das Gleiche. Einen Fuß behielt sie auf dem Steinboden des Balkons. Mit dem anderen hielt sie die Wache fest, die sie gerade überwältigt hatte. Sie starrte mich an, dann hinunter auf den Platz.

Noch vor wenigen Augenblicken war der Platz ein einziges Durcheinander gewesen. Jetzt waren alle still – die Menschen, die zu den Ausgängen flohen, und sogar Daniel, der Drache, der sich der neuen Gefahr zuwandte.

Hunderte von Augen drehten sich mit ihm. Sogar Prinz John rollte die Augen umständlich hoch und zur Seite, um aus seiner nach hinten gebeugten Position nach unten zu blicken.

Ich knurrte und ignorierte die Ablenkung. Nichts und niemand würde mich davon abhalten, Prinz John zu töten, jetzt, wo ich die Gelegenheit dazu hatte.

Doch gerade als ich ihm die Kehle herausreißen wollte, donnerte diese Stimme ein zweites Mal.

„Stopp! Im Namen des Königs!"

Meine Zähne klapperten in der Luft, als ich mich zurückzog und starrte. Was war das?

Am hinteren Ende des Platzes drängten die berittenen Männer – die Nachzügler – nach vorn. Ihre Rosse schnaubten warnend und die Menge teilte sich vor ihnen. Alle konzentrierten sich auf den Mann an der Spitze des Zuges. Selbst aus dieser Entfernung konnte ich sein Selbstvertrauen und seine Macht spüren.

Ein Reisemantel bedeckte ihn von Kopf bis Fuß – er war so groß, dass er sogar einen Großteil seines Pferdes verdeckte. Als er langsam vorwärtsritt, gab er einem Knappen ein Zeichen, der anhielt und an einem Zipfel des Umhangs zog. Der Umhang löste sich, als der Reiter weiterritt und gab den Blick auf ein prächtiges, weißes Pferd und die wahre Identität des Reiters frei.

Hunderte von Schaulustigen schnappten nach Luft und fielen dann auf ein Knie.

„König Richard!"

„König Richard!"

Der Name hallte über den Platz und wurde von einem verblüfften Anwesenden zum nächsten getragen.

Ich war genauso verdutzt wie alle anderen – abgesehen von der Person mit den größten Augen: Prinz John.

Er starrte und blickte dann ungläubig auf. „Richard?"

Marian jubelte halb und sackte halb vor Erleichterung zusammen. „Richard!"

Kapitel 21

TUCK

Einen Moment lang hallte der Klang dieses heiligen Namens über den Platz. Dann neigte der große Mann seinen spitzen, silberdurchzogenen Bart und ließ alle verstummen. Das Geschirr und die Rüstung seines Pferdes klirrten, als es auf den Balkon zuging.

Marian stieß mich mit dem Ellbogen an. „Es ist der König. Du musst dich verbeugen."

Ich schüttelte den Kopf. Nicht wenn es bedeutete, den Prinzen freizulassen, der ganz sicher irgendeinen Trick probieren würde.

König Richard schaute sich missbilligend um. Seine dunklen Augen wurden von Augenbrauen umrahmt, die sich in kleinen Vs hoben und senkten, und den Blick verstärkten, der sagte, *Ich bin nicht erfreut.*

Die Männer hinter ihm warfen ihre Umhänge ab und enthüllten Rüstungen, Schilde und Fahnen mit drei goldenen Löwen – den königlichen Insignien.

Der König drehte sich langsam und nahm jedes Detail in Augenschein. Angefangen von Bess' zusammengekauerter Familie bis hin zu dem Drachen, der trotzig am Galgen stand, und den beiden kühnen Frauen daneben – Robynne und Willa. Dann ließ er seinen Blick über den Bären auf der Mauerbrüstung, die zitternden Bogenschützen auf dem Turm und schließlich zum Balkon schweifen. Dort kniff er beim Anblick von mir in Löwengestalt die Augen zusammen, wie ich den Prinzen an die Balustrade drückte.

Es drehte mir den Magen um. Man sagte einem König ja nicht gerade, *Ich schwöre, ich kann es erklären!* Denn, verdammt. Das war sein Bruder, den ich gerade töten wollte.

Der König lächelte – wenn auch nur kurz –, als er die Frau erblickte, die ich liebte.

„Marian!"

Sie winkte ihm fröhlich zu. „Richard!"

Ich starrte sie an. Sie sprach den König beim Vornamen an? Ich bezweifelte, dass selbst seine Frau ihn irgendetwas anderes als *Eure Majestät* nannte. Andererseits verbrachten sie nicht viel Zeit miteinander.

Und ganz plötzlich hatte ich Mitleid mit ihm. Ja, mit ihm, dem König. Er mochte ein Kreuzritter und König von England sein, Herzog von Aquitanien, Poitiers, der Normandie und was weiß ich noch alles, aber er hatte seine wahre Liebe nicht.

Dann schluckte ich, denn auch ich hatte meine nicht. Sobald sich der Staub über dem Chaos dieses Tages gelegt hatte, wäre alles vorbei. Ich würde in die Abtei zurückkehren und Marian würde in ihr Herrenhaus heimkehren. Und wir beide hätten nur noch Erinnerungen, die uns Gesellschaft leisteten.

Plötzlich schien es kein Problem mehr zu sein, den Rest meines Lebens im Zölibat zu verbringen. Wenn ich Marian nicht haben konnte, wollte ich keine.

Marian winkte einem der Männer zu, die den König begleiteten. „Vater!"

Beide Männer winkten, während Hunderte von Menschen zuschauten, mich eingeschlossen. Ich war in einer adeligen Familie aufgewachsen, aber wow. Ihre Familie verkehrte tatsächlich mit dem Königshaus.

Als der Blick des Königs wieder auf seinen Bruder fiel, seufzte er. „John."

Robynne seufzte den Namen ihres jüngeren Bruders auch immer. Aber stets mit einer gehörigen Portion verzweifelter, aber herzlicher Liebe. Richards Seufzer für seinen Bruder... nicht so sehr.

„Gott sei Dank, seid Ihr wieder da!", quietschte John. „Diese Bestie hätte mich fast umgebracht."

Die Augen des Königs huschten zu mir und verweilten eine Weile dort. „Tatsächlich."

Ich schnaubte und blieb standhaft. Der Prinz hatte den Tod verdient, und er wusste es.

„Nun, wollt Ihr ihn nicht aufhalten?", forderte der Prinz seinen Bruder auf.

Der König überlegte. Und überlegte...

Jeder Mann, jede Frau und jedes Kind auf dem Platz wartete auf sein Urteil, aber niemand fieberte so sehr wie ich.

„Vielleicht", murmelte der König. „Vielleicht auch nicht."

„Richard!", quietschte der Prinz.

Der König neigte den Kopf und musterte seinen Bruder. „Was um alles in der Welt tust du?"

Er beendete die Frage nicht mit *du Trottel*, aber sein Tonfall tat es.

„Ich sorge für Recht und Ordnung."

„Offensichtlich", murmelte Richard trocken. Dann schnippte er mit den Fingern und brüllte: „Ihr habt drei Minuten, um hier herunterzukommen. Ihr alle." Dann schaute er mich an und sein Stirnrunzeln vertiefte sich. „Und stellt sicher, dass ihr anständig gekleidet seid."

Ich schluckte und murmelte ein inneres, *Ja, Sir.*

Der Prinz, der immer noch halb über der Brüstung hing, stieß gegen meine Rippen. „Ihr habt ihn gehört. Lasst mich los."

Ich knurrte, aber Marian hob das Schwert, das sie einer der Wachen entrissen hatte. „Mach dir keine Sorgen. Ich werde ihn im Auge behalten."

Widerwillig wich ich von dem Prinzen zurück, der seine Kleider zurechtrückte und den Speichel abwischte, den ich auf seinem Mantel hinterlassen hatte.

Heide, schniefte sein selbstgerechter Blick.

Ich knurrte und drängte ihn weiter.

Ich blieb in Löwengestalt bis zum Haupttor, wo ich mich verwandelte, und dann die Kutte anzog, die Cyril mir zuwarf – die, derer ich mich zuvor entledigt hatte.

„Ich kann es nicht glauben. Ihr seid ein Löwe?" Cyril starrte mich an.

Löwe. Träumer. Ritter. Gestaltwandler. All die Teile von mir, die ich so lange weggeschlossen hatte. Teile, die ich bald wieder wegschließen musste – für immer.

Liebhaber, trauerte mein Löwe und beobachtete Marian.

Sie sprang eifrig voran, während der Prinz und ich uns Zeit ließen, bevor wir uns steif vor dem König verneigten.

„Richard!", wiederholte Marian freudig, als er sich zu einer Umarmung von seinem Sattel hinunterbeugte. Dann rannte sie zu ihrem Vater, der abstieg und seine Arme ausbreitete, um sie zu umarmen.

Sie lagen sich lange in den Armen und wiegten sich von einer Seite zur anderen.

Trotz des Kummers und der Verzweiflung, die meine Seele bedrückten, lächelte ich. Welch eine schöne Sache die Liebe doch war.

Ihr Vater räusperte sich und zog sich zurück, um ihre Wange zu berühren.

„Schön, dich zu sehen, meine Liebe."

Lord Winthrop war ebenfalls da und winkte seiner Frau lässig zu. „Oh, hallo, Darling. Ist alles in Ordnung?"

Sie putzte sich den Staub von ihrem Ärmel. „Natürlich. Und bei dir?"

„Gut, gut."

Man hätte meinen können, sie hätte Tee verschüttet, als jemand gegen ihren Stuhl gestoßen war, anstatt ihr Leben für König und Vaterland zu riskieren.

„Gott sei Dank, seid Ihr wieder da", säuselte Prinz John und verbeugte sich so tief, dass seine Nase fast den Boden berührte.

Ich knurrte leise vor mich hin.

„In der Tat", murmelte der König unbeeindruckt. „Und keinen Moment zu früh, wie es scheint."

Inzwischen tropfte dem Prinzen der Schweiß von der Stirn. „Ja. Ich habe die Gesetzlose Robynne Hood gefangen, wie Ihr sehen könnt."

„Oh, ich habe jede Menge gesehen", knurrte der König. „Und auch jede Menge gehört. Alles, was ich wissen muss." Er hob eine Hand, um den Prinzen zum Schweigen zu bringen, und winkte zwei Soldaten heran. „Sperrt ihn ein."

„Aber, Richard...", flehte der Prinz.

„Genug!", brüllte der König und ließ Prinz John zusammenzucken. „Ich werde mich später mit dir befassen. Vielleicht bin ich dann etwas gnädiger gestimmt."

Der Prinz öffnete den Mund, aber der König brachte ihn mit wenigen Worten zum Schweigen.

„Oder weniger gnädig. Dein Risiko."

Der Prinz sackte zusammen und ich knurrte leise, als die Soldaten ihn abführten.

Wenn wir uns das nächste Mal treffen, versprach ich, *werdet Ihr sterben.*

Ein leises Klatschen ertönte, als er in Richtung Kerker geschleppt wurde. Dann noch eins und noch eins, ähnlich wie das Prasseln des Regens. Immer mehr Menschen stimmten ein und der Applaus wurde zu einer wahren Flut, die deutlich machte, was das Volk von Prinz John hielt.

Doch ein strenger Blick des Königs ließ den Beifall abebben.

„Und wer ist das?" Er funkelte mich an.

Marian zog mich auf die Beine und tätschelte meine Brust. „Das ist Tuck."

Ich liebte es, wie sie meinen Namen sang und mich festhielt, aber dem König gefiel es offensichtlich nicht.

„*Bruder* Tuck", fügte sie hinzu, als würde es helfen.

Der König lachte. „Ein Mönch? Dieser Mann ist genauso wenig Mönch, wie ich die Mutter des Trompeters bin." Dann wandte er sich an einen Mann am Ende seines Zuges. „Nichts für ungut, Basel."

„Schon gut, Sir." Der Mann salutierte und ließ die Fahne an seiner Trompete wehen.

Der König starrte mich erneut an. Ich nahm es nicht persönlich, denn er schien jeden anzufunkeln, außer Marian. Trotzdem schwankten meine Knie und mein innerer Löwe zog leise den Schwanz ein.

Er schnaufte, dann lenkte er sein Pferd auf Bess zu. „Geht es Euch gut, Madame?"

Bess schaute kaum in seine Richtung. Sie war zu sehr damit beschäftigt, in Roberts Augen zu sehen. Offenbar beruhte das Gefühl auf Gegenseitigkeit, denn Robert starrte ebenso sprachlos zurück.

„Er hat mich gerettet", hauchte Bess.

Robert lächelte. Sie lächelte. Ihre Hände waren ineinander verschränkt und die Wangen gerötet. Offensichtlich waren die beiden in ihrer eigenen Welt, selbst mit den Kindern um sie herum.

„In der Tat", murmelte der König und verbarg ein Lächeln, das vermuten ließ, dass er endlich amüsiert war.

Marian zog mich mit sich, während sie die anderen vorstellte.

„Das ist meine Freundin Willa und ihr Partner John Little…"

Sie beide verbeugten sich tief.

Der König nickte und glitt auf seinem Pferd vorbei.

„Ihr erinnert Euch an Lady Thornton", murmelte Marian düster in die Richtung des auf der Treppe zusammengesunkenen Körpers.

Der König schenkte ihr keinen zweiten Blick. „Ich versuche, sie zu vergessen."

„Und das sind, glaube ich, der Sheriff von Nottingham und Robynne Hood." Marian grinste die beiden an und flüsterte Robynne zu: „Schön, Euch endlich kennenzulernen."

Robynne lächelte zurück. „Schön, *Euch* kennenzulernen." Dann beeilte sie sich, einen Knicks zu machen.

Daniel, jetzt in menschlicher Gestalt und bekleidet, verbeugte sich tief vor dem König. „Daniel Cook, Sir. Stellvertretender Sheriff."

Der König schnaubte. „Wenn das die Taten eines Stellvertreters waren, fürchte ich mich davor, den echten Sheriff zu sehen."

Ein normaler Mann würde protzen und prahlen, aber Daniel nickte kaum. In jeder Hinsicht eine Klasse für sich.

Als Robynne in ihren Stiefel griff und ein Messer herauszog, sprangen drei Männer des Königs nach vorn und die Menge zuckte zusammen. Doch der König hob eine Hand und ließ Robynne sprechen.

„Majestät." Sie hielt den Kopf gesenkt, während sie das Messer hochhielt. „Es ist schön, dass Ihr wieder da seid."

Ich grinste und der König ebenfalls. Ich hatte die Geschichte mit dem Messer von einem der fröhlichen Gesellen gehört. Offenbar war der König durch Locksley geritten, als Robynne noch ein kleines Mädchen war. Sie hatte ihn so beeindruckt, dass er ihr sein eigenes Messer schenkte – eines, in dessen Griff ein Löwe eingraviert war.

„Ah, ja. Die junge Kriegerin. Ich erinnere mich an Euch", gluckste der König sichtlich amüsiert – und beeindruckt.

Robynne schaute mit einem Lächeln auf. „Ich erinnere mich auch an Euch."

Sein Lachen hallte durch die schweigende Menge.

„Das war eine gute Rede für eine Gesetzlose. Kühne Worte", bemerkte er.

Ihr Kehlkopf wippte. „Sie kamen alle von Herzen, Sir. Wir haben Euch nie aufgegeben. Das werden wir auch nie."

Ein Kloß bildete sich in meinem Hals, denn Robynne sprach für uns alle.

Niemand von uns hat Euch aufgegeben, wollte ich wiederholen. *Vor allem Robynne nicht.*

Ich dachte an all die Opfer, die sie und Daniel so lange gebracht hatten, und betete, dass sie endlich ihr glückliches Ende bekommen würden. Sie hatten es mehr als jeder andere verdient.

„Das bezweifle ich nicht", antwortete der König und schenkte Robynne eine eigene kleine Verbeugung.

Sie grinste und griff nach Daniels Hand.

Alle warteten. Was würde der König sagen, tun, befehlen?

Er schaute sich um, als würde er die Menge zum ersten Mal wahrnehmen.

„Ich weiß nicht, was ich in Nottingham erwartet hatte, aber das hier war es ganz sicher nicht."

Ein höfliches Glucksen ging durch die Menge, bis er sich aufrichtete, bereit, eine Ankündigung zu machen.

„Ich nehme an, wir müssen nun noch entscheiden, was wir mit alledem anfangen wollen." Er schaute sich finster um und fügte dann hinzu: „Und mit meinem Bruder."

Alle starrten auf den Galgen, eine Andeutung, die der König entweder übersah oder ignorierte.

Ignorierte, entschied ich. Dieser Mann übersah nichts. Zum Beispiel Marians Hand, die immer noch fest um meine geschlungen war. Seine Augenbraue zuckte, doch dann wandte er sich wieder der Menge zu.

„Bewohner von Nottingham... "

Alle warteten und bewegten sich nicht.

„Lasst verlauten, dass ich die Gesetzlose Robynne Hood von allen Anschuldigungen gegen sie freispreche."

Beifall brach aus, den der König jedoch mit einer raschen Bewegung zum Verstummen brachte.

„Außerdem glaube ich, dass euer stellvertretender Sheriff der richtige Mann für diese Aufgabe ist. Was sagt ihr?"

Ein elektrisiertes Summen ging durch die Menge, die Daniel mit einer Mischung aus Respekt und Furcht betrachtete.

„Nun, was sagt ihr?", fragte der König.

Angespannte Stille herrschte auf dem Platz und Marian und ich tauschten besorgte Blicke aus. Was nun?

Kapitel 22

TUCK

Der König deutete ungeduldig auf einen Mann in der vorderen Reihe der Menge. „Ihr da. Was saget Ihr?“

Der Mann riss seine Mütze ab und drehte sie in den Händen. „Er hat gute Arbeit geleistet, Sir. Viel besser als der letzte Sheriff.“

Ich schnaubte, das wäre nicht sehr schwer.

Unzählige Schaulustige nickten, wenngleich ihre Unterstützung gedämpft war.

Aus der Menge drang vereinzeltes Geflüster: „Fair… Tolerant… Streng, aber verständnisvoll…“

„Aber?“ Der König kreiste ungeduldig mit der Hand.

Der Mann drehte weiter seine Mütze. „Nun, Ihr habt es selbst gesehen, Sir. Er ist ein Drache.“

„Und der Große da drüben ist ein Bär.“ Jemand anderes deutete auf John.

Ein Dritter zeigte auf mich. „Der dort auch. Ich habe gesehen, wie er sich in einen Löwen verwandelt hat.“

Ich blieb ganz still stehen, denn was sollte man dazu sagen? *Ja, das stimmt tatsächlich. Ich bin ein Löwe. Wollt ihr mich brüllen hören?*

Innerlich seufzte ich. Wahrscheinlich kein guter Zeitpunkt.

„Es sind wilde Tiere, Sir. Es ist einfach nicht natürlich.“

Mein Herz wurde schwer und ich erwartete, dass der König ernst nicken würde.

Aber er tat es nicht. Stattdessen grinste er – grinste! –, dann zwinkerte er.

„Mein lieber Mann, was glaubt Ihr, warum man mich Löwenherz nennt?"

Ich starrte. Robynne starrte. Daniel auch. Alle starrten – außer Marian, die Männer des Königs und eine Frau am Rande der Menge, die in Ohnmacht fiel. Technisch gesehen, starrte sie also nicht. Aber die anderen Hunderte von Menschen schon.

„Ihr meint… Ihr meint…" Eine Handvoll Leute wich zurück, aber die meisten blieben standhaft.

Der König seufzte so laut, dass es jeder hören konnte. „Denkt über die Fakten nach. Für wen haben diese Tiere, wie Ihr sie nennt, gekämpft? *Wofür* haben sie gekämpft?"

Nervöses Gemurmel ertönte, doch niemand meldete sich zu Wort. Niemand außer Robynne.

„Wir kämpfen für das Volk von Nottingham. Für unseren König. Für die Gerechtigkeit. Das haben wir immer und werden wir immer tun."

Weiteres Starren folgte und jemand flüsterte: „Wir?"

Robynne legte ihre Hand aufs Herz. „Fuchsgestaltwandlerin."

Einen Moment lang waren alle sprachlos. Dann rief Marge, die stämmige, herrische Korbverkäuferin mit einer Stimme, die durch jahrelanges Rufen über den Lärm des Marktplatzes geschärft war: „Ha. Ein Fuchs und eine Frau. Kein Wunder, dass sie so schlau ist."

Ihr Tonfall applaudierte Robynne, die das Grinsen erwiderte.

„Aber…", murmelte ein Mann.

Marge stieß ihn mit dem Ellbogen an. „Nichts aber. Ohne Robynne Hood hätten wir die Kinder in diesem Winter nicht ernähren können. Und ohne den Sheriff, der die Frist verlängert hat, würden wir immer noch Pennies für die Steuern zusammenkratzen, anstatt für Milch und Brot."

Der König warf Daniel einen strengen Blick zu, der schluckte. „Kurzfristige Verlängerung, Sir. Lang genug, um Eure Untertanen durch den Winter zu bringen."

Bei seinem Unterton stockte mir der Atem: *Die Untertanen, um die Ihr Euch nicht gekümmert habt.*

Der König sah reumütig aus, so viel musste man ihm lassen. Hoffentlich kam die Botschaft, dass er zu Hause mehr gebraucht wurde als bei den Kreuzzügen, laut und deutlich bei ihm an.

„Aber... aber... man kann ihnen nicht trauen", sagte jemand anderes.

„Vertrauen?", erwiderte ein rundlicher, seltsam blasser Mann, und zog damit die Aufmerksamkeit aller auf sich.

Es dauerte einen Moment, aber schließlich erkannte ich ihn – der Bäcker am Osttor Nottinghams, Vater der örtlichen Schönheit Mary. Und wow. Wer hätte gedacht, dass Bäcker so leidenschaftliche Redner sein könnten?

„Jahrelang lag unser Leben in den Händen von Dieben, die nichts anderes getan haben, als uns zu besteuern und zu quälen", sagte er. „Sie sprechen schöne Worte, aber ihre Taten sprechen eine andere Sprache. Die Lage hat sich erst gebessert, seit der Sheriff zusammen mit der guten Lady Robynne eingegriffen hat. Also, vertrauen? Ich weiß, wem ich vertraue. Ihr nicht?"

„Aber sie ist eine Räuberin", murmelte jemand.

„Eine Räuberin, die meine Kinder mit Lebensmitteln versorgt hat, und das nicht dank Euresgleichen", erwiderte eine andere Frau. Dann glitt ihr Blick zum König.

Der König nickte auf die unausgesprochene Anschuldigung hin. „Auch ein König kann nicht überall sein und jedem dienen, egal, wie sehr er es sich wünscht. Deshalb bin ich allen dankbar, die in meinem Namen gearbeitet haben – diejenigen, die ein aufrichtiges Herz und eine treue Seele haben." Er nickte Daniel und Robynne entschlossen zu. Dann holte er tief Luft und fuhr fort. „Ihr guten Menschen von Nottingham. Urteilt selbst. Wen zieht ihr an eurer Seite vor – diese Gestaltwandler oder eure früheren Herren?"

Ein Aufschrei der Zustimmung ging durch die Menge und Marge verschränkte ihre Arme.

„Ich würde Robynne jederzeit nehmen. Und diesen Sheriff auch." Sie warf ihm einen Luftkuss zu. „Viel fairer als der letzte und auch angenehmer anzusehen. Findet ihr nicht auch, meine Damen?"

Gekicher brach aus, und obwohl die Männer verärgert aussahen, war ihr Respekt für Daniel offensichtlich.

„Dann soll es so sein", verkündete der König. „Mr. Cook hier wird ordnungsgemäß zum offiziellen Sheriff von Nottingham ernannt. Und Miss Hood ist euer neuester Schöffe." Dann kratzte er sich den Kopf. „Oder heißt es Schöffin?"

Robynne verbeugte sich. „Schöffin ist mir recht – aber nur wenn die Bürger von Nottingham einverstanden sind."

„Ein dreifaches Hoch auf Robynne Hood!", rief jemand.

Alle stimmten enthusiastisch ein. „Hipp, hipp, hurra! Hipp, hipp, hurra! Hipp, hipp, hurra!"

Ihre Wangen färbten sich rot und sie zeichnete mit dem Fuß eine Linie in den Dreck. Ihre Bescheidenheit war nur ein Grund, warum sie perfekt für eine Aufgabe als Stadtverordnete geeignet war.

Also, ja. Ich schaute mich um. Das war es – das glückliche Ende, auf das wir kaum noch zu hoffen gewagt hatten. Marian war in Sicherheit. Robynne war freigesprochen worden. Bess und die Kinder waren gerettet worden. Prinz John war inhaftiert und der König hatte Daniel vom *stellvertretenden* zum *offiziellen* Sheriff von Nottingham befördert.

Es war alles, was ich mir erhofft hatte, und noch mehr. Ein glückliches Ende für alle... außer für mich.

Ich schluckte schwer und wagte es nicht, Marian anzusehen. Die Wunde an meinem Bauch heilte bereits, so dass ich lediglich bedauerte, nicht ehrenhaft gestorben zu sein. Denn nun musste ich einen Weg finden, ohne Marian zu leben.

Mein Löwe knurrte so laut, dass das Geräusch nach außen drang, und das Dutzend mir am nächsten stehende Menschen wegsprang.

„Ähm... Entschuldigung", sagte ich ein wenig verlegen.

Marian drückte meine Hand, aber ich konnte ihre nicht zurückdrücken. Ich schaffte es nicht einmal, aufzuschauen. Hunderte von unschuldigen Stadtbewohnern hatten gerade zum ersten Mal in ihrem Leben Gestaltwandler gesehen. Sie waren Zeugen der Rückkehr des Königs geworden. Ich brauchte diesem Spektakel nicht noch einen heulenden Löwen hinzufügen.

„Nun, ich glaube, das ist alles", schloss der König.

Sein Pferd spitzte die Ohren und kratzte mit den Hufen, bereit, den großen Mann zu seiner nächsten dringenden Aufgabe zu tragen. Eine Schlacht vielleicht, oder eine Krönung...

Mein Löwe seufzte.

„Nicht ganz alles", sagte die einzige Person, die mutig genug war, dem König zu widersprechen – Marian.

Er schaute perplex. „Nein? Was denn noch?"

„Für morgen war eine Hochzeit geplant...", sagte sie.

Der König schnaubte. „Du hast doch sicher kein Interesse an einem Wiesel wie meinen Bruder."

Sie schüttelte den Kopf und führte meine Hand an ihr Herz, die sie mit beiden Händen umschloss. „Nicht im Geringsten. Aber ich habe ein Auge auf einen edlen Ritter geworfen."

Mein Herz klopfte und ich hoffte entgegen jeder Hoffnung.

Der König runzelte die Stirn. „Du meinst diesen Burschen?"

Sie nickte. „Tuck."

Der König starrte mich an. „Euer richtiger Name."

Mein altes Ich war so tief in meinem Unterbewusstsein vergraben, dass ich ein paar Sekunden brauchte, um zu antworten. „Bruder Tuck, Sir. Ehemals Mark Tuckerton."

Der König nahm mich erneut in Augenschein. „Henrys und Alice' Junge?"

Ich starrte ihn an. Dass er meinen Familiennamen kannte, war nicht unbedingt überraschend. Aber dass er meine Eltern kannte?

Wow! Wenn ich sie das nächste Mal sah, hätte ich *jede Menge* Fragen.

„Interessant", murmelte er. „Sehr interessant."

Ich ließ den Kopf hängen. Es war nicht interessant. Es war tragisch, denn ich liebte Marian, aber ich konnte sie nicht haben.

Dann schüttelte er den Kopf. „Es schmerzt mich, zu sehen, wie schlecht mein Land regiert wurde. Räuber wurden zu Gesetzgebern und Helden wurden gezwungen, Gesetzlose zu werden. Selbst Ritter und Priester haben die Plätze vertauscht."

Nervöses Gelächter schallte durch die Menge.

„Nun, es ist an der Zeit, die Dinge richtigzustellen. Ich entbinde Euch hiermit, Bruder Tuck, von Euren kirchlichen Pflichten – es sei denn, Ihr möchtet weiterhin Priester bleiben?"

Gott, nein, hätte ich fast geschrien. „Nein. Ich habe keinen solchen Wunsch", schaffte ich, zu sagen.

Ein paar Lacher brachen aus, was mich erschreckte. Ich hatte es nicht als Scherz gemeint, aber wenn der König dachte, ich würde sein Angebot nicht ernst nehmen…

Aber, puh. Er grinste auch.

„Nein, das habe ich auch nicht gedacht. Aber lasst mich eines klarstellen. Ich werde meiner Patentochter niemals erlauben, unter ihrem Stand zu heiraten. Was sagst du dazu, William?"

Marians Vater schüttelte den Kopf. „Niemals."

„Aber Vater!", protestierte Marian, doch der König hob die Hand.

„Ein landloser Lord kommt nicht infrage."

Marian wurde rot. „Ich schere mich nicht um Land, Titel oder Geld."

„Vielleicht nicht, aber du bist hier weder König noch Königin", sagte der König sanft.

Marians Vater tippte sich nachdenklich gegen die Lippen. „Nein, das geht einfach nicht. Aber ein Lord mit seinen eigenen Ländereien… "

Ich war verzweifelt, denn mein ältester Bruder sollte alles bekommen. Und ich würde ganz und gar nichts erben. Kein einziges Gebäude, keinen Titel… noch nicht einmal eine Kuhweide.

„Wenn ich bitten darf, Sir", rief jemand, woraufhin sich alle umdrehten – sogar der König.

„Ja, Sheriff?", fragte er Daniel.

„Nottingham hatte schon seit geraumer Zeit keinen Lord mehr, Sir."

Ich starrte ihn an, dann das Schloss, und mein Verstand hielt nur langsam Schritt. Zu langsam, denn die Zusammenhänge, die er herstellte, schienen zu schön, um wahr zu sein. Immer wieder hielt ich den Prozess an und ging zurück zum Anfang, um seine Andeutungen zu verstehen.

Nottingham. Ein Schloss. Eine unbesetzte Lordschaft...

Oha. Moment. Half Daniel mir tatsächlich?

Er zuckte mit den Schultern und sprach in meine Gedanken. *Ich weiß nicht, warum, aber ja. Wir könnten hier einen vernünftigen Lord gebrauchen. Vorausgesetzt, Ihr lasst uns nicht im Stich, um zu den Kreuzzügen zu reiten.*

Ich schüttelte vehement den Kopf. *Ein weiser Ritter hat mich gelehrt, was gerechte Sachen sind. Also nein. Mein Platz ist hier.*

Mein Vater hatte mir einmal auf die Schulter geklopft und etwas gesagt, das in etwa so klang: *Du wirst den Tag erkennen, an dem du zum Mann wirst, mein Junge. Du wirst es merken, wenn der Moment gekommen ist.*

Jahrelang hatte ich mich gefragt, ob ich den Moment verpasst hatte oder ob er einfach an mir vorbeigezogen war. Aber jetzt war die Erkenntnis glasklar.

Dieser Tag war endlich gekommen, und ich wusste es.

Schon witzig, dass Eltern mit so vielen Dingen recht haben konnten.

„Nun, warum habt Ihr das nicht gleich gesagt?" Der König schnaufte – mich an, als wäre es meine Schuld.

Meine Lippen bewegten sich, aber ich konnte kein zusammenhängendes Wort hervorbringen.

Er winkte mit der Hand ab. „Rhetorische Frage. Ihr braucht nicht zu antworten." Er beäugte mich und sah dann Marian an. „Er ist kein Dummkopf, oder?"

Sie brach in ein breites Lächeln aus. „Nein, Sir. Normalerweise nicht."

„Hmpf." Der König überlegte noch eine Minute, dann schaute er mich skeptisch an. „Haltet Ihr Euch einer solchen Aufgabe für gewachsen?"

Ich schluckte und schaute über die Menge, dann zum Schloss. Lord von Nottingham?

„Ähm... nun... "

„Er ist unglaublich", versicherte Marian ihm. „Er denkt immer an alles."

Ich schüttelte den Kopf. „Normalerweise übersehe ich ein oder zwei kritische Details. Oder drei oder vier... Also, nein.

Wann immer ich etwas plane, gehe ich davon aus, dass alles schiefgeht."

Der König lachte. „Gesprochen wie ein wahrer Kreuzritter."

Ich blinzelte. Wirklich?

Marians Vater lächelte breit. „Ich schätze, er wird es hinkriegen – vor allem, wenn er die richtige Frau an seiner Seite hat, die ihn führt."

Natürlich hatte ich das. Der König könnte mich zum Lord des Universums ernennen, aber Marian würde immer der Boss – und das Gehirn – der Operation bleiben.

„Oh, die wird er haben, glaubt mir." Marian grinste.

Ihr Vater nickte dem König entschlossen zu. „Kein Mann wird je gut genug für meine Tochter sein, aber ich habe sie dazu erzogen, ihren eigenen Kopf zu haben. Und das werde ich respektieren. Und wie man so schön sagt: Wahre Liebe kann man nicht aufhalten."

Lord und Lady Winthrop grinsten einander an und verschränkten ihre Hände. Bess und Robert umarmten sich. Robynne und Daniel stießen einander an den Schultern an, während John einen Arm um Willa legte.

Der König runzelte die Stirn.

„Kommt schon, Richard", ermunterte Marians Vater ihn. „Was sagt Ihr?"

Ich machte mich auf etwas gefasst wie: *Pah, Humbug. Schickt ihn zurück in die Abtei und sperrt Marian in ein Kloster, das so weit wie möglich von dort entfernt ist.*

Marians Griff um meine Hand wurde noch fester und fast hätte ich geschrien.

Sie sagte kein Wort, aber ihre Augen flehten den König an. *Sir... Bitte...*

Der König zögerte noch eine weitere Minute, dann seufzte er schließlich. „Also gut." Dann starrte er mich an. „Aber wenn Ihr jemals etwas tut, was diese Frau weniger als überglücklich macht, werde ich Euch hängen, strecken, vierteilen..."

Lady Winthrop räusperte sich und schnitt ihm das Wort ab.

Et cetera, et cetera, funkelten seine Augen.

Ich schluckte. „Ich habe verstanden, Sir."

Der König nickte grimmig. Dann klatschte er und rief damit alle zur Aufmerksamkeit auf. „Hiermit ernenne ich diese beiden zu Lord und Lady von Nottingham, wirksam von morgen." Dann schaute er mich erwartungsvoll an. „Nun?"

Ich erstarrte, weil ich nicht wusste, was er meinte.

„Küsst die Braut, Narr."

Oh. Mit Vergnügen.

Trotz allem war ich so verblüfft, dass ich mich nur langsam bewegte. Es war verdammt gut, dass Marian mich an sich zog und mich küsste. Tief. Leidenschaftlich. Mit Herz.

Die Menge brach in Beifall, Jubel und Pfiffe aus, aber es war mir egal. Nicht wenn meine Seele vor Freude explodierte.

„Wir dürfen wirklich zusammen sein?", flüsterte ich zwischen zwei Küssen.

Marian gluckste. „Es geschehen noch Wunder."

Danach blendete ich alles aus, obwohl mir die Reaktion der Menge auf die letzte Ankündigung des Königs nicht entging.

„Gutes Volk von Nottingham, ich glaube, ein Festmahl ist angebracht. Was saget ihr?"

Die Menge brach in schreienden Jubel aus. Aus den Augenwinkeln sah ich, wie Robynne ihre Arme um Daniel schloss. Nicht weit von ihnen küssten sich Willa und John. Die fröhlichen Gesellen hatten noch nie stolzer ausgesehen und Cyril und die Männer aus der Abtei strahlten. Als Nächstes entdeckte ich Robert und Bess, die einander immer noch anstarrten, als wäre dieser freudige Ausbruch für sie bestimmt gewesen.

Und vielleicht war er es auch. Nun, für uns alle – für jeden, auch für jeden Bürger von Nottingham. Der Tag, von dem wir geträumt hatten, war endlich gekommen.

Kapitel 23

MARIAN

„Oh, Tuck... “ Ich keuchte, als er sich über mir bewegte.

Das Morgenlicht strömte durch das Fenster und strahlte seinen nackten Rücken an... seinen Hintern... seine Beine... Okay, er war komplett nackt. Ich war genauso nackt, aber weit weniger gelassen, denn die Dinge, die er mit mir machte...

„Ja... “, schrie ich auf, als er tiefer in mich stieß.

Tuck stöhnte genauso laut und fast hätte ich ihn zum Schweigen angehalten. Dann erinnerte ich mich, dass dies nicht nötig war. Wir waren im Bett – in unserem neuen, ganz eigenen Bett in einer privaten Kammer hoch oben im Schloss – und die Wände waren dick. Wir konnten also so viel Lärm machen, wie wir wollten – oder es brauchten.

Ja, *brauchen*, denn nach all den Gefahren, Zweifeln und Ungewissheiten der vergangenen Tage brauchten wir diesen Moment der Verbindung. Dauerhaft. Die Einhornverbindung war der erste Schritt gewesen. Aber Tuck hatte mir einen Paarungsbiss versprochen und den brauchte ich dringend.

„Ja... “ Ich stieß meine Hüfte gegen seine.

Jeder Nerv in meinem Körper zitterte vor Lust und Verlangen. Lust von der Art, wie er sich in mir bewegte, und ein überwältigendes, gieriges Verlangen nach mehr, mehr, mehr.

„Tuck... “, stöhnte ich und bäumte mich unter ihm auf.

Er beugte sich vor und küsste meinen Hals zwischen atemlosen Stößen. Suchend...

Nah... So nah. Ich spürte, wie sein Löwe ihn lenkte.

Das Blut schoss so heftig durch meine Adern, dass ich jedes Rauschen in meinen Ohren hören konnte. Der Puls an meinem Hals raste unter meiner Haut und rief nach ihm. *Genau hier...*

Tuck hielt inne und stellte Blickkontakt her. Ich nickte – eine damenhaftere Option als ihm den Rücken zu zerkratzen und *Ja! Jetzt! Bitte!* zu schreien.

Tuck bewegte sich so schnell, dass ich nicht einmal sah, wie er sich vorbeugte. In einem Moment sah er mich noch an und im nächsten...

Reißzähne durchbohrten meine Haut. Das Aufblitzen des Schmerzes war so kurz, dass es mich lediglich auf den darauffolgenden Lustrausch vorbereitete. Ein heißer Rausch wie ein aufgewühltes Lagerfeuer, das die Glut durch meine Adern fließen ließ.

Ich drückte eine Hand auf seinen Hintern, um seine Hüfte an meine zu pressen, und die andere um seinen Kopf, um ihn festhalten zu können.

In meinem Kopf tönte besitzergreifendes Löwengebrüll begleitet von Bildern aus Tucks Gedanken. Ich sah eine wunderschöne Frau, die vor Lust außer sich war. Praktisch eine Göttin, deren Liebe ihn vor Stolz und Befriedigung aufblühen ließ.

Was bedeutete, dass das unmöglich ich sein konnte. Aber so war es. *Ich* war es zumindest in Tucks Augen.

„Du bist eine Göttin", flüsterte er atemlos.

Ich war zu sehr damit beschäftigt, abgebrochene, zusammenhanglose Silben zu murmeln, um ihn zu korrigieren. Vielleicht später. Wenn ich mich noch daran erinnerte...

Im Moment sorgte ich lieber dafür, dass Tuck sich so sah, wie ich ihn sah: ein muskulöser, kampferprobter Ritter, der all den Herzschmerz und die Einsamkeit auslöschte, die seine holde Maid je erlebt hatte. Er löschte sie für immer aus, denn er machte sie für immer zu der seinen.

„Ja...", flüsterte ich.

Seine katzenartige Essenz vermischte sich mit meinen Pferdegenen und verband uns für alle Ewigkeit.

Ich schrie auf, als er ein weiteres Mal zustieß und sich tief in mir verankerte. Als er in mir explodierte, klammerte ich mich an ihn und erschauderte schließlich in meiner eigenen Erlösung.

Alles, was ich fühlte, war Hitze. Alles, was ich hörte, waren unsere schlagenden Herzen und schweren Atemzüge. Alles, was ich spürte, war tiefe nicht enden wollende Befriedigung.

„Tuck...", flüsterte ich.

Er zog seine Reißzähne zurück und bescherte mir ein letztes Nachbeben der Lust. Dann erschlaffte er und drückte mich in die Matratze.

„Marian", sagte er heiser.

Offensichtlich gab es eine Sache, die meinen tapferen Löwen bezwingen konnte: die Liebe, die mit der Intensität der Sonne an einem hellen Sommertag strahlte.

Natürlich war dies nur die Morgendämmerung an einem Mittwintermorgen. Aber nicht in diesem Moment. Nicht für mich.

Wir hielten einander für eine Ewigkeit fest. Selbst nachdem wir uns voneinander gelöst hatten, schauten wir uns noch genauso lange tief in die Augen.

In der Ferne ertönten Glocken und Tuck zuckte zusammen. Dann fing er an, zu lachen. Lauter und lauter, bis er sich vor Lachen wälzte.

„Was?", fragte ich und kicherte nur davon, ihm zuzusehen.

Er brauchte mehrere Anläufe, um die Worte herauszubringen. „Ich dachte, dies wäre der Aufruf zum Gebet."

Ich lachte und schüttelte den Kopf. „Nein. Etwas viel Besseres."

Er grinste und zog mich fest an seine Brust. „Ja. Hochzeitsglocken."

Ich nickte und küsste ihn. „*Unsere* Hochzeitsglocken."

Wir verbrachten eine weitere Minute in glücklicher Benommenheit. Dann ließ Tuck seine Hände erneut über meinen Körper wandern.

„Aber da dies nur vorbereitende Hochzeitsglocken sind, denke ich, wir haben noch Zeit für etwas mehr Spaß."

Ich zog eine Augenbraue hoch. „Willst du damit sagen, dass die Hochzeit keinen Spaß machen wird?"

Er grinste mit einem dieser strahlenden Sonnenlächeln. „Nein, aber es gibt Spaß und es gibt *Spaß*. Die Art von Spaß, bei der der König, dein Vater und Hunderte von anderen Zeugen nicht involviert sind.“

„Iiehh.“ Ich schob die Bilder beiseite. „Welch eine Art, die Stimmung kaputt zu machen.“

Er schob seine Hände über meinen Rücken, dann über die Kurve meines Pos, während er sein stoppliges Kinn an meinem Nacken rieb. „Nun, dann lass sie mich wieder entfachen, meine Liebe.“

∞∞∞∞

„Hör auf, dich verrückt zu machen. Du siehst gut aus“, versicherte ich Tuck an diesem Nachmittag.

In Wahrheit sah er zum Anbeißen aus und ich hätte ihn am liebsten in den nächstgelegenen Schrank gezerrt, uns ausgezogen und ihn wild gevögelt.

Er wackelte mit den Augenbrauen und las meine Gedanken. „Ein Schrank. Gute Idee.“

Ich lachte. „Das wird warten müssen. Wir müssen zurück zu unseren Gästen.“

Unser sinnlicher Morgen war längst verflogen und unsere Hochzeit war wunderbar verlaufen. Sogar die harte, sachliche Willa hatte Freudentränen versteckt. Auch mein Vater hatte geweint – offen, Gott segne ihn – und sogar der König schien etwas im Auge zu haben, als Tuck und ich uns das Ja-Wort gaben.

Ich war noch nie so glücklich in meinem Leben. Ich war auch noch nie so dankbar, denn anstatt die tragischen Folgen von Prinz Johns Verrat zu betrauern, feierten wir. Ganz Nottingham feierte, was ein ganz besonderer Anblick war.

Zuerst hatte ich Bedenken, den Bund der Ehe an dem Ort zu schließen, an dem wir beinahe unser Leben verloren hätten. Aber der Stadtplatz hatte über Nacht eine erstaunliche Verwandlung erfahren, dank eines Mannes namens Grove, der vom Sheriff für diese Aufgabe vorgeschlagen worden war.

Er liebt es, zu dekorieren, hatte Daniel uns versichert. *Er braucht nur ein wenig Aufsicht.*

„Ja, Sir. Weg mit dem Galgen und her mit fröhlichen Hochzeitsdekorationen." Grove hatte kräftig genickt, als Daniel die Herausforderung zum ersten Mal darlegte. „Ich werde Euch nicht enttäuschen."

Und, wow. Grove war dem Anlass wirklich gerecht geworden. Es war ein wunderschöner Wintertag mit blauem Himmel und der Platz war mit Tannenzweigen und Blumen aus weißem Stoff geschmückt worden – ein ganzer geschwungener Bogengang von ihnen. Ich werde nie vergessen, wie mein Vater mich den langen Weg zum Traualter hinunterführte. Tucks Augen verließen meine nie, während er am Altar wartete. Willa und John waren unsere Trauzeugin und unser Trauzeuge, und der König, Robynne und Daniel bekamen Ehrenplätze in der ersten Reihe der Zeremonie.

Ich seufzte vor mich hin. Alles in allem war es die perfekte Hochzeit.

Als Nächstes stand ein Festmahl auf dem Programm, aber ich war unter dem Vorwand, ein praktischeres Kleid anzuziehen, in unser Zimmer geschlichen. Offensichtlich brauchte ich Hilfe dabei, also hatte ich Tuck mitgenommen. Natürlich hatte eins zum anderen geführt und wir waren wieder im Bett gelandet. Aber hey. Wir waren frisch verheiratet. Das war doch erlaubt, nicht wahr?

Aber jetzt war es *wirklich* an der Zeit, wieder zu unseren Gästen zu stoßen.

Tuck zupfte an seinen Ärmeln. „Ich habe seit Monaten nichts anderes als Mönchskutten getragen. Daran muss ich mich erst einmal gewöhnen."

Ich lachte. „Ich mich auch. Aber du siehst gut aus. Wirklich gut."

Wirklich, wirklich gut, brummte meine animalische Seite und versuchte, mich zu einem Abstecher in den Kleiderschrank zu locken.

Tuck sah in seiner Lederhose und der grünen Tunika wie ein Ritter in Zivil aus – ein stilvoller, aber dezenter Look, von dem ich hoffte, er würde den Ton für unsere Amtszeit als Lord und Lady von Nottingham angeben. Kein übertriebener Luxus für uns, nur viel harte Arbeit und Hingabe für unsere Hauptaufgabe: Den Grundstein dafür zu legen, dass die Menschen in Nottingham ein glückliches, friedliches Leben führen konnten.

Ich drückte Tuck einen festen Kuss auf die Lippen. „Ich verspreche dir, dass ich dir bald helfen werde, sie wieder auszuziehen, lieber Ehemann."

Seine Augen funkelten und ich war mir sicher, meine auch. Würden wir uns jemals an unsere wunderbare neue Realität gewöhnen?

Ich zog ihn in eine weitere feste Umarmung. „Eine schönere Hochzeit hätte ich mir nicht wünschen können."

Er schmiegte sich an meine Wange. „Und das Fest fängt gerade erst an. Sollen wir?"

Kapitel 24

MARIAN

Tuck streckte seinen Ellbogen aus und führte mich aus dem Zimmer. Während er ging, tastete er sein Haar ab.

Ich zerzauste es mit einem verzweifelten Seufzer wieder. „Katzen!"

Er grinste. „Ich kann nicht anders. Es könnte auch schlimmer sein. Es ist ja nicht so, als leckte ich mir den... "

Ich hob eine Hand, um ihn zum Schweigen zu bringen. Ich brauchte das Bild einer Katze, die sich verbiegt, um ihr Geschlechtsteil zu lecken, wirklich, wirklich nicht in meinem Kopf.

„Du musst nicht alles mit mir teilen, Liebster."

Er grinste und führte mich die Treppe hinunter in den überfüllten Festsaal.

„Ein Toast auf den Lord und die Lady von Nottingham!", rief jemand, als wir eintraten.

Tuck und ich warfen einen Blick über unsere Schultern, bereit, ihnen aus dem Weg zu gehen. Dann fingen wir uns und lachten.

„Hoppla. Das sind wir." Ich ergriff Tucks Hand und zog ihn nach vorn.

„Noch etwas, woran ich mich gewöhnen muss", murmelte er.

Neue und bekannte Gesichter grüßten uns von allen Seiten, darunter auch Cyril der Mönch, der uns herzlich gratulierte.

Tuck klopfte ihm auf die Schulter. „Glückwunsch."

Cyrils Grinsen wurde noch breiter, als Tuck auf seine kürzliche Beförderung anspielte.

„Ich, der stellvertretende Bibliothekar der Abtei! Könnt Ihr das glauben?"

Ich verbarg ein Lächeln. Nein. Aber jemand musste die Stelle von Pater Benedict besetzen, der wegen Beihilfe zum Hochverrat verhaftet worden war.

Cyril zog ein kleines Päckchen hervor und reichte es mir.

„Wir haben gesagt, keine Geschenke", sagte Tuck.

„Es ist weniger ein Geschenk als vielmehr eine Fundsache", erklärte Cyril. „Ich habe es in der Bibliothek gefunden."

Tuck gluckste. „Herrgott, bitte lass es kein Kunstwerk sein…"

Cyril hob den Finger an die Lippen und wurde rot. „Ein Kunstwerk, aber nicht meins."

Ich lachte, als ich das Geschenk öffnete. „Meine Stickerei!"

Auch Tuck lachte, als er das halb fertige Sprichwort las. *Sie ist eingehüllt in Stärke und Würde; sie kann den Tagen der Zukunft lachend entgegensehen.* „Sehr passend."

Ich küsste Tuck und bedankte mich ausgiebig bei Cyril. Nicht so sehr, weil ich unbedingt weiter sticken wollte, sondern für die Erinnerung an die Prüfungen, die ich in den letzten Wochen überstanden hatte.

Während der nächsten Stunde unterhielten wir uns mit den Gästen und wurden schnell getrennt. Ich sehnte mich danach, Tuck an meiner Seite zu haben, aber ich war fast genauso erleichtert, als Robynne zu mir kam.

„Entschuldigt, aber der König hat nach der Dame des Hauses verlangt", sagte sie und zog mich von der Menge weg.

Ein Schwindel, aber sie wirkte nicht im Geringsten reumütig.

„Hier." Sie führte mich weg und drückte mir einen Teller in die Hand. „Wein. Brot. Käse. Ihr müsst am Verhungern sein."

Das war ich auch, allerdings hauptsächlich wegen der… ähm, körperlich anstrengenden Teile meines Tages. Aber verdammt. Liebe zu machen, kostete Energie. Und wenn es Sex mit Tuck war, viel, viel Energie.

„Zu essen ist großartig, aber vor allem freue ich mich, endlich mit Euch reden zu können!", sagte ich.

Wir hatten am Abend zuvor kurz etwas Zeit zum Plaudern gehabt und uns sofort gut verstanden. Tuck wäre hier in Nottingham mein Fels in der Brandung, und Robynne ein weiterer. Ich wusste bereits, dass ich auf sie als Freundin und Beraterin zählen konnte.

Sie lächelte. „Das sehe ich auch so. Und das Gute ist, dass es jetzt, da wir Nachbarn sind, nicht mehr so schwierig sein wird."

Ihr Grinsen sagte alles. Endlich – endlich! – konnten sie und Daniel offen miteinander leben und sich lieben. Robynne hatte ihren Einzug in das Sheriffsquartier bereits angekündigt und die letzte Nacht dort verbracht. Dem rosigen Glanz ihrer Wangen nach zu urteilen, hatten sie und Daniel die Stunden auf die gleiche Weise wie Tuck und ich miteinander verlebt – nackt und keuchend zwischen den Laken.

Robynnes Gesicht errötete bei den sinnlichen Erinnerungen und ihr Blick wanderte zu Daniel hinüber. Dann räusperte sie sich und führte mich dorthin, wo er und Tuck zusammen standen.

„Hallo du", sagte sie und nahm Daniels Hand.

Sie küssten sich, dann glucksten sie immer noch ganz ergriffen von der Neuheit einer öffentlichen Zurschaustellung von Zuneigung. Tuck zog mich in eine Umarmung und drückte mich an seine Brust, als wollte er mich nie wieder loslassen. Ich schloss die Augen und stimmte ihm aus tiefstem Herzen zu.

„Ich dachte mir, ich würde dich bei König Richard finden, wo du dir Geschichten über seine Kreuzzugsabenteuer anhörst", neckte ich meinen Ehemann.

Ja, *Ehemann*. Jedes Mal, wenn ich es sagte oder dachte, grinste ich vor Vergnügen.

Tuck zuckte mit den Schultern und warf dem Sheriff einen dankbaren Blick zu.

„Der Krieg hat nicht mehr den gleichen Reiz wie früher. Außerdem muss ich mich erst einmal auf meinen neuen Job konzentrieren."

„Keine Sorge", beruhigte Daniel ihn. „Als ich frisch zum Sheriff ernannt wurde, fühlte es sich an wie ein unvorstellbar steiler Berg. Ich lerne immer noch, aber es ist nicht mehr das

Monster, das es einmal war. Außerdem habe ich Vertrauen in unseren neuen Lord von Nottingham."

Als er seinen Kelch zu einem Toast auf Tuck erhob, tauschten Robynne und ich amüsierte Blicke aus. Bis jetzt waren die beiden bestenfalls unbehagliche Verbündete gewesen. Nun schien ihre Beziehung in Richtung *Freundschaft* zu kippen.

Schau doch nicht so überrascht, flüsterte Tuck in meine Gedanken. *Es ist, wie du gesagt hast. Wunder können geschehen.*

Ich drückte seine Hand und wiederholte die Worte. *Wunder können geschehen.*

„Immer noch ein Bärenjob, aber viel leichter zu bewältigen", schloss Daniel.

Robynne schaute sich im Saal um. „Apropos Bären, wo sind John und Willa?"

Wir schauten uns alle um. Die meisten der fröhlichen Gesellen waren da, aber nicht diese beiden. Ich wollte gerade fragen, als die Eichentüren des großen Saals aufgerissen wurden. Alle schauten auf und Sekunden später erfüllte Jubel den Raum.

„John! Willa!"

Ich lachte. Das war tatsächlich ein großer Auftritt. John schritt auf den Banketttisch zu. Über seiner Schulter hing ein Bock. Willa tat es ihm gleich, während sie ein Wildschwein trug. Als die beiden ihre Lasten auf den Tisch fallen ließen, klapperten die Teller und der Wein schwappte über den Rand mancher Kelche.

„Ein verspätetes Hochzeitsgeschenk", verkündete Willa, nachdem wir uns durch die Menge geschoben hatten, um sie zu begrüßen. „Wo ihr doch so viele Gäste zu verköstigen habt."

Nosewise war ihnen dicht auf den Fersen und hätte mich in seiner Aufregung fast umgeworfen.

Ich streichelte ihn. „Wer ist ein guter Junge?"

Das bin ich, verkündete sein peitschender Schwanz. Dann sprang er zu Willa hinüber, um sich von ihr streicheln zu lassen.

Ich seufzte. Ich liebte diesen Hund, aber es war klar, dass er bei Willa und John im Sherwood Forest das perfekte Zuhause gefunden hatte.

Ja, Sherwood Forest. Robynne hatte beschlossen, in die Stadt zu ziehen, aber John und Willa hatten entschieden, in ihrem Lager im Wald zu bleiben.

Ihr wisst schon, um nach Räubern Ausschau zu halten, hatte Willa am Abend zuvor gescherzt.

„Vielen Dank. Wir können definitiv mehr Essen gebrauchen. Ich habe nicht mit so vielen Gästen gerechnet."

Ich wies auf die lange Schlange der Gratulanten, die durch eine Tür herein und durch eine andere hinausströmten und unterwegs die Speisen für ihr eigenes Festmahl mitnahmen. Einige aßen an den Tischen, die wir in den Bankettsaal und die angrenzenden Gänge gequetscht hatten, während andere in den riesigen Zelten speisten, die auf dem Stadtplatz aufgebaut waren.

„Eine verdammt gute Art, die Anwohner von Nottingham für sich zu gewinnen", bemerkte Daniel.

„Tucks Idee", gab ich zu. „Und eine gute. Aber das ist erst der Anfang."

Wir hatten bereits über wichtigere, langfristige Maßnahmen gesprochen, die die Steuerzahler entlasten und gleichzeitig öffentliche Arbeiten finanzieren würden, die allen zugutekämen. Die Säuberung der Wasserläufe, die durch die Stadt flossen, war eine Priorität. Eine weitere war die Errichtung von zusätzlichen öffentlichen Brunnen, um allen die moderne Annehmlichkeit von sauberem fließendem Wasser nur einen kurzen Spaziergang von ihrem Haus entfernt zu bieten. Es war wirklich erstaunlich, welchen Luxus die neueste Technologie bieten konnte.

Natürlich hatten wir gerade erst angefangen, aber ich hatte das Gefühl, dass wir auf dem richtigen Weg waren. Und was das Fest anging, funktionierte es. Viele der Stadtbewohner waren immer noch misstrauisch uns gegenüber, aber je mehr sie uns als normale Menschen und nicht als verrückte, wilde Tiere sahen, desto mehr würden sie uns vertrauen.

Nicht dass ich mein Einhorn irgendjemandem offenbaren würde. Nur meiner wahren Liebe, Tuck, wann immer wir unseren Pflichten im Schloss entkommen konnten.

Robynne schaute sich strahlend im Festsaal um. „Kaum zu glauben, dass dieser Tag endlich gekommen ist. Und wisst ihr was? Ich habe das Gefühl, dass die Menschen ihren Kindern und Enkelkindern von diesem glücklichen Tag erzählen werden."

Tuck korrigierte sie. „Mehr als das. Sie werden Legenden erzählen – über Euch." Dann legte er einen Arm um Johns Schulter und scherzte: „Zu schade, dass sich niemand an Euch erinnern wird, John Little."

Der Bärengestaltwandler zuckte mit den Schultern. „Besser als als Little John in die Geschichte einzugehen."

Weiteres Glucksen folgte, aber Robynne schüttelte den Kopf. „Wenn es Legenden gibt, dann werden sie von uns allen handeln. Von dir, von dir und von Euch." Sie zeigte in die Runde und seufzte dann. „Ich hoffe nur, ich gehe nicht als Mann in die Geschichte ein."

Willa und ich stöhnten auf, während die Männer glucksten. Dann stießen wir alle mit unseren Kelchen an.

„Auf Robynne Hood – weibliche Gesetzlose und Meisterbogenschützin!"

Daniel zog sie zu einem Kuss heran. „Meisterbogenschützin *und* Nottinghams erste Schöffin."

Sie grinste. „Die erste von vielen, wie ich hoffe."

Wir hatten kaum ein paar Schlucke getrunken, als der König mit meinem Vater und Lord Winthrop herbeikam.

„Ein Bock. Ein Wildschwein", sagte der König trocken und deutete auf den Tisch.

Willa nickte stolz.

Der König hob eine buschige Augenbraue. „Gejagt in meinem Privatwald?"

Willa erstarrte, dann verbarg sie ein unschuldiges Lächeln. „Oh nein. Natürlich nicht. Das würde mir im Traum nicht einfallen, Sir."

Der König räusperte sich und die beiden anderen Männer brachen in Gelächter aus.

„Wir bringen sie besser in die Küche", sagte Willa und huschte mit John davon.

Mein Vater gluckste. „Gut, dass unser König eine Schwäche für tüchtige Damen hat."

Der König räusperte sich erneut. „Ich habe keine Schwächen."

Ich grinste. Er hatte welche, aber er versteckte sie gut. Nicht dass ich es gewagt hätte, dies laut zu sagen.

Augenblicke später wurde der König von einer neuen Gruppe von Bewunderern weggezogen, aber mein Vater und Lord Winthrop verweilten noch ein wenig länger.

„Ich bin so stolz auf dich, mein liebes Mädchen." Mein Vater umarmte mich, dann flüsterte er: „Deine Mutter wäre auch stolz."

Mir stiegen Tränen in die Augen, aber das war in Ordnung. Es war schön, die Erinnerung an sie an diesem besonderen Tag in mir zu tragen.

Mein Vater räusperte sich und klopfte Tuck auf die Schulter. „Und Ihr solltet besser den Erwartungen gerecht werden."

Tuck setzte ein höfliches, nervöses Lächeln auf. „Ich werde mein Bestes tun, Sir."

„Das ist ein guter Anfang", stimmte Lord Winthrop fröhlich zu.

Lady Winthrop gesellte sich als Nächste zu uns. „Da seid ihr ja, meine Lieben. Was euer Hochzeitsgeschenk angeht... "

„Ihr habt schon so viel für uns getan", protestierte ich.

„Unsinn, mein liebes Mädchen. Ich habe die perfekte Idee, besonders jetzt, da ihr in diesem zugigen Schloss wohnen werdet."

„So zugig ist es gar nicht", protestierte ich und wurde bereits sentimental in Bezug auf diesen Ort.

Ich hätte mir nie gewünscht, die Hausherrin in meinem eigenen Schloss zu sein. Aber Nottingham reizte mich – und die Aufgabe hier gab mir ein Gefühl echter Sinnhaftigkeit.

„Oh, doch", beharrte Lady Winthrop. „Aber keine Sorge. Wir haben das perfekte Geschenk für euch und mit etwas Glück wird es bis zum nächsten Winter geliefert werden. Sag es ihnen, Liebster."

Lord Winthrop schüttelte den Kopf. „Deine Idee. Sag du es ihnen.“ Dann wandte er sich an uns. „Sie ist die Drahtzieherin des Ganzen.“

Tuck grinste und zeigte auf mich. „Das ist sie auch.“

Lady Winthrop deutete auf die Wand. „Wir geben eine Reihe von Wandteppichen für euch in Auftrag. Dekorativ und funktionell, denn sie werden den Luftzug verringern. Ich dachte an Einhorn- und Löwenmotive. Ihr wisst schon, die in Blumenfeldern herumtollen...“

Tuck lachte und überließ es mir, mit einem breiten Grinsen zu antworten. „Ich liebe die Idee.“

Wir unterhielten uns noch ein paar Minuten, bis Lady Winthrop sich entschuldigte und ihren Mann und meinen Vater zum Tisch des Königs schleppte.

„Oh, sie servieren diese Suppe, die ich so gern mag...“

Einen Moment später wurde Tuck vom jungen Tom fast umgerannt.

„Tuck! Tuck!“

„Lord Nottingham“ korrigierte ihn jemand entrüstet.

Tuck schüttelte den Kopf. „Tuck reicht vollkommen aus. Wie geht es dir, Tom?“

„Gut. Satt.“ Er tätschelte sich den Bauch und zeigte dann auf die hohe Decke. „Dürft Ihr wirklich in diesem Schloss wohnen?“

„Nun, es bringt eine große Aufgabe mit sich, aber ja. Und du kannst mich jederzeit besuchen, wenn du willst.“

„Kann ich meine Mutter und meine Schwestern mitbringen?“

Mein Herz schlug für ihn, wie schon an dem Tag, als wir die leidgeprüfte Familie besucht hatten. Ich hoffte, dass der heutige Tag der Beginn besserer Zeiten für sie und so viele andere war. Dann korrigierte ich mich. Ich würde nicht hoffen. Ich würde hart dafür arbeiten, dass dies für alle Menschen in Nottingham Wirklichkeit wurde.

„Ihr könnt uns alle jederzeit besuchen“, versicherte ich ihm. „Und jetzt, wenn es dir nichts ausmacht, kannst du bitte dafür sorgen, dass der Koch Nosewise nicht mit einem Reh verwechselt und ihn kocht?“

Tom lachte und rannte los, um mit der riesigen Dogge zu spielen.

„Viel Spaß beim Feiern!", rief Tuck und gluckste dann über ein Pärchen, das an einem Nebentisch eng aneinandergeschmiegt saß und die Menschenmenge gar nicht wahrnahm. „Ich würde sagen, *sie* haben Spaß."

Ich lachte, denn das waren Bess und Robert, die sich liebevoll in die Augen schauten.

„Ich freue mich, Bess mit einem guten Mann zu sehen", flüsterte ich. „Sie hat es verdient."

Tuck lachte. „Bis vor einem Monat hätte ich dir noch gesagt, dass Robert dieser Aufgabe nicht gewachsen ist. Aber ich muss sagen, er ist erwachsen geworden. Vielleicht ist Ehemann und Stiefvater zu sein genau das, was er braucht, um diesen Prozess abzuschließen." Dann brach er in Gelächter aus.

„Was?" Ich neigte den Kopf.

Tuck grinste. „Ich wette, es gibt viele Leute, die das Gleiche über mich sagen würden." Er kratzte sich reumütig über die Brust. „Ich hoffe nur, ich bin meiner Aufgabe gewachsen."

Ich tätschelte seinen Arm. „Jetzt, wo du den richtigen Job hast – ja, absolut. Und vergiss nicht, du hast mich."

Seine Augen funkelten. „Wenn wir gerade darüber sprechen…"

Er berührte sein Herz und sandte einen Stoß Wärme durch meinen Körper – und durch seinen, der Färbung seiner Wangen nach zu urteilen.

„Du meinst, wenn wir davon sprechen, mich zu haben?", flüsterte ich heiser.

Er zog mich dicht an seinen Körper und flüsterte: „Ja. Ich hätte gern eine Wiederholung dieser Einhornverbindung, bitte. Und vielleicht noch einen Biss."

Als er sich an meinen Hals schmiegte, schoss mein Puls in die Höhe.

„Ich bin sicher, unsere Gäste können sich um sich selbst kümmern, während wir uns um die offiziellen Angelegenheiten sorgen", fuhr er fort und küsste meinen Hals. „Außerdem ist morgen unser großer Tag."

Ich lachte und ließ meine Hand in sein Hemd gleiten. „Ich dachte, heute wäre unser großer Tag."

Er schüttelte den Kopf und strich mit den Händen über mein Hinterteil. „Morgen fangen wir ernsthaft mit unseren neuen Aufgaben an. Und du weißt ja, was man sagt... "

Ich wartete. Das musste ich unbedingt hören.

„Der Schlüssel zu einem guten Führungsstil ist, ein wenig Zeit für *sich selbst* einzuplanen."

Ich lachte und korrigierte ihn dann. „Zeit für *uns*."

„Ein Leben lang", flüsterte er und zog mich zur Treppe.

Epilog

ROBYNNE

Ungefähr eine Stunde nachdem der König erklärt hatte, *Ich glaube, ein Festmahl ist angebracht,* bewegte ich mich wie benommen. So viele Emotionen stürzten gleichzeitig über mich herein, dass sie sich ineinander verworren und wie Schafe, die vor einem engen Tor festsaßen, stecken blieben. Das Einzige, was ich wirklich wahrnahm, war Daniels Hand, die meine fest umschloss – unterbrochen durch das Klopfen der Gratulanten auf meinen Rücken. Nicht nur von Willa, John oder den fröhlichen Gesellen, sondern auch von den Einwohnern der Stadt.

„Robynne Hood! Robynne Hood!", jubelten sie.

Was schön war. Sehr schön. Nicht wahr?

Das hätte es sein sollen, aber ich spürte nichts.

Einige Leute, so bemerkte ich in meinem geistigen Nebel, verbeugten sich sogar, als Daniel und ich auf dem Weg vorbeikamen, um Tuck und Marian zu gratulieren.

Sie verbeugten sich – vor mir?

Ich bewegte mich steif und war unsicher, was ich tun, sagen oder fühlen sollte.

Gott sei Dank, lotste Daniel mich zu seinem Haus in einer nahe gelegenen Seitenstraße.

Er wollte sich in Gegenwart des Königs etwas passender anziehen, lautete seine Ausrede.

Gott sei Dank, waren wir in seinen vier Wänden ungestört, denn in dem Moment, als ich mich auf einen Stuhl sinken ließ, brach ich zusammen und schluchzte.

Und schluchzte... und schluchzte...

Ja, ich, Robynne Hood, die gerissene, unerschütterliche Gesetzlose schluchzte wie ein Kind. Ein endloser Schwall von Tränen brach heraus und es gab kein Halten mehr.

Tränen um jeden stummen, herzzerreißenden Abschied, den Daniel und ich ausgehalten hatten, als wir dachten, das Ende sei nah. Tränen des Entsetzens, als ich mir vorstellte, wie er alles opferte, um mich in letzter Sekunde zu retten. Tränen um die Zukunft, die wir nie erleben würden, und um das Kind – oder die Kinder –, das wir nie im Arm halten würden.

Und das war nur der Fluss der Tränen, der sich in dem Moment auf dem Stadtplatz gebildet hatte, in dem es um Leben und Tod ging. Als diese Sintflut vorüber war, überschwemmte mich eine zweite Flut – eine Flut für alles, was wir in der Zeit vor dem heutigen Tag ertragen hatten. Monate der Angst, der Frustration und der Trennung, in denen Daniel und ich die unvereinbaren Rollen des Sheriffs und der Gesetzlosen füllten und unsere verbotene Liebe versteckten. Tränen für die endlosen Jahre davor, als ich trauerte, weil ich Daniel für tot hielt.

Während all dieser Zeit hatte ich die Tränen zurückgehalten. Für immer, so fühlte es sich zumindest an.

Aber offenbar versiegte die Trauer nicht wie eine Pfütze. Sie häufte sich versteckt an einem tiefen, dunklen Ort. Sie füllte sich still und leise... und wartete auf den Tag, an dem etwas zerbrach und alles heraussprudeln konnte.

Daniel saß neben mir und hielt mich fest. Er versuchte nicht, meine Tränen zu unterdrücken, sondern hielt mich einfach nur im Arm.

Irgendwann erschauderte ich und holte tief Luft. So. Ich war fertig.

Dann fing ich wieder an, zu weinen und dieses Mal auf eine ganz andere Art und Weise. Tränen der Freude und der Erleichterung – die Art von Tränen, bei der man einen großen Glücksfall immer wieder und wieder durchspielt, unfähig das eigene Glück zu verarbeiten.

Wir hatten überlebt – nicht nur Daniel und ich, sondern auch alle anderen. Wir hatten die Welt von einem kleinen Übel befreit. Und das Beste von allem war, dass wir unsere Liebe nicht mehr verstecken mussten.

„Kannst du es glauben?", schaffte ich es irgendwann, zu flüstern.

Daniel schenkte mir das größte, glücklichste und freieste Lächeln, das ich je auf seinem Gesicht gesehen hatte. „Ja. Ich glaube es. Das habe ich immer. Ich werde es immer." Er küsste mich. „Ich glaube an dich und mich."

Gerade als ich mit dem Weinen fertig war...

„Verdammt, Sheriff", verfluchte ich ihn leise. „Jetzt fange ich schon wieder an."

Er lachte, dann hob er mein Kinn. „Nicht nur du. Schau doch."

Ich blinzelte durch den Vorhang meiner Tränen und mein Atem stockte. Zwei nasse Spuren glitzerten auf dem Gesicht meiner großen Liebe und sammelten sich im Reservoir des Lächelns darunter.

∞∞∞∞

In dieser Nacht lagen wir im Bett und hielten uns gegenseitig fest. Wir flüsterten, berührten uns und staunten über alles, was geschehen war. Am Morgen liebten wir uns langsam und zärtlich und überhaupt nicht wie der Wirbelwind, den ich mir stets ausgemalt hatte, wenn unser Tag endlich gekommen wäre.

Vielleicht waren wir innerlich immer noch aufgewühlt. Vielleicht waren wir auch älter und weiser, denn ein einziger Tag konnte eine Person um zehn Jahre altern lassen. Wie dem auch sein mochte, dehnten wir jeden Kuss, jede langsame, brennende Berührung und jedes bedürftige Stöhnen in diesem langsamen Tanz zu einem unvergesslichen Höhepunkt aus.

Danach genossen wir unsere eigene Hitze und glucksten dann, einfach so.

„Wann findet diese Hochzeit noch mal statt?", fragte Daniel irgendwann.

Ich grinste. „Du meinst Tucks und Marians oder unsere?"

Er schenkte mir ein weiteres riesiges, sonniges Lächeln und küsste mich. „Ihre. Vorerst."

Prophetische Worte, denn vier Monate nach Tucks und Marians großem Tag feierten wir unser eigenes, kleineres und ruhigeres Fest. Nicht in der Stadt, sondern unter den Eichen des Sherwood Forests.

„Ihr seht aus wie ein Gemälde." John Little lächelte uns beide an.

Ich drehte mich von einer Seite zur anderen und ließ mein Kleid dabei flattern. „Präge dir diesen Moment genau ein, mein lieber Bär, denn es könnte das letzte Mal sein, dass du mich so hübsch siehst."

„Es liegt an den Blumen", scherzte Willa und berührte erst den Kranz auf meinem Kopf, dann ihren.

Sie hatte sie beide aus den schönsten Frühlingsblumen geflochten, die überall zu blühen schienen, jetzt da der Winter dem Frühling gewichen war und der Frühling bereits an die Tür des Sommers klopfte. Sie hatte sogar einen für Daniel gebunden.

„Es tut mir leid, meine Damen. Ich glaube, meiner ist der schönste", gluckste er und berührte seinen Kopfschmuck.

„Ich finde, wir sehen alle gut aus", sagte Robert und zupfte an seiner unordentlichen Blumenkette.

Alle fröhlichen Gesellen trugen so eine, auch Sausage, George und Connie, die Lagerhunde. Aber Roberts war die beste, denn Bess' Kinder hatten sie für ihn gebunden.

Wessen Kinder? knurrte er in meine Gedanken.

Ich gluckste. *Entschuldigung. Deine Kinder.*

Sein Blick huschte zu Bess' Bauch und er plusterte die Brust ein wenig auf. *Alle vier.*

Ja, mein nervtötender, tollpatschiger Bruder war jetzt ein junger Vater von Bess' drei Kindern und einem vierten, das unterwegs war. Und ich musste ihm zugestehen, dass er seine Sache als vernarrter Vater und liebevoller Partner gut machte. Ich hatte ihn – oder Bess – noch nie so glücklich gesehen. Sie lebten auf ihrem Hof am Rande des Waldes, wo sie hart arbeiteten, damit die kommende Ernte reichlich ausfiel.

„Ihr seht wirklich gut aus. Alle beide", sagte mein Vater und schlang einen Arm um Robert und den anderen um mich.

Ich lehnte mich an ihn und schloss die Augen. Mein Vater war stets unser Fels in der Brandung und unser Vorbild gewesen und hatte an uns beide die höchsten Ansprüche gestellt...

Okay, höhere Ansprüche an mich als an den lieben, dümmlichen Robert, aber trotzdem...

...deshalb hatte ich viele schlaflose Nächte damit verbracht, mir Gedanken darüber zu machen, was er von meinem Leben als Gesetzlose halten würde.

„Ich bin so stolz." Er küsste erst meinen Kopf, dann Roberts. „Eure Mutter wäre es auch."

„Meinst du?" Robert schniefte leise.

„Ich weiß es", sagte mein Vater.

Wir drei umarmten uns eine Weile. Dann gesellten sich ein paar kleine dünne Arme von hinten dazu und ich spähte hinunter, um Bess' Sohn Tom zu entdecken.

„Da ist ja mein Junge", frohlockte Robert, hob ihn hoch und drehte ihn herum.

„Und auch mein Junge", flüsterte mein Vater und beobachtete die beiden.

Gut, dass ich mich bis zu diesem Zeitpunkt schon komplett ausgeheult hatte, so dass sich nur noch ein glücklicher Kloß in meinem Hals bildete. Uff.

Ich sah Robert, meinen Vater und Daniel an. Dann schaute ich mich in dem wunderschönen Waldlager um, das einmal mein Zuhause gewesen war. Ich liebte mein neues Leben in Nottingham, aber der Sherwood Forest würde für immer einen besonderen Platz in meinem Herzen einnehmen.

Als Nächstes sah ich meine Freunde an, die sich zu diesem glücklichen Anlass versammelt hatten. Wie immer staunte ich darüber, wie sich alles zum Guten gewandt hatte.

„Darf ich Euch mit dem besten Gebräu der Abtei in Versuchung führen, Mr. Hood?" Tuck unterbrach meine Träumerei und kam mit zwei schäumenden Krügen daher.

Kein Mann würde Daniel in meinen Augen jemals das Wasser reichen können, aber verdammt, Tuck machte eine gute Figur als edler Lord – ein bodenständiger, fröhlicher Lord, der nach nur wenigen Monaten im Amt die Herzen der Menschen in Nottingham gewonnen hatte.

Nun, die Herzen der Frauen hatte er vom ersten Tag an erobert. Aber auch die meisten Männer hatten inzwischen ihre zögerliche Anerkennung zum Ausdruck gebracht.

„Von mir aus gern." Mein Vater nahm einen Krug, stieß mit Tuck an und leerte sein Getränk in einem Zug. Er war nicht Locksleys Waffenmeister geworden, weil er ein Leichtgewicht war. Dann stieß er mich mit dem Ellbogen an. „Sollen wir?"

Ich hakte meinen Arm unter seinem ein und grinste Daniel an. „Ich bin bereit, wenn du es bist."

Daniel drückte mir einen Kuss auf die Lippen und eilte dann zu dem begrünten Altar, den die Männer unter der Major-Eiche errichtet hatten. Mein Vater und ich machten uns langsam auf den Weg dorthin und ließen alle ihre Plätze einnehmen.

Ich hatte Marians und Tucks Hochzeit sehr genossen, aber unsere kleinere, intime Zeremonie passte perfekt zu uns. Anstatt eines Chors hatten wir zwitschernde Vögel. Statt der hohen Decke einer Kirche hatten wir die ineinandergreifenden Äste der Eichen. Und anstatt eines mit Kirchbänken gesäumten Kirchenschiffs hatten wir einen mit Blumen gesäumten Weg.

Ja, die fröhlichen Gesellen hatten sich für diesen Anlass mächtig ins Zeug gelegt, zweifellos unter Willas fester Führung.

Wir hatten Tuck gebeten, die Zeremonie zu leiten, wenn nicht als Geistlicher, dann als Lord von Nottingham. Er lehnte so höflich ab, wie er konnte.

Bei meinem Leben nicht – nichts Persönliches! –, aber ich kenne den perfekten Mann für diese Aufgabe...

So stand also nicht Tuck hinter dem Altar, sondern Bruder Cyril.

Ein Mann mit, ähm, interessanten Talenten, wie Tuck es ausgedrückt hatte.

Mein Vater umarmte mich erneut, wischte sich dann über sein rechtes Auge – zweifellos Staub – und schob mich in Daniels Richtung. Ich ergriff seine Hände und verlor mich in den wunderschönen, blauen Augen meiner großen Liebe.

„Meine Lieben... ", begann Cyril.

Marian, nicht weit links von mir, seufzte glücklich und verschränkte ihre Finger in Tucks Hand.

Bess hielt ihre jüngere Tochter im Arm und schaute Robert liebevoll an, der den Blick erwiderte.

Willa und John taten das Gleiche. Nosewise, die Dogge, sabberte glücklich beim Anblick so vieler seiner liebsten Personen, die alle an einem Ort versammelt waren. Auch die anderen Lagerhunde zeigten sich von ihrer besten Seite, da sie einen besonderen Anlass witterten... oder auf Leckereien beim anschließenden Festmahl hofften.

„Wir sind heute hier versammelt... ", fuhr Cyril fort.

Daniels Augen leuchteten wie tiefe Seen, die unter einer strahlenden Sonne funkelten. So hell, dass ich mich darin verlor und den Rest der Zeremonie in den Hintergrund treten ließ.

Eine Zeremonie, die Cyril vielleicht ein wenig zu lange hinauszögerte, denn ich sah, wie Tuck ihm ein Zeichen gab, die Dinge voranzutreiben.

„Et cetera, et cetera", schloss der Mönch. „Nun, wenn es keine Einwände gibt... "

Ein riesiger Körper stürzte nach vorn, alle schnappten nach Luft und lachten dann.

„Nosewise", schimpfte ich, als die Dogge auf mich zustürzte.

Daniel verdrehte die Augen, aber Robert rettete die Situation.

„Hierher, Nosey." Er tätschelte sein Bein und lockte den Hund zu sich, bevor er ihn mit einem ausgiebigen Streicheln belohnte. „WeristeinguterJunge?"

Daniel räusperte sich ungeduldig, aber es kam wie ein Drachenknurren heraus. Cyril zuckte zusammen, dann beeilte er sich.

„Wollt Ihr, Robynne Hood... "

„Ja, ich will", platze ich heraus und kam ihm zuvor.

„Wollt Ihr, Daniel Cook... "

„Ja, ich will", warf Daniel ein.

Alle glucksten, auch Cyril.

„Ihr dürft die – oh je."

Ich hatte in jenem Moment nicht darauf geachtet, aber Marian scherzte später, wie rot Cyril geworden war, als Daniel und ich uns einen tiefen, leidenschaftlichen Kuss gaben.

Ein Kuss für die Ewigkeit, denn Junge, hatten wir es verdient.

Ich bin mir nicht sicher, wann wir uns voneinander lösten oder ob wir es überhaupt taten. Ich erinnere mich jedoch an ein Fest, die um uns herum erwachte, ähnlich wie die Blüten auf den Feldern. Ich erinnere mich an das knisternde Lagerfeuer, an das Lachen und die Witze. Aber vor allem erinnere ich mich an das Gefühl des Friedens in meiner Seele. Und der Frieden war nicht nur ein kurzer Besuch, sondern er setzte sich für immer fest.

„Kann das Leben wirklich so gut sein?", flüsterte ich Daniel zu.

Er strich mir eine verirrte Haarsträhne unter den Blumenkranz. „Das kann es. Das ist es."

Ich umarmte ihn ganz fest und sandte ihm ein Dutzend *Ich liebe dich* in seine Gedanken.

Daniel hielt mich ebenso fest und flüsterte mir ins Ohr: „Erinnerst du dich an den Tag am Poor Knight's Castle, als die Dinge so düster aussahen, wir jedoch durchgehalten haben?"

Ich nickte und wurde ernster.

Er neigte mein Kinn nach oben und steckte mich mit seinem Lächeln an. „Wir sind jetzt angekommen. Wir haben es geschafft."

Wir haben es geschafft, seufzte meine Fuchsseite freudig.

„Es hat sich so viel verändert, aber ich lebe immer noch nach diesen Worten", schwor Daniel und wiederholte dann, was er an jenem Tag gesagt hatte: „Von diesem Moment an genießen wir jede Minute, die wir zusammen verbringen. Denn diese besseren Tage, die wir uns damals erträumt haben – sie sind jetzt hier."

Meine Füchsin wedelte mit dem Schwanz und deutete damit an, dass wir dieses neue Kapitel in unserem Leben auf eine... ähm, intimere Art und Weise einläuten sollten. Daniels Augen funkelten und verrieten mir, dass sein Drache mit diesem Plan einverstanden war.

Ich ließ meine Hände zu seinem Hintern gleiten, während er die seinen an meinen Rippen nach oben schob.

„Tatsächlich bessere Tage", flüsterte ich und küsste sein Ohr. „Und es werden noch so viele weitere folgen."

Sneak Peek: Drachenrebell

Kann dieser Drachenrebell lernen, sich an die Regeln zu halten, wenn das Leben seiner Schicksalsgefährtin auf dem Spiel steht?

Ab nach Maui für einen erholsamen Urlaub? Wohl kaum. Surferin Jenna Monroe ist auf der Flucht vor einem Stalker, der nach ihrem Blut lechzt. Anstatt den Strand nach verlorenen Schätzen abzusuchen, ist sie gezwungen, sich tief in die unheimliche Welt der Gestaltwandler zu begeben. Dort fällt es ihr sogar schwer, den Guten zu vertrauen – allen außer dem heißblütigen Rebell, der ihr nicht aus dem Kopf gehen will.

Connor Hoving und die Gestaltwandlergefährten seiner ehemaligen Spezialeinheit hatten geplant, nach Maui zu ziehen, um den Ärger hinter sich zu lassen. Aber das Schicksal hat andere Pläne. Seine ganze Zukunft – und die seiner Brüder – hängt davon ab, bei seinem neuen Job als Sicherheitschef eines exklusiven Anwesens am Meer gute Arbeit zu leisten. Doch mit der verführerischen, jedoch für ihn unantasbaren Jenna in der Nähe kann Connor seinen inneren Drachen kaum dazu bringen, sich zu konzentrieren. Kann dieser Drachenrebell lernen, sich an die Regeln zu halten, wenn das Leben seiner Schicksalsgefährtin auf dem Spiel steht?

Je näher sich Connor und Jenna kommen, desto mehr verbotene Leidenschaft brodelt zwischen ihnen. Je mehr sie dem glühenden Verlangen nachgeben, desto unmöglicher scheint die Liebe. Und je mehr Geheimnisse sie aufdecken, desto näher rücken ihre Feinde. Vampire und skrupellose Drachen lauern in den Schatten und es ist unmöglich, zu wissen, auf wessen Seite das Schicksal stehen wird. Nur eines ist sicher: Große

Helden können sich ihr Schicksal nicht aussuchen – nur die
Entscheidungen, die sie treffen.

Weitere Titel von Anna Lowe

Sherwood Forest Gestaltwandler

Verführung des Sheriffs (Buch 1)

Verführung des Gesetzlosen (Buch 2)

Verführung des Löwen (Buch 3)

Aloha Shifters - Juwelen des Herzens

Der Ruf des Drachen (Buch 1)

Der Ruf des Wolfes (Buch 2)

Der Ruf des Bären (Buch 3)

Der Ruf des Tigers (Buch 4)

Die Verlockung des Drachen (Buch 5)

Der Ruf des Fuchses (Buch 6)

Aloha Shifters - Perlen des Verlangens

Drachenrebell (Buch 1)

Bärenrebell (Buch 2)

Löwenrebell (Buch 3)

Wolfsrebell (Buch 4)

Rebellenherz (Buch 5)

Alpharebell (Buch 6)

Töchter des Feuers - Billionaires & Bodyguards

Töchter des Feuers: Paris (Buch 1)

Töchter des Feuers: London (Buch 2)

Töchter des Feuers: Rom (Buch 3)

Töchter des Feuers: Portugal (Buch 4)

Töchter des Feuers: Irland (Buch 5)

Töchter des Feuers: Schottland (Buch 6)

Töchter des Feuers: Venedig (Buch 7)

Töchter des Feuers: Griechenland (Buch 8)

Töchter des Feuers: Schweiz (Buch 9)

Die Wölfe der Twin Moon Ranch

Verlockung des Jägers (Buch 1)

Verlockung des Wolfes (Buch 2)

Verlockung des Mondes (Buch $2\frac{1}{2}$ – Vier Kurzgeschichten)

Verlockung des Alphas (Buch 3)

Verlockung der Wölfin (Buch 4)

Verlockung des Herzens (Buch 5)

Weihnachtsverlockung (Buch 6)

Verlockung der Rose (Buch 7)

Verlockung des Rebellen (Buch 8)

Verlockende Begierde (Buch 9)

Verlockung der Nacht (Buch 10)

Die Bären des Blue Moon Saloons

Perfekte Gefährten (die Vorgeschichte)

Verlangen des Bären (Buch 1)

Verlangen des Wolfes (Buch 2)

Verlangen des Alphas (Buch 3)

Verlangen des Gefährten (Buch 4)

Verlangen der Wölfin (Buch 5)

Süßes Verlangen (ein Festtagsschmaus)

Gestaltwandler in Vegas

Wolfspoker

Bärenpoker

Pantherpoker

Drachenpoker

Karibische Abenteuerromantik

Funken der Lust

Prickelndes Wagnis

Süße Verstrickung

Verlockende Tiefe

Sinnliche Strömung

www.annalowe.de

Über Anna Lowe

USA Today und Amazon Bestseller Autorin Anna Lowe schreibt fesselnde Romane mit tatkräftigen Heldinnen und unwiderstehlichen Helden in exotischen Umgebung, mit jeder Menge Zündstoff für scharfe Romantik.

Sie liebt Hunde, Sport und Reisen, die auch die Inspiration für Ihre Bücher liefern. Wenn Anna nicht gerade in die Arbeit an ihrem nächsten Buch vertieft ist, kannst Du Sie am Wochenende beim Wandern in den Bergen antreffen. Egal wo und wie – sie wird den Tag mit einem leckeren Stück Zartbitterschokolade ausklingen lassen.

Einfach mal vorbeischauen, auf **www.annalowe.de**.